Nacirons Vampire - Blutlinie
Underworld's Children

AF285618

WIDMUNG

Die Zeit umgibt mich und lässt mich in ihrem Strom schwimmen, Erfahrungen sammeln, voranschreiten. Und sie ließ mich bislang nicht untergehen. Aber leben lässt mich die Dunkelheit.. Als Mensch der Nacht erwache ich, wenn die Schwärze mich umfängt, wenn sie mich umarmt, blüht mein Geist. Ihnen sei dies gewidmet, der Zeit und der Dunkelheit. Ich denke, sie kennen mich.

ÜBER DEN AUTOR

Oliver Szymanski wurde 1978 in Dorsten in Nordrhein-Westfalen geboren. Parallel zum Abitur arbeitete er bereits ab 1995 als Selbstständiger im IT-Bereich. Er hat als Wehrpflichtiger den Dienst seit 1997 in einem Nato-Fernmelderegiment geleistet. Begleitend zu seiner Tätigkeit als IT-Consultant begann er 1998 Kerninformatik an der Universität Dortmund zu studieren. Seit 2000 ist er als IT-Consultant angestellt und arbeitet heute international als Dipl.-Inform. für Unternehmen als Trainer und Berater. Privat skatet und snowboarded er gern, mag Kinogänge und Rollenspiele. Bereits seit dem 12. Lebensjahr schreibt er Geschichten in seiner Freizeit, die zwar in sich abgeschlossen sind, aber bedeutsame Facetten eines eigenen Universums widerspiegeln. Über die Jahre hinweg ist er dazu übergegangen, statt der anfänglichen Kurzgeschichten vollständige Romane zu verfassen.

Oliver Szymanski

Nacirons Vampire

~

Blutlinie

Underworld's
Children

Bibliografische Information Der Deutschen Bibliothek:
Die Deutsche Bibliothek verzeichnet diese Publikation in
der Deutschen Nationalbibliografie; detaillierte
bibliografische Daten sind im Internet über
<http://dnb.ddb.de> abrufbar.

© 2007 Oliver Szymanski
Umschlaggestaltung: Oliver Szymanski
Herstellung und Verlag: Books on Demand GmbH, Norderstedt
ISBN-13: 978-3-8370-1184-5

Mehr zum Roman im Internet: <http://www.naciron.de>
Und auch unter: <http://www.oliver-szymanski.de>

DANKSAGUNG

Danke Euch.
Ihr müsst mehr drängeln,
wenn Ihr den dritten Teil erwartet^^

Und ich danke:

Meinen Eltern für
ihre treue Unterstützung,
ihre freundliche allgegenwärtige Liebe
und immer für mich da zu sein.
Ich könnte mir keine besseren vorstellen!

Meinem Bruder Harald, der
mir beibrachte Rad zu fahren
und somit den ersten Schritt um
auf eigenen Beinen zu stehen.

Meinem Bruder Thomas, der
– vielleicht ohne es zu wissen –
meine Leidenschaft für Computer förderte.

PROLOG

Das Herz der Lebewesen schenkt die Kraft, die den Körper antreibt, durch die reinste aller Flüssigkeiten. Die Kraft der Götter, welche unter den Sterblichen weilen, sich an ihnen laben.

Es gibt die Epochen der Sterblichen, Epochen des Fortschritts, der Entwicklung. Doch fern der Welt in allen Epochen liegt die Dunkelheit, die den Kindern der Nacht gehört, Götter unter uns. Und darin schwebt der sterbliche Unsterbliche – Naciron unter den Göttern, Hilo unter den Sterblichen. Darum sei die Feder mein Schwert, die Nacht mein Tag und meine Göttin die Herrin meines Herzens.

Leben definiert sich aus unzähligen Facetten, mehr als die Menschheit jemals bestimmen wird. Aber eine ist grundlegend und wird offensichtlich, wenn man Stillstand betrachtet. In einer Momentaufnahme herrscht kein Leben, ohne Zeit gibt es kein Leben. Erst die Zeit lässt Leben die Option zu sein, was es ist. Denn ausschließlich zwischen zwei Momenten kann ein Gedanke gedacht, eine Tat vollzogen und ein Leben gelebt werden. An einem Moment findet nichts statt.

Die Zeit ist der Schriftsteller der Geschichte. So preist jeden Moment, den sie Euch schenkt.

DIE ANKUNFT

1474 n. Chr.

Der Tag war unlängst vergangen, die Nacht vor Stunden eingebrochen. Ich band die Pferde im Stall fest und trat in den Gasthof, in dem meine Fürstin bereits weilte. In schlichter Lederkleidung, die einen leichten Ritt ermöglichte, schritt ich zu dem hölzernen Tisch an dem sie saß, und ich nickte ihr zu. Wohler wäre mir meine Rüstung in dieser Fremde gewesen, wir wollten indessen nicht mehr hervorstechen als unbedingt nötig. Und in diesem kleinen Dorf, das selten Besucher fand, waren wir bereits auffällig. In Kontrast zu dem braunen Wildleder meiner Kleidungtrug sie dunkleres, nahe an schwarz, einige silberne Knöpfe stachen hervor. Ein wenig ähnelte dieser Stil der Zeremonienrüstung des Hauses Baphomet. Sie deutete mit schlanken Fingern auf die Holzbank ihr gegenüber, und ich nahm Platz. Ich hatte meine Fürstin bei Tage in einem Waldstück vor dem Dorf behütet, wir hatten unser Ziel nicht rechtzeitig erreicht. Daher hingen wir in unserem Reiseplan bereits einen Tag zurück. Und meine Fürstin war weder geduldig noch erfreut, wenn es nicht gelang, einen Plan einzuhalten.

Trotz dessen, diese Nacht würden wir nicht reisen. In diesem Dorf lag eine Aufgabe vor uns, deren Ausmaße ich anno dazumal nicht abschätzen konnte. Die mütterlich scheinende Wirtin trat an unseren Tisch und stellte eine für mich unverständliche Frage, aber dies kümmerte mich nicht. Ich lächelte sie freundlich an. Sie schaute misstrauisch und wiederholte einen Teil ihrer Worte. Mein Blick schweifte zu der Göttin, welcher mein Leben gehörte.

Aliana, Fürstin des Hauses Baphomet, aus der Ahnenlinie Imhotep und der Machtlinie der Schattengänger, somit ganz und gar die Blutlinie ihres Vaters, schaute ungerührt zu der wohlbeleibten alten Dame hinauf und antwortete in akzentfreiem Rumänisch: »Am dori meniul fix şi bere neagrǎ pentru el, şi rece, dacǎ se poate!«

Die Gastwirtin zögerte erstaunt, nickte danach aber und ging an der Theke vorbei in einen Nebenraum, sicherlich zur Kochstelle. Wie es Alianas Art war, hatte sie mich nicht gefragt, wonach mein Appetit stand. Sie hatte bereits ein Glas mit tiefrotem Wein, welches sie allerdings nicht anrührte.

Eine junge Frau mit dunklen Haaren, zu einem Zopf geflochten, trat zu uns und stellte mir einen Humpen auf den Tisch. Schüchtern sah sie dabei zu mir. Ich dankte ihr mit einem Lächeln, sagte nichts, sie hätte mich ohnehin nicht verstanden. Sie war sehr hübsch, nicht auf die kühle Art Alianas, die mich immer wieder mit einem Blick, ihrer Stimme oder einer Bewegung zu fesseln vermochte. Zwar besaß sie wie Aliana dunkle Augen, aber der Charakter vom Blick eines Jägers fehlte. Auch trug sie schwarzes Haar – rabenschwarz, aber in freundlichen Wellen und nicht kühl wirkend wie bei Aliana. Entgegen der Ernsthaftigkeit und Kälte Alianas, welche ihre Attraktivität ausmachte, war es bei diesem Mädchen die Ausstrahlung von Wärme. Die Wärme von Blut, das durch einen jungen Körper pulsiert, durch volle Lippen symbolisiert. Zu lange weilte ich bereits unter Alianas Art, es färbte ab.

Sie ging davon, Alianas Augen folgten ihr zielgerichtet, bis sich die Jägerin abwendete und meinen Blick fing: »Gefällt sie Dir, Hilo?«

Am liebsten hätte ich mich in Alianas Arme gelegt, ihre Augen beherrschten mich. Ich liebte jede Facette an ihr, ihr Wesen und ihre Gestalt. Die kleine Narbe an ihrem Kinn, die man selten sah, und die sie sich vor ihrer Taufe der Unsterblichkeit zugezogen haben musste, rundete das Bild perfekt ab, war es das einzige Detail an ihr, was der unwahren Vollkommenheit einen Abstrich schenkte. Ich grinste schief:»Die Schönheit der Jugend, Aliana.«

Sie nickte und drehte ihr Weinglas mit ihren feingliedrigen Fingern:» Jeder Mensch hat seine Sucht, Hilo, wie wir auch. Uns dürstet es nach Blut. So schließe Deine Augen nicht in dieser Nacht und schütze dieses Haus, auf das ihr Blut nicht fließt.«

Ich sah tief in ihre schwarzen Abgründe, gesäumt von einem grün funkelnden Rand, prometheischen Wimpern und dunklen gradlinigen Brauen, nichts an ihr war vorhersehbar, ihre Worte oft Botschaften, welche es zu entschlüsseln galt. Ihr gehörte mein Blut, und dieses lief durch mein Herz.

Die junge Frau kehrte zurück, stellte eine Pfanne mit dampfenden Kartoffeln und gebratenen Fleischstücken vor mich, mein Magen gierte danach. Nach ihren Worten:»Poftă Bună!« verlief das Essen schweigend.

DIE NACHT DER TOTEN

Ruhe kehrte in dem Gasthof ein. Aliana hatte die Räumlichkeiten unlängst über ein Fenster in die Schatten verlassen, ich war allein. Allein mit meinen Gedanken, Hoffnungen und Ängsten. Ich ordnete meine Beutel und verstaute im düsteren Kerzenlicht mein Gepäck in einer staubigen Kommode. Das Bett wirkte einladend und gemütlich, leider würde es mir diese Nacht kein Heim bieten. Aliana hatte ihre Warnung ausgesprochen, und mir war bewusst, dass ich keinen Schlaf zu finden hatte. Mein vertrauter Dolch saß fest an meinem Gürtel, zuverlässig an meiner Seite. Ich schloss das Fenster, obwohl lediglich angenehme sanfte Sommernachtluft Einlass gefunden hatte. Aber man wusste nie, wer alles Einlass suchte.

Wir weilten in Clejani, ein Dorf in der Walachei. Genauer gesagt eine Ansammlung von mehreren Häusern samt darin wohnender Familien im Norden der so genannten Kleinen Walachei, im Rumänischen als Oltenia bezeichnet, innerhalb der Bergregionen der Karpaten. Unsere Reise hatte uns parallel zu diesen Karpaten hergeführt, dem Hochgebirge, das von den Alpen bei Bratislava und bei Wien beginnt, über 1.300 km weit in die Gebiete des heutigen Rumäniens reicht und die Walachei im Norden begrenzt. Ein wildes ungezähmtes Gebiet, dessen höchster Berg der Gerlachovský štít mit über 2.655 Metern ist. Lediglich die Alpen dominieren über die Karpaten als Gebirge in Zentraleuropa. Die Walachei als das Hoheitsgebiet, auf dem wir momentan wandelten, war seit 1324 ein autarkes Fürstentum, das sich einen Ruf als Bollwerk gegen die Osmanen verschafft hatte.

Hohe Bäume umgaben das leicht zu übersehende Dorf, welches in der Stille der Nacht idyllisch auf friedliche Reisende wirkte. Ich hätte jedes Tier vernehmen können, welches sich dem Haus nähern wollte. Tiere und Menschen in friedlichem Einklang. Im Dorf lebten ein Holzfäller, zwei Jäger, ein Bäcker, ein Fleischer und der Wirt, jeweils mit ihren Angehörigen. Eine kleine Gemeinschaft, die auf Lieferungen und Tauschhandel mit den umliegenden Dörfern angewiesen war. Ein Dorf, das niemands Aufmerksamkeit auf sich zog. Menschen, deren Schicksal der Welt nicht unwichtiger sein konnte. Ein Ort, an dem Politik begann, die mein Leben für hunderte Jahre bestimmen sollte.

Hinterher ist man immer schlauer. Ist die Zeit vergangen und hat das Schicksal zuschlagen lassen, weiß man, was man geändert hätte. Ein frommer Wunsch, der voraussetzt, dass die Zeit wie eine Konstante handelt und nicht reagiert. Aber die Zeit ist ein Lebewesen, sie weiß wohin sie will. Und wenn wir dagegen handeln, wird die Zeit keinen ihrer Momente vergeuden, sondern uns umschleichen, einlullen und hinterrücks ihre Ziele durchsetzen.

Lehne Dich nie gegen die Zeit auf, schwimm mit in ihrem Strom, denn sie ist das stärkste aller Lebewesen, sie ist die Welle, die uns trägt – und sie kann uns untergehen lassen. Manchmal ist man dumm genug sich zu wehren. Man zögert etwas hinaus, verschiebt eine Entscheidung, aber Jahre später, hunderte Jahre, gewinnt die Zeit. Sie hat ihr Ziel nie verfehlt, denn zur Not wartet sie.

Ich trat aus unserem Zimmer, eine kleine Kammer im Dachgeschoss des Wirtshauses. Unter uns schlief die Familie, darunter waren die öffentlichen Räume des Gasthofes. Ich trug eine Kerze, und gemäß meiner Ausbildung in den Künsten des Schleichens sowie daneben einer über zweihundert Jahre langen Erfahrung, ging ich behände als auch völlig lautlos die Treppe von der Dachkammer hinunter.

An dem Raum der Eigentümer vorbei nutzte ich die weitere Treppe und trat in den Gastraum. Ein Feuer im Steinkamin brannte derzeit um die Nachtruhe zu wärmen, angenehm für die Ohren knisterte das Holz und die Flammen loderten trügerisch sanft.

Feuer ist ein launenhaftes Wesen. Im Gegensatz zur Zeit fehlte ihm die Geduld und ein Plan. Es nimmt alles, zu dem es Zugriff bekommt. Im Augenblick war es friedlich. Ich zog mir einen Schemel in angemessene Distanz um der Wärme Annehmlichkeiten zu spüren. Meine Sinne öffneten sich, während ich einige Pergamentsammlungen aus einem Beutel zog. Abschriften von Dokumenten aus der Bibliothek des Hauses Imhotep. Ich suchte zu lesen, wann immer Zeit abfiel. Wissen, dies war es, was meine unsterbliche Familie mir schenkte, und ich nahm es dankbar an. Unzählige Briefe, Bücher, Schriften befanden sich in ihrer Bibliothek, ich hatte mir lediglich einen Bruchteil einverleibt. Aber auf jeder Reise nahm ich meine Abschriften mit, die Diener anfertigten, teils ohne dass sie verstanden, welche Schriftzeichen sie abpausten. Im Augenblick fesselte mich ein Bericht aus Imhoteps eigener Feder über die Notwendigkeit von Häusern in der Welt der Dunkelheit, die Necessitas Aedium.

Die Tochter des Wirtes trat zu mir, sie war in einen dicken Umhang gehüllt, wahrscheinlich darunter bereits für den Schlaf bereit. Sie lächelte mir zu, fragte etwas auf rumänisch – »Nu vreți să beți ceva?« – und deutete auf meinen Mund, dabei ein Schlucken imitierend. Ich grinste leicht und nickte. Für einen Augenblick schaute sie irritiert, bis sie lächelte und hinter die Theke trat, einen Krug für mich füllend.

Ich nahm einen Schürhaken, stocherte ein wenig im Kamin und half dem Feuer, das dankbar aufzüngelte. Das Mädchen stand wieder neben mir, deutete auf sich und sagte: »Luca«, dabei reichte sie mir den Krug. Ich nahm ihn, deutete auf mich und antwortete »Hilo«. Die universellste aller Sprachen. Irgendwie verstanden Menschen sich immer. Erst wiederholte sie meinen Namen in einem erfrischenden Ton, es klang amüsant, wie sie ihn aussprach. Sie neigte den Kopf zur Begrüßung und machte eine Geste mit der offenen Hand um zu fragen, ob ich noch Wünsche hatte. Ich lehnte freundlich mit einem Kopfschütteln ab. Sie begab sich nach oben zur Nacht. Eine hübsche junge Dame. Lange Zeit später sollte ich über ihren Namen recherchieren, es war die Kurzform von Raluca und bedeutete Sonnenstrahl. Ein Sonnenstrahl: eine mächtige Waffe gegen einen Vampir.

Ich vertiefte mich erneut in meine Lektüre der Necessitas Aedium. In der Ferne heulte ein Wolf. Hier in den Bergen nichts

Ungewöhnliches, dennoch musste ich wissend schmunzeln. Die Wölfe liebten die Wälder der Karpaten, die vereint in den unteren Regionen ein riesiges Waldgebiet und Jahrhunderte später noch das größte Waldstück Europas bildeten.

Ich hatte nichts Besonderes vernommen, nichts außer dem Prasseln des Feuers und dem Rascheln des Pergaments, aber abrupt schlugen meine Sinne Alarm. Es war der Geruch, der sich durch den Nebel meiner Gedanken bohrte, sich einschlich in meinen Geist, eigentlich unerkannt bleiben wollte, aber Signale auslöste. Ein Geruch – dermaßen eklig, dass er Übelkeit mit sich brachte und meinen Magen zum Würgen zwang. Während ich mich langsam vom Schemel erhob, rollten meine Hände das Pergament zusammen und verstauten es in dem Schutz der ledernen Rolle. Es dauerte dem Bruchteil eines Atemzuges.

Vorsichtig sah ich mich um, den Ursprung des Geruches suchend. Der Auslöser befand sich nicht hier, nicht im Gastraum. Als ich zur Küche schlich, wurde auch dort der Geruch nicht intensiver. Meine Wunde am Kopf, die alte Narbe aus der Kindheit schmerzte – kein gutes Zeichen.

Es kam von oben. Ich war mir Alianas Warnung bewusst. Wenn dieses Mädchen Leben sollte, musste ich sie schützen. Aber was auch immer hier geschah, ich durfte niemals vergessen, dass ich vor allem mit höchster Priorität die Welt der Dunkelheit schützen musste und insbesondere meine Fürstin.

Bereits auf der Treppe, als mich unlängst der immer kraftvoller stinkende Geruch niederzureißen drohte, kramte ich in meinen Taschen. Als meine linke Hand die Tür des Schlafzimmers öffnete, hinter der ich starkes Schnarchen vernahm, leerte die rechte den pulverigen Inhalt eines meiner kleineren Beutel in den Raum, bevor ich die Tür wieder schloss. Ich hatte gelernt im Stillen und Geheimen ohne Zeugen zu arbeiten. Jetzt wusste ich bereits, woher der Geruch zu mir drang, doch kannte ich seinen Auslöser nicht. Aber ich kannte mein Ziel. Hätte ich jemals mehr über die Ziele der Zeit gewusst ... nein, ich hätte niemals anders gehandelt.

Ich öffnete die Tür zu dem Schlafzimmer des Mädchens, auf das Schlimmste vorbereitet. Doch was meine Augen sahen, konnte ich in keine bekannte Kategorie einordnen. Aber was immer sie erblickten, es war nichts gegen die Welle der Qualen, die mir in Form des Gestankes entgegen schlug. Ich erbrach mich auf der Schwelle der Tür, dass kürzlich Gegessene schwemmte den Boden, ich hielt mich krampfhaft umklammert.

Der Körper hielt das Mädchen in den Armen. Es war eine Frau, vielleicht einst gewesen. Leblose Augen starrten mich an, ein Entsetzen im Blick, das die gleiche Pein offenbarte, die der Verwesungsgeruch ausrief. Das Mädchen lag im Schlaf, sie bewegte sich nicht. Die Gestalt stand an ihrem Bett, sie musste die reglose Luca aus dem Laken gehoben haben. Lediglich ein Nachthemd kleidete die jugendliche Schläferin. Ihre Trägerin hingegen war von einem schwarzen Umhang bedeckt, aus abgetragenem und rissigem Stoff, wie ein zerstörtes Trauerkleid. Nur die verfaulten Hände, wie Krallen hatten sie das Mädchen gepackt, und ihr Gesicht waren zu sehen. Gesicht. Eine grausame Fratze, Verzerrung eines menschlichen Antlitzes, Spiegelbild alptraumhafter abstruser Phantasien. Selbst auf den Schlachtfeldern hatte ich nichts dergleichen verkraften müssen.

Der Unterkiefer bestialisch aber nicht vehement genug herausgerissen, auf dass er noch an einem Muskelband fest hing und gegen den Hals stieß. Der Tod hatte diese Kreatur längst eingeholt, sie aber ignoriert und nicht erlöst. Der Kreatur Blick lag kurz auf mir, aber eine Reaktion auf mein Eindringen war nicht festzustellen. Ich straffte mich entschlossen, riss mich mit aller Macht zusammen und trat über meinen Unrat hinweg in das

Zimmer. Aus dem geöffneten Fenster drang eine Brise frischer Sommernachtsluft an meine erleichtert einatmende Nase, aber die abscheuliche Ausdünstung war leider lediglich für einen kleinen Augenblick verschwunden und prallte danach umso stärker auf mich ein.

Vorstellungen vom Tode hatte ich wenige, die meisten aus den Phantasien und Geschehnissen anderer Menschen erbeutet. Dieses hier, was mir durch ein gezimmertes Bett getrennt gegenüber stand, würde ich fortan dazu zählen. Bote des Todes. Eine Kreatur nach dem Tod, die zu den Lebenden kam. Sie wandte sich in einer Geschwindigkeit, die ich ihr nicht zugetraut hatte und sprang durch die Fensteröffnung, das Mädchen an sich gepresst entführend.

Ich reagierte. Schnell rannte ich zum Fenster, setzte über die Fensterbank hinweg, hielt mich außen hängend am Sims fest und ließ mich hinunterfallen. In den vergangenen zweihundert Jahren hatte ich einiges über Mut gelernt. Und ein energischer Kern – hinter der Narbe in meinem Kopf – sagte in solchen Augenblicken immer wieder, dass er mit Dummheit gleichzusetzen sei. Aber in meiner Eile hörte ich ihm nicht zu.

Ich schlug am Boden auf, rollte mich seitlich ab und sah gerade noch, wie die Gestalt mit ihrem Bündel über die einzige Strasse im Dorf lief, die zwischen den fest verschlossenen dunklen Häusern entlang führte. Auch wenn ich sie nicht gesehen hätte, selbst hier draußen unter freier frischer Luft hinterließ der Gestank eine Spur. Ich atmete flach und gleichzeitig tief ein – überraschend wie dies ging – und sprintete dem im Dunklen verschwindenden Schemen nach.

SEITE AN SEITE

Gern hätte ich diese Momente mit einer Kerze in meinem Zimmer mit den Schriften verbracht, aber zu meinem Bedauern lief ich auf einem Weg, der mitten in die Bergwälder führte. Doch ich kam nicht dazu mir zu sagen, dies besser nicht zu tun. Die Zeit hatte ein kleines Stück von sich abgespalten und ließ es rückwärts zählen, sobald alle Körner der dazugehörigen imaginären Sanduhr durch das Rohr gefallen waren, war das Leben des Mädchens beendet. Daran bestand kein Zweifel.

Ich schaffte es, den Abstand konstant bei einigen Metern zu halten, die Gestalt war ungeahnt schnell, bis sie zwischen die dichten Bäume am Wegesrand tauchte und mein Blickfeld mir reine Schwärze offenbarte. Ich bog ebenfalls ab, stolperte mehrfach ohne zu fallen und riss einen dicken Zweig im Vorüberlaufen ab. Meine rechte Hand zog den Dolch hervor, und ich suchte in der Dunkelheit etwas zu erkennen. Wieder war es der Gestank, der mir ein Zeichen gab, diesmal stehen zu bleiben. Ein wiederholtes Zwinkern mit den Augenlidern in der Düsternis, und vor mir stand der Schemen. Langsam trat ich näher, würgend ob der Vergewaltigung meiner Geruchssinne. Da fiel es mir auf. Stark kam dieser Duft der Verwesung von vorn, aber gleichzeitig befand ich mich in ihm, wie in einer Wolke oder in einem Kreis. Weitere Schemen hatten mich umzingelt.

Mein Herz stockte fühlbar, diesmal war ich weit genug gekommen, um in die Falle zu geraten. Sie hatten sich offenbart. Ich blieb beherrscht, zwang mich zu lächeln, weil es ein gutes Gefühl gab, und positive Regungen sind in solchen Augenblicken wichtig. Es ist der Geist, welcher den Körper lenkt, und den Geist muss man fördern. Ich zerbrach die dünne Glasphiole in der Einhöhlung im Griff meines Dolches und schlug ihn zweimal gegen einen Stein am Lederriemen meiner Hose. Ein Funke sprang über und erreichte das Öl, welches aus dem zerbrochenen Glas durch eine Öffnung im Griff über die Klinge des Dolches lief, die zügig von züngelnden Flammen gesäumt wurde. Mein Feuerdolch, welch wertvolles Werkzeug. Half er doch meine neuen Feinde endlich zu erkennen, was ich mir gern erspart hätte.

Im Fackelschein der Klingen traten weitere Gestalten in schwarzen Umhängen zu mir, längst war ich eingeschlossen von den scheußlichen Wesen. Teils fehlten Kiefer, oder sie hingen deplaziert am Gesicht. Aber auch weitläufigere Arten der Deformation waren erkenntlich. Eine Hand, weggerissen, ein Arm, der durch ein einziges Stück Fleisch vom Abfallen gehindert wurde, ein fehlender Hinterkopf, den man im Profil bemerkte. Mein Magen würgte wieder, mein Körper reagierte und nahm Verteidigungsposition ein. Aber ein Kämpfer war ich nicht, wollte ich nie sein.

Die Kreatur mit dem Mädchen bewegte sich weiter aus meinem Blickfeld, aber die anderen verstellten den Weg und würden mich nicht folgen lassen. Sie gierten mich zu zerfleischen, deuchte es mir. Kaum stürzten sie los, als ich kühle Stärke an meinem Rücken gepresst spürte, eine absolute Kälte, die selbst den Geruch zu negieren schien. Ein Schleier sanfter Nebel umfing mich und Vertrautheit stellte sich ein. Seite an Seite – Rücken an Rücken, der unsterbliche Sterbliche und die lebende Tote. Aliana hinter mir, die übliche unserer gemeinsamen Kampfformationen, mit denen wir so oft vorlieb nehmen mussten, wenn der direkte Weg sich nicht vermeiden ließ, und man uns eingekreist hatte. Ich sah sie nicht, aber ich spürte ihre weise Stärke, die Ruhe, welche selbst im Kampf von ihr auszugehen vermochte. Um uns die Kreaturen, beleuchtet vom Flammenschlag meines Dolches, doch ein Wall von Schatten, der sie von uns trennte.

Niemals zuvor hatte ich solche Gegner erblickt, aber auch nie zuvor hatte ihre Art die Kraft einer Schattengängerin verspürt, die Machtlinie Imhoteps. Die Kreaturen stockten einen Augenblick, sie nahmen das plötzliche Auftauchen Alianas und des Schattenwalles wahr, dann begann der Kampf.

Die Schatten heulten los, entfesselt durch die Macht der Schattengängerin, die sich selbst auf die Gegner warf, ihre zahllosen Mitstreiter, die ausschließlich Licht fürchten mussten, an ihrer Seite. Zwei der Kreaturen gingen auf mich los, mittlerweile hatte ich den Stock am Dolch entzündet, mit dem brennenden Holz konnte ich die linke auf Entfernung halten, der rechten trennte ich mit einem Hieb meines Dolches den verunstalteten Kopf vom Rumpf. Der Schlag ließ sich erstaunlich leicht führen, die Klinge glitt durch das verfaulte Fleisch nebst Knochen wie durch einen mit Würmern gefüllten Mehlsack. Ich war überrascht, als die Kreatur von links mich mit einem Schlag traf, und die Wucht mich zu Boden warf, den Stab verlor ich dabei. Sie kam näher. Aus den Augenwinkeln sah ich, wie Aliana Gestalten schlachtete, und gierige Hände, die aus schwarzen Flecken in der Finsternis bestanden, Kreaturen festhielten und an ihnen zerrten. Alianas Schatten kämpften ein weiteres Mal für uns. Treue loyale Soldaten, da sie nicht existierten, über keinen Willen verfügten, außer dem von einer Schattengängerin wie Alianas Machtlinie entfesselt zu werden. Die eigenen Schatten wandten sich gegen die Kreaturen. Mein Feind beugte sich über mich, seine Hand näherte sich meiner Kehle, und ich hieb erneut zu. Mein Dolch hatte wieder Erfolg, der verrottete Arm ging gelöst vom Rest der Kreatur auf meinen Körper nieder, Würmer fielen davon ab.

Doch der andere Arm schlug meinen Dolch fort, und wehrlos blickte ich in die toten Augen. Zwar konnte man auch Aliana nicht als lebend bezeichnen, aber sie war eine lebendige Tote, wenn ich versuchen soll in Kategorien zu denken. Aber diese Wesen waren leblose Tote. Leblose wandernde Tote. Mir war, als fehlte der Sinn hinter diesen Dingern. Nicht die Art von Sinn, welche die Zeit kannte, sondern die Art, die ausschließlich die Zeit kannte.

Die zweite Hand legte sich auf meinen Hals, ich suchte sie zurückzustoßen, aber das Gewicht des Dinges stemmte sich mir entgegen. Der Gestank verging, aber auch alle Luft, die mein Körper als lebenswichtig erachtete.

Ein Schemen, ein Aufprall, eine gewaltig geifernde Schnauze, das Aufblitzen vieler glitzernder weißer Punkte, Stücke des zerfleischten Halses spritzten auf mich. Ich drehte mich unter den Resten des Körpers hinweg und sah wie Aliana die letzte Kreatur in Fleischbrocken zerriss. Ein Gedanke kam mir, jede dieser Brocken hatte denselben Sinn wie das Ganze, und da lag das skurrile Falsche an diesen Dingern. Es gab sie nicht, es war nichts in ihrem Innern. Nicht mehr als in jeden einzelnen leblosen Brocken, und die bewegten sich nicht. Alles an ihnen, wenn sie noch eine Einheit waren, war falsch.

Ich erhob mich, klopfte meine Kleidung von dem stinkenden Zeug los, hob meinen noch brennenden Dolch wieder auf und trat zu dem riesigen Wolf neben mir, der wie ich zu Aliana schaute: »Vielen Dank Euch, Ethrel.«

Der Wolf knurrte knapp. Aliana hantierte gebückt einige Meter entfernt und kam danach zu uns: »Hilo?«, sie schaute mich aufmerksam an.

»Alles gut, Aliana«, beruhigte ich sie.

»Gut, ich sah Ethrel schon springen, bevor ich meine Schatten losjagte.«

Wie gut es ist behütet zu sein. Man sollte sich allerdings nicht darauf verlassen.

»Ethrel, hast Du das Mädchen?«, fragte Aliana ihren Adjutanten. Der Wolf knurrte wieder und ging langsam tiefer in den Wald, wir folgten ihm. Ich dachte mir, wie viel schlimmer der Gestank für seine weit besser ausgebildete Wolfsnase sein musste.

»Endlich, Aliana, ich hätte weitere Misserfolge nicht mehr verkraftet«, bemerkte ich erleichtert.

Aliana lächelte mich an und hakte ihren Arm bei mir unter, ich spürte die weiche Kühle ihres harten Körpers.

»Ach, in den ersten beiden Dörfern hatten wir einfach Pech, Hilo. Da haben wir alle nichts rechtzeitig bemerkt. Aber diesmal können wir feiern«, erwiderte sie, und ich spürte auch ihre Erleichterung, dass wir endlich einen Schritt weiter waren. Zuviel hatten wir bereits in diesen Bergen verloren, zwei Mädchen. Ein drittes – ich weiß nicht, wie ich das verarbeitet hätte.

Ethrel führte uns zu dem Mädchen, die Kreatur daneben war von zahlreichen gewaltigen Bisswunden gezeichnet – aber nicht sonderlich mehr entstellt als zuvor. Aliana kniete über dem Sonnenstrahl, hob das Mädchen behutsam und doch voller Kraft empor: »Ethrel, dort hinten habe ich zwei von denen bewegungslos gefesselt, die Schatten sollten dort noch wachen. Besorge zwei Säcke und verstaue sie gut. Beide verwahre sicher in Deinem Unterschlupf«, sprach Aliana zu dem Wolf. Ethrel knurrte zustimmend und sein gewaltiger Wolfsleib schritt davon. Obwohl die Form des Wolfs ihm in diesen Tagen vorrangig zusagte, würde er seine Gestalt ändern um der Aufgabe nachzukommen. Der Tierwandler, ursprünglich aus dem Hause Skara Brae, tat dies aber lieber ungesehen. Aliana und ich kehrten zu dem Dorf zurück.

»Aliana, was sind das für Dinger?«, stellte ich meine quälendste Frage, jetzt wo wir erblickt hatten, was die Mädchen in den anderen Dörfern entführt hatte. Noch immer beeinträchtigte mich der bestialische Gestank. Aliana schüttelte unwissend den Kopf: »Du bist der Mensch, Hilo. Du hast Phantasie, gib ihnen einen Namen. Damit wir wissen, was sie sind.«

»Untote«, sprach mein Mund. Und damit gab ich den verstoßenen Kindern des Todes einen Namen.

TAGESGESCHÄFTE

Es war Tag. Am Tag ließ die Zeit Normalität walten, die alltäglichen Dinge der Lebenden. Alltag – das Wort Allnacht demgegenüber war mit Grund nicht existent. Aliana befand sich im Zustand der Starre, wir waren vor Morgengrauen in einer Umarmung eingeschlafen, nachdem ich die Fensterläden verdunkelt hatte, damit das Sonnenlicht sie nicht erreichte. Hier in der Fremde, wo wir nicht der Welt der Vampire ausgesetzt waren, gab es manchmal diese Momente der Nähe. Zwei Stunden danach war ich wieder aufgestanden und hatte mich aus dem stählernen Griff gelöst. Ich hatte im Wirtshaus gefrühstückt, erklärt, dass meine erschöpfte und ausgelaugte Begleiterin nicht bereit war aufzustehen und der Form halber Essen auf unser Zimmer gebracht. Jetzt galt es Aufgaben zu erledigen. Das Mädchen wusste nichts von den Geschehnissen, dieser Untote musste sie betäubt haben. Ich war gespannt, welche Kräfte sie noch besaßen. Unser Haus würde das Mädchen zu ihrer Sicherheit in Beobachtung halten. Wir konnten nicht wissen, ob man ihr bereits etwas angetan hatte, bevor wir sie retteten. Seit der Meldungen von Vasallen meines Hauses, dass in der Walachei Töchter von dort wohnenden Angehörigen ihrer Familien und weitere entführt worden seien, hatten wir versucht den Geschehnissen nachzugehen, und waren durch die betroffenen Landstriche gereist. Zwei Mädchen waren entführt worden, als wir uns in den entsprechenden Dörfern befunden hatten, was uns erst recht angespornt hatte.

Auch die Eltern hatten keinen Verdacht, dass sich etwas Seltsames zugetragen hatte, zumindest sprachen sie es nicht aus. Mein Pulver hatte sie sehr tief in ihre private Traumwelt geschickt. Und alle anderen Dorfbewohner – wenn man in einem winzigen Ort inmitten eines dichten Waldes in den Bergen der Karpaten lebt und dazu abergläubisch ist, fragt man sich nie, welche Merkwürdigkeiten des Nachts geschahen.

Ich bedankte mich unverstanden für das leckere Frühstück, lächelte Luca zu und verließ den Gastraum. Zuerst befreite ich eine der Tauben aus ihrer Kiste und entließ sie aus dem Fenster, eine Nachricht zu dem nächsten festen Standort einiger Templer schickend, eine geheime Komturei. Die Taube, welche für Gideon bestimmt war, musste sich noch gedulden, ich fütterte sie.

Jetzt machte ich mich auf den Weg und schlenderte aus dem Dorf hinaus, den Weg hinunter, um nach einer langen Strecke ein Pfeifen zu hören. Ich winkte mit der Hand, zog meinen Dolch und steckte ihn wieder in die Lederscheide, das vereinbarte Zeichen, dass ich mich allein auf dem Pfad befand. Es pfiff erneut, und ich folgte dem Geräusch in die dichten Bäume. Der Unterschied zwischen Weg und Nichtweg war lediglich ein kleiner Faktor in der Baumdichte. Ein Templer trat vor und musterte mich. Danach nickte er und schritt vor mir her, ich hätte den Unterschlupf nicht allein gefunden. Seine gut geölte Rüstung macht keine Geräusche, und trotz der offiziellen Auflösung des Ordens trug er stolz den weißen Umhang mit dem roten Tatzenkreuz, seinem Ordenswappen. Das taten sie aber nicht in der Öffentlichkeit, dann wandten sie den Umhang und trugen das Kreuz versteckt nach innen. Ich folgte ihm grinsend, wie dumm musste man sein, sich bei dieser Sommerhitze in Stahl zu kleiden.

Drei Templer bewachten das Lager. Der vierte und letzte des Trupps führte mich zu dem Lagerfeuer. Ich sah die Grube, welche sie ausgehoben hatten, und die mit Laub und Holz bedeckt war. Darin schlief Ethrel und träumte, wie er Tiere in der Nacht jagte, so stellte ich es mir vor. Ich traute ihm nicht wirklich, schließlich war er der wichtigste Mann Kalais gewesen, sein direkter Adjutant. Ich denke auch Aliana traute ihm nicht, aber sie hatte ihre eigene Art – die ihrer Abstammung aus dem Hause Imhotep – damit umzugehen. Und seit den Jahrzehnten der Verbannung seines Herrn hatte sich Ethrel Mühe gegeben keine Befleckung seiner Loyalität zu Aliana vorzunehmen. Ich glaube auch fast, dass er Angst hatte, als ihm gesagt wurde, dass er Gefährte auf dieser Reise sein sollte – Angst in der Fremde verloren zu gehen.

Ich schaute den Kommandeur des Trupps an und fragte ihn auf Französisch nach den Gefangenen. Das letzte Wort wollte kaum meinen Lippen entgleiten.

Er zeigte mir die Säcke, die sie in eine zweite Grube geworfen hatten und erklärte mir, dass sie sich nicht bewegt hatten, und man sie mit Ketten festgezurrt hatte. Sie konnten sich wahrscheinlich nicht einmal bewegen, selbst wenn sie einen Willen verspürt hätten, ich hatte oft erlebt, wie wenig zimperlich Templer mit Gefangenen umgingen. Ich entschloss mich dies nicht zu prüfen. Der Geruch, der durch die Säcke drang, reichte mir. Ich wandte mich wieder zu dem Befehlshaber der Ritter: »Zwei von Euch reiten sofort los und bringen einen der Säcke zu Gideon nach Wien.«

Zweifelnd sah er mich an. Der Orden war eigenständig, sie zählten sich aber zu Alianas Vasallen, daher kamen sie ihren

Worten nach. Bei meiner Person waren sie skeptischer und weniger kooperativ. Nach der langen Nacht hatte ich jedoch keine Lust auf Diskussionen und Floskeln: »Sofort!«.

Ein harter Blick auf mich, dann gab er nach und seinen Kameraden Befehle. Zwei von ihnen sattelten ihre Pferde, die hinter Bäumen versteckt standen. Ich setzte mich in den Schatten und trank einen Schluck aus meiner Feldflasche. Eines musste man diesen Rittern lassen, sie liebten Entbehrungen, und sie brauchten keinerlei Verzögerung um direkt aufzubrechen. In wenigen Minuten waren sie bereit für den Ritt.

Einer griff in die Grube, und der unter der Rüstung muskulöse Arm des Ritters hob einen der zwei Säcke mühelos hervor. Gemeinsam legten sie ihn quer über eines ihrer Pferde. Ich hätte den Sack nicht einmal über den Boden schleifen können. Als sie sich, nach dem Verstauen der Rationen in ihre Satteltaschen, auf die Pferde begaben, trat ich zu einem der Reiter und reichte ihm ein versiegeltes Pergament mit den Worten: »Für Prinz Gideon aus dem Hause Imhotep persönlich.«

Dieser Ritter würde eher sterben, als die Botschaft einem anderem als dem Geistlenker aus Alianas Vaters Haus eigenhändig zu übergeben.

DIE ALTEN ZEITEN

In den vergangen Jahren war etliches passiert. 1124 hatte Suger von Saint-Denis, der Geistliche und Berater meines ersten Königs, erreicht, dass die Fürsten Frankreichs dem König gegen einen Angriff der verbündeten Deutschen und Engländer halfen. Dabei waren Alianas und meine Hilfe grundlegend gewesen, seine machtpolitischen Verhandlungen voran zu treiben. Suger war in den Jahren zu einem ehrenvollen Freund geworden, dem wir vertrauen konnten – zumindest soweit er dachte, wir würden ihm uneingeschränkt dienen. Später im Jahre 1137, nach dem Beginn des Baus seiner Abteikirche, der sich zeitlich zu dem natürlichen Tod Ludwig VI. begab, hatte er gemeinsam mit dem heiligen Bernhard von Clairvaux, einem Zisterzienserordensmönch, für einem weiteren Kriegszug im Morgenland plädiert, der im Nachhinein als zweiter Kreuzzug bekannt sein sollte. Erst im 13. Jahrhundert wurde offiziell das Wort Kreuzzug genutzt. Dabei musste ein solcher einen gerechten Grund und ein ehrwürdiges Ziel haben und von kirchlicher Führung ausgerufen werden. Suger von Saint-Denis selbst hatte teilnehmen wollen, allerdings hinderte ihn sein Gesundheitszustand daran. Stattdessen zog König Ludwig VII., der zweite Sohn meines ersten Königs gen Osten und setzte Suger als Regenten ein, was diesem im Volk als »Vater des Vaterlandes« bekannt werden ließ. Auch Aliana und ich waren gemeinsam mit den Templern an dem Kreuzzug beteiligt. Leider war Ludwigs Sohn, der als »Ludwig der Junge« bekannt wurde, nicht solch ein Freund der Welt der Dunkelheit, wie sein Vater und Suger. Als Suger 1152 starb, gab es ein Zerwürfnis des Königs mit Gideon, und wir verließen die Welt des französischen Hofes. Allerdings hielten wir Kontakt zu der ehemaligen Ehefrau Ludwigs VII., von der er sich nach dem Tode Sugers trennte. Sie hatte ihm zwar Töchter aber keine Söhne geboren, Suger hatte eine Trennung versucht zu vermeiden. Eleonore von Aquitanien heiratete danach den neuen König von England, es entstanden neue Beziehungen, die mit dem Netz der Dunkelheit verwoben wurden.

Diese einstige Königin Frankreichs und danach Königin Englands war die wohl mächtigste sterbliche Frau des Mittelalters, die ich kennen lernte. Ihr Name Aliénor oder Éléonore d'Aquitanie bedeutete »Die andere Aenòr von Aquitanien« um sie von ihrer Mutter zu unterscheiden. Sie war Erbin des Herzogtum Aquitaniens und heiratete Ludwig VII. im selben Jahr, als ihr dieses Erbe zu fiel. Sie liebte ihre Freiheit, war der Kunst zugetan und begleitete ihren Ehemann sogar auf dem Kreuzzug. Ludwig verriet sie, indem er ihre Ehe wegen angeblicher zu enger Blutsverwandtschaft annullieren ließ. Aber Aliénor kommentierte dies lediglich mit den Worten: »Ich habe einen Mönch geheiratet, keinen Mann«. Die Heirat mit Heinrich Plantagenet vereinte Südwestfrankreich mit England, eine gewaltige Machtbasis für Heinrich, der 1154 als Heinrich II. zum König von England gekrönt wurde. Allerdings war auch ihre Ehe zu Heinrich nicht von Glück erfüllt. Sie unterstützte einen Teil ihrer gemeinsamen acht Kinder, darunter fünf Söhne, gegen ihren Vater, der sie daraufhin lange Jahre in Gefangenschaft hielt. Als Heinrich 1189 starb, herrschte sie fortan als Regentin über England, wann immer ihr berühmter Sohn abwesend war, denn die faszinierende Aliénor d'Aquitanie war die Mutter keines geringeren als des englischen Königs Erben: Richard Löwenherz.

Diese Königin zweier Länder hatte den späteren Hundertjährigen Krieg zwischen Frankreich und England durch den Übergang ihrer französischen Gebiete in Besitz des englischen Königtums in Gang gesetzt, und einen mächtigen König unserer dunklen Welt wohlgesinnt gestimmt. Noch heute denke ich ehrfürchtig an Aliénor d'Aquitanie und Richard Löwenherz, an deren Seite ich hatte schreiten dürfen, und denen wir halfen, Richard aus seiner Gefangenschaft zu befreien, als ihn verfeindete Kreuzfahrer auf seinem Rückweg überfielen. Richard aus dem Hause Plantagenet starb 1199 tödlich verwundet in Frankreich, seine Mutter war damals bereits nach reiflichen Überlegungen aller Beteiligten im Hause Skara Brae in der Bluttaufe eingekehrt. Richards Bruder

Johann oder Jean folgte ihm auf den Thron. Dieser stürzte England weiter in eine Machtkrise hinein, und wir nahmen Abstand vom durch ihn entfremdeten englischen Thron. Danach wandelten wir durch die Höfe Europas zwischen den Thronen, waren keinem Königtum mehr unabdingbar zugeordnet. Doch waren unsere Bestrebungen stark mit den politischen Geschicken der menschlichen Welt verbunden. Zur der Zeit als ich mit Aliana durch Rumänien reiste, war das Haus Imhotep stark am Hofe der Habsburger in Wien vertreten und das Haus Baphomet in Portugal. Wir standen damit bei der politischen Elite des christlichen Europas, waren es nicht die Portugiesen, die bald einen neuen Kontinent besiedeln würden?

Das Adelsgeschlecht der Habsburger, die Linie der kommenden Kaiser auf europäischem Herrschaftsgebiet, stammt aus Aargau in der Schweiz. Angeblich gehört zu den frühen Ahnen des Geschlechts Priamos von Troja, der letzte König von Troja damals zur Zeit des trojanischen Krieges im 13 Jahrhundert v. Chr., der weit über 50 Kinder sein eigen nannte, deren größte Zahl in der Schlacht um Troja ihr Leben ließ. Aber wie allwissend muss ein König sein, der trotz der Warnungen seiner Tochter und Seherin Kassandra und seiner Priester, ein nach dem Abzug seiner Feinde vorgefundenes gewaltiges hölzernes Pferd in die Stadt schleppen lässt. Historie sollte einem Lernenden als Warnung dienen. Ich halte mich von Pferdenarren fern und beachte Kassandrarufe, wenn ich welche vernehme, wie das Pochen meines Steines. Weise Rufe sollte man besser nicht ignorieren.

Selbst König Artus lässt sich in die Reihe der Vorfahren der Habsburger eingliedern. Dieser sowohl keltisch geprägte, als auch britische König Britanniens steht geschichtlich gleichbedeutend mit König Richard Löwenherz, welchen ich von Gesicht zu Gesicht kennen zu lernen vermochte. Doch Artus wandelte weit vor meiner Zeit. Aliana hatte ihn gekannt, und mir manche aufwühlende Geschichten aus der Zeit des sechsten Jahrhunderts nach Christus berichtet, von Kämpfen der Kelten und Briten gegen die Angeln und die Sachsen, beides Westgermanische Stämme. Und von Merlin, Artus magischem Berater. Die Wege der Vampire sind tatsächlich unergründlich, aber sich dermaßen in die Geschichte verflochten zu haben, dass ein Geistlenker zwar unter fremdem Namen aber in den Legenden der Menschen lebte, fand ich erstaunlich.

Artus wurde mit Merlins Hilfe im Alter von 15 Jahren als Sohn von Uther Pendragon und Igraine König von England und Wales. Artus ist wohl der einzige König der unter dem Einfluss der Legenden und Erzählungen von den Menschen perfektioniert wurde, allerdings sprach selbst Aliana von ihm mit höchstem Respekt. Er führte das Schwert Excalibur, eine Waffe, die sich nach und vor seiner Zeit im Besitz des Hauses Imhotep befand und befindet. Die Familiengeschichte Artus ist selbst für damalige Zeiten mehr als verworren. Aber ich gab nicht viel auf all die Quellen und vertraute Alianas Geschichten über Morgaine le Fay, der Schwester Artus, Guinevere, seiner Ehefrau und den später als Ritter der Tafelrunde bekannten Getreuen wie Lancelot, Gawain und Galahad. Artus Grab, seine Gebeine und die seiner Gemahlin wurden zu der Zeit Heinrich II. bei Glastenbury mit der Inschrift »Hier liegt der berühmte König Arthur auf der Insel Avalon« gefunden.. Namen tauchten in der Geschichte häufig in verschiedenen Schreibweisen auf. Ich habe den Ort mit Aliana besucht. Zur Zeit der Tafelrunde gab es Glastenbury nicht, früher befand sich dort ein See mit vielen kleinen Inseln, das mythische Reich Avalon. Und in der Nähe das gefeierte Camelot.

Aber zuviel der Finessen, wobei ich mich immer noch frage, wie Aliana wohl als Dame vom See gewirkt hatte. Im Gegensatz zu der

Dummheit Priamos, zumindest was das Pferd betraf, bescherte die Artus-Abstammung den Habsburgern Gutes, wenngleich sie überhaupt der Wahrheit entsprach. 1021 wurde die Burg Habsburg errichtet, und in Folge dessen nannte sich Otto II. im späten elften Jahrhundert als erster seiner Familie »von Habsburg«. Über die nächsten zwei Jahrhunderte gelang es der Familie trotz Teilungen ihre Herrschaftsgebiete stark auszudehnen. 1278 begann ihre Hegemonie über Österreich, welche sie erst wieder mit dem Ende des ersten Weltkrieges aufgeben mussten. Rudolf I. von Habsburg war damals Ende des 13. Jahrhunderts bereits römisch-deutscher König und hatte in diesem Jahr Ottokar II., König von Böhmen und Herzog von Österreich besiegt, was ihn zum berühmtesten Habsburger machte. Die Habsburger gewannen weiter an Macht und stellten seit 1438 mit Albrecht II. die Könige und Kaiser des Heiligen Römischen Reiches Deutscher Nation – von den drei Jahren nach 1742 abgesehen, als Kaiser Karl VII. aus dem Hause der Wittelsbacher regierte, nachdem den Habsburgern alle männlichen Nachfahren ausgegangen waren, und Maria Theresia als weibliche Nachfahrin den Thron für ihren Ehemann erkämpfem musste. Eine Frau, die uns zugetan war, und uns wertvolle Vasallen bescherte, aber dazu gleich mehr.

Im Jahre 1452 war Friedrich III. zum Kaiser gekrönt worden. Er war ein schläfriger Mann, der nicht mit seinen vielen Gegnern umzugehen wusste. Er besaß kaum militärische Macht, seinen vielen Untertanen bot er keinerlei Schutz, so dass diese meist seinen Feinden Hilfe anboten. Dennoch, seine Gegner kamen und gingen, er blieb. Für die Historiker sollte dies ein Rätsel bleiben, denn diese wussten nichts von uns. Gideon half ihm als reisender Botschafter, Aliana und ich als ausführende Organe. Die Erweiterung seiner Machtbereiche vollzog sich dabei fast ausschließlich durch geschickte Verheiratungen seiner Kinder, die

Gideon verschlagen erredete. Nicht umsonst war der Kaiser selbst mit der Tochter des portugiesischen Königs verheiratet, in Zeiten in denen Gideon oft in Portugal weilte. Obwohl Friedrich III. selten in seiner eigenen Gegenwart, noch später ernst genommen wurde, hatte er nie definitiv verloren und vieles vermocht, dass andere nie verwirklichen konnten. Dafür dankte er uns mit seinem niemals entschlüsselten mystischen Wahlspruch, den er auf alle Zeiten in seinem Wappen verewigen ließ, und der später die Siegelringe einer längst nach ihm gegründeten Militärakademie in Wiener Neustadt zierte – der Theresianischen Militärakademie, wo heute Soldaten zu Offizieren des österreichischen Bundesheeres ausgebildet werden, gegründet von der damals einzigen weiblichen Erbin Maria Theresia 1752. Einige Absolventen der Akademie traten einem Geheimbund innerhalb der Institution bei, sie lernten die Bedeutung von Friedrichs Wahlspruch kennen und dienten als Vasallen dem Hause Baphomet. Friedrichs Wahlspruch war eine simple Abkürzung: A.E.I.O.U.

1474 drang Friedrich III. nach Neuß am Rhein vor, um der belagerten Stadt zu helfen, während Gideon für ihn in Wien die Augen und Ohren in der Nacht offen hielt, und ich mit Aliana in Rumänien verweilte, um dort den Berichten nachzugehen, die uns bei unserem Besuch in Wien erreicht hatten.

DER HIMMELFAHRT DER TEMPLER

Die Templer hatten eine eigene Entwicklung durchgemacht. Um die Geschichte der Templer zu verstehen, muss man die Geschichte Outremers kennen, die mit damaligen europäischen Maßstäben kaum zu entschlüsseln ist. Erst dann kann man sich den

Geheimnissen des Ordens annähern. Outremer hatte die Templer geprägt, genauso wie das Hause Baphomet ihre Wurzel war.

Vor der Gründung des Templerordens hatte 1096-1099 der erste Kreuzzug in heilige Reich stattgefunden, als ein Jahr zuvor Papst Urban II. auf Hilfegesuche des Kaisers aus Byzanz, bzw. Konstantinopel, wie Istanbul früher bis 1930 genannt wurde, reagierte und dazu aufrief, mit Waffen in die heiligen Länder zu ziehen. Viele nichtälteste Söhne von Familien sahen die Chance, ihr Erbe aufzubessern, und folgten dem Ruf. Begleitet wurde der erste Kreuzzug von religiösem Eifer und Plündereien. Byzanz verstand sich daher nicht mit den Kreuzfahrern, die sich teils aus unkontrollierbaren Gruppen und Horden gebildet hatten. Am 7. Juni 1099 standen diese Truppen vor Jerusalem und den Kreuzrittern gelang es trotz der gemischten Gruppierungen das damalige Zentrum der Menschheit nach fünf Wochen der Belagerung zu erobern. Der christlichen Welt gehörte jetzt eine ihrer Geburtsstätten.

Zwischen dem Papst und Byzanz gab es Differenzen wegen abweichender Antworten auf Glaubensfragen, die in der Zeit Outremers immer wieder zu Konflikten führten. Während Byzanz in griechischer Tradition Glaubensdispute philosophisch achtete, betrachtete das römisch-fränkische Abendland sie als Ketzerei.

Gottfried von Bouillon, der große Teile der Kreuzritter angeführt hatte, sollte erster König der geeinten Gebiete im Heiligen Land werden, allerdings war er der Auffassung, es könne in Jerusalem nur einen himmlischen König mit einer Krone aus Dornen geben, und so nannte er sich im Gegensatz zu seinen Nachfolgern »Verteidiger des Heiligen Grabes«. Trotz der späteren Verwendung des Königstitels durch andere, hatte seine Ansicht Outremer und die dortigen Fürsten geprägt. Für sie war ein König nicht von Gott gegeben, sondern lediglich erster Feldherr in der

Schlacht und Ratsvorsitzender. Gottfried regierte ein Jahr, dann verstarb er, und sein Bruder Balduin von Edessa wurde König von Jerusalem: Balduin I. Sein Reich bestand aus den neu gegründeten Kreuzfahrerstaaten Edessa, Antiochia, Tripolis und Jerusalem, die Outremer bildeten. Outremers stammte aus meiner Muttersprache, dem Französischen und bedeutete jenseits des Meeres.

Bei dem ersten wichtigen Mitglied nach Gründung des Ordens 1119 handelte es sich 1125 um den Grafen Hugo von der Champagne, einem Freund des Mönchen Bernhard von Clairvaux, der mit unserem Suger von Saint-Denis später den zweiten Kreuzzug anpries. Suger und Hugo halfen, dass sich der Mönch später für die Unterstützung unseres Vasallenordens einsetzte. Dies führte zu zahlreichen Schenkungen von Land und Geld an den Orden. Ein wichtiger Tag für die Templer war der 29. März 1139, als Papst Innozenz II. die Bulle »Omne datum optimum« ausrief. Mit dieser Bulle – einem apostolioschem Brief als Urkunde zur Verkündung von päpstlichen Rechtsakten – wurden die Templer einzig dem Papst direkt unterstellt, sie brauchten keine Steuern mehr zu entrichten und konnten im Gegenteil selbst Steuern eintreiben. Damit begann die Zeit des Ordens als Verleiher von Geld gegen Zinsen, das zukünftige Kerngeschäft und die Basis der weltlichen Macht der Templer. Die späteren Bullen »Militis Templi« 1144 von Coelestin II. und »Militia Dei« 1145 von Eugen III. gaben dem Orden weitere Konzessionen. Warum sie so viele Rechte vom Vatikan erlangten, gelangte niemals an die Öffentlichkeit, Historiker kamen niemals hinter die Wahrheit.

Die ersten Kriegseinsätze verbrachten die Pauperes commilitones Christi templique Salomonici Hierosalemitanis weniger erfolgreich. 1129 versagten sie kläglich bei der Belagerung von Damaskus, ihre Herrin Aliana war nicht bei ihren Vasallen. Doch die Templer verloren niemals ihren Glauben und ihren Eifer, unter

Aliana fochten sie zahlreiche Siege aus. Sie nahmen beinahe an allen Kämpfen in den heiligen Landen bis zum Fall Outremers 1291 teil und kannten die muslimischen Krieger wie sonst kein Christ. Nicht ein anderer Orden wurde von den Sarazenen dermaßen mit Respekt genannt und als ebenbürtig betrachtet.

Ihre Geldgeschäfte übten sie mit viel Geschick aus, selbst die Moslems vertrauten den Templern ihr Geld an. Bei allem was ich ihnen oft an Torheit nachsage, sie hatten als erste die Idee eines Kreditbriefes, mit dem sie Finanzversendungen quer durch Europa und Outremer ermöglichten, die sie über kryptisch verschlüsselte Pfandbriefe durchführten. Ihr Barvermögen wuchs rasch und stärkte die Macht des Ordens.

Da jeder freie Mann in den Orden der Templer eintreten konnte, je nach weltlichem Stand als Knappe, Kaplan, Sergeant oder Ritter, und der Orden von Kirche gefördert wurde, gab es immer wieder Neuzugänge, welche die Reihen der Gefallenen schlossen. Der starke Wachstum der Templer, deren Anzahl rasch in die zehntausende ging, hatte zur Folge, dass im damaligen Zeitalter nur die Großmeister und hochrangigen Mitglieder in die Natur der Lehnsherrin und die Mystik des Baphomets eingewiesen waren, was Alianas Haus später schützen sollte.

1147 bis 1149 fand der zweite Kreuzzug statt, Papst Eugen III. hatte zum Krieg aufgerufen, nachdem drei Jahre zuvor die Hauptstadt von Edessa von Moslems erobert wurde. Unter dem damaligen zwölfjährigen König Balduin III. einigte man sich darauf, Damaskus anzugreifen. Eine doppelte Fehlentscheidung, denn Damaskus war eine bislang neutral gebliebene Stadt und der Feldzug schlug darüber hinaus fehl.

1174 übernahm Balduin IV. den Thron leprakrank und im Alter von dreizehn Jahren, von dem verstorbenen König Amalrich. Der neue König hatte wider erwarteten einige Erfolge, wie 1177, als er

Tempelritter zur Schlacht von Montgisard als Verstärkung beorderte, und diese die zahlenmäßig überlegenen Sarazenen mit gerade einmal 80 Ordensrittern voller Eifer zurückschlugen. Viel menschliches Blut fiel damals in die Fänge der Vampire. Die militärische Stärke des Ordens hatte sich bewiesen.

1182 war die Zeit des größten Toren und insgeheimen Feiglings unter den Templern, vielleicht sogar des einzigen, wo sie sonst so voller übergroßem Stolz und Mut standen: Großmeister Gérard de Ridefort. Er warf Jacques de Mailly damals Feigheit vor, als dieser zum Rückzug in einer Schlacht riet. Die Welt der Dunkelheit hatte nicht teilgenommen, da sie bei Tag stattfand, es standen 150 Tempelritter gegen 7000 Sarazenen. Gehorsam war oberstes Gebot unter den Templern und niemand zog sich daher zurück. Einzig drei Templer überlebten die Schlacht, darunter der Großmeister – wie er das wohl geschafft hatte. Die Templer blieben ihm in bekannter Disziplin dennoch treu, bis er in einer weiteren Schlacht von Saladin mit anderen Templern gefangen wurde. Saladin bot die Wahl zwischen Abkehr vom Glauben samt Freiheit oder Häutung bei lebendigem Leib. Seltsamerweise wurde der Großmeister freigelassen, die anderen wurden gehäutet. Aliana bezeichnete es als Taktik: einen Feind, den man grandios besiegt hat, soll man ruhig weitere gegnerische Truppen führen lassen. Gideon nahm sich letztlich seiner an und verbannte die Erinnerungen aus unserer Welt aus seinem Geist. Bald übernahmen die Templer unter einem neuen Großmeister wieder die militärische Verteidigung der Christen in Outremer.

Doch 1187 eroberten Saladins Truppen Jerusalem und St. Jean D'Acre wurde neue Hauptstadt des christlichen Königreiches fast durchgehend bis zum Ende Outremers. Sultan Saladin war der wohl mächtigste und intelligenteste Feldherr, den ich jemals kennen lernen durfte. Saladin war ein fairer und ehrenvoller Mann, wenn man sich an Versprechen hielt. Balian gewährte er 1187 mitten in der Schlacht um Jerusalem, seine Familie aus der Stadt zu holen, dafür durfte dieser lediglich eine Nacht in Jerusalem verbringen. Die Stadt flehte Balian an zur Verteidigung zu bleiben, er bat Saladin erneut, und der erlaubte es ihm und ließ zusätzlich die Familie sicher fliehen. Ein Mann der Ehre. Imhotep hatte ihn gemocht, und wir durften häufig des Nachts als Botschafter mit ihm speisen. Hätte er nicht bereits soviel weltliche Macht besessen, er hätte einen Gewinn für die Dunkelheit dargestellt, wie ich Imhotep zitieren darf. In diesem Jahr fiel auch das Kreuz von Jerusalem, das Heilige Kreuz, die Reliquie, an die die Römer Jesus von Nazaret gekreuzigt hatten, in die Hände der Feinde der Christenheit. Der Bischof von Jerusalem, dem es anvertraut war, starb in der Schlacht von Hattin, in der Saladin die Christen auf diesem Schlachtfeld mit Blick auf den See Genezareth vernichtend schlug. Die Niederlage bei den Hörnern von Hattin, wie die doppelte Hügelspitze, an welchem die Kämpfe letztlich geführt wurden, hieß, beendete in Konsequenz die christliche Herrschaft über Jerusalem. Die Reliquie, die seit ihrer Entdeckung im ersten Kreuzzug die Schlachten der abendländischen Ritter angeführt hatte, war verloren.

Der dritte Kreuzzug von 1189 bis 1192 hatte das Ziel Jerusalem zurück zu erobern. Dieser Kreuzzug war vielleicht der bekannteste, nahm immerhin unser Freund König Richard Löwenherz daran teil, der sich dermaßen gut mit den Templern verstand, dass er Ordensangehöriger ehrenhalber – also ohne die Pflichten wie Zölibat – wurde. Er hatte mit Saladin einen ehrwürdigen Gegner. 1191 wurde Akkon zurückerobert, vorher Zypern, weil dies auf Richards Weg in die Heiligen Lande lag. Einen weiteren grandiosen Sieg erlangten die Kreuzfahrer in dem Kampf um Arsuf. 1122 schloss Löwenherz, der sich diesen Beinamen in den tapferen Kämpfen bei den Kreuzzügen verdiente, in die er teils stur und voll dummem Eifer ritt, mit Saladin in Freundschaft einen Friedensvertrag über fünf Jahre. Der eigentliche Angriff auf Jerusalem fand damit nicht statt. Damit hatte der Kreuzzug trotz anfänglicher Erfolge sein Ziel nicht erreicht. Doch zwei andere bemerkenswerte Artefakte blieben: aus je einem von zweien im Kreuzzug gegründeten Hospital entstanden die Ritterorden der Deutschherren und der St. Thomas von St. Jean D'Acre Orden. Ich hatte später mit ihnen zu tun.

Richard war ein mutiger Mann seiner Zeit, für meinen Geschmack dermaßen mutig, dass es an Blindheit grenzte, aber Saladin war ein besserer Feldherr. Ohne das Hause Baphomet, welches oft genug bei Untergang der Sonne in die Schlachten an Seite der Templer eingriff, hätte es auch die erwähnten Siege für das Herz des Löwen nicht gegeben. Richard lehnte eine Vampireskorte auf seinem Heimweg ab, er war damals verstimmt, da Aliana seine Liebesschwüre zurückwies und zog es vor, ohne uns bei Tag zu reisen. Obwohl er wie ein gewöhnlicher Templer mit seinem eigenen Begleitschutz in die Heimat zurückkehrte, wurde er erkannt und von Christen gefangen, die ihn Kaiser Heinrich IV. auslieferten. Wie ich bereits in Zusammenhang mit seiner Mutter Aliénor erwähnte, waren Aliana und ich gut genug, ihm dabei aus der Patsche zu helfen: Lösegeld wurde gezahlt.

1193 starb Saladin dann, Gideon hatte sich mit an seinem Totenbett befunden und ihm in seinen letzten Atemzügen zur Seite gestanden, den Schmerz aus seinem Kopf haltend. Das mächtige Feindesreich gegen die Christenheit zerfiel. Saladin, dem es gelungen war Sunniten und Schiiten unter einem Befehl zu vereinen, hinterließ ein Loch in der islamischen und andersgläubigen Welt in den umgebenden Fraktionen von Outremer, die aus zahlreichen Glaubensrichtungen und

Herrschaftsgebieten bestand: Choresmer, Chwarisnier, Marmelucken, Seldschuken, Damaskus, Ägypten, später sogar Mongolen. Viele dieser Fraktionen führten Kriege untereinander.

Dies führte zum vierten Kreuzzug von 1202-1204, den ich immer gern mit den Worten »Für Venedigs Gold und sonst nichts« zusammenfasse. Nach der Hoffnung durch den Tod Saladins sprach sich Papst Innozenz III. 1199 für einen weiteren Krieg aus. Den Kreuzrittern gingen auf dem Weg aber die finanziellen Mittel aus, und ein Angebot Venedigs war verlockend: sie eroberten die in Besitz von Ungarn befindliche Stadt Zara für das venezianische Reich. Hier kämpften Christen gegen Christen, und das in einem angeblichen Kreuzzug. Ein Versagen des Papstes in der Führung. Es hagelte Exkommunikationen. Doch auch Byzanz wurde von den Kreuzfahrern belagert, und Konstantinopel schließlich erobert und geplündert – was dem Papst angesichts der ständigen Kontroversen mit den griechisch-orthodoxen gar nicht so sehr missfiel. Dann wurde der Kreuzzug 1204 vom Papst abgebrochen und König Amalrich schloss frustriert mit Sultan al'Adil einen Waffenstillstand, da die Heere der Kreuzfahrer nicht zu ihm gegen Jerusalem kommen würden. Wir schmunzelten damals nächtelang über die Verbohrtheit der Christen außerhalb Outremers.

Dieser vierte Kreuzzug hatte noch einen Nebenschauplatz, die Kinderkreuzzüge. Kinder fühlten sich dem Ruf des Papstes verpflichtet, und niemand hielt die immer größer werdende Scharr auf, bis sich schließlich das Meer nicht wie erwartet teilte, sondern Sklavenhändler sie fingen und in Nordafrika verkauften. Wie gesagt, für Venedigs Gold und sonst nichts.

Der fünfte Kreuzzug ist meiner Meinung nach bloß eine Ansammlung von Geplänkeln und kann schlecht in Jahreszahlen festgehalten werden. Der Waffenstillstand lief aus, und die Tempelritter wollten keine Verlängerung, damit der Gedanke an

Gefahr aufrecht gehalten wurde, und Outremer in Europa nicht in Vergessenheit geriet. Sie wollten Truppen aus den Heimatländern. Dazu kam, dass 1210 ein neuer König als Nachfolger gefunden werden musste, doch nur ein fünfzigjähriger hatte Interesse die frisch heiratsfähige Nachfahrin zu ehelichen. Er, Johann von Brienne, überlebte seine Angetraute und wurde später Kaiser von Byzanz bis zu seinem Tod 1238.

Angesichts von zurück eroberten Burgen gab es Zwist unter den Kreuzrittern, da sie den Tempelrittern als Eigentümern von den ohnehin verfeindeten Hospitalitern, auch als Johanniter bekannt, nicht zurückgegeben wurden, die zu der Zeit immer öfter den islamischen kriegerischen Orden der Assassinen benutzten, um ihre politischen Gegner zu beseitigen. Der Papst sprach sich für die Templer aus, welche die Burgen zurückerhielten. Der Kreuzzug, der den Namen nicht verdiente begann 1218, ein Jahr danach eroberten die Kreuzritter Damietta. Der Sultan wollte daraufhin verhandeln und Jerusalem abtreten, doch die christliche Welt wollte nicht verhandeln, die Zugeständnisse schienen über Jerusalem hinaus zu schlecht. Aber Krankheit und Streitereien versagten den Angriff auf Jerusalem, und auch dieser Kreuzzug schlug fehl. Der Papst war von seinen Informanten falsch beraten worden und zerstritt sich mit den Templern. Als er einsah, wie Recht diese hatten, war es zu spät – Gideon war leider zu säumig in Rom eingetroffen. Der Sultan hatte die Kreuzfahrer derweil in die Enge getrieben, und sie mussten bedingungslosen Waffenstillstand akzeptieren.

Frederico Secondo, oder weniger edel Friedrich II. von Hohenstaufen, erreichte 1228 Jerusalem, Jahre später, als man ihn gebraucht hatte. Diese Zeit wurde auch als sechster Kreuzzug festgehalten, aber auch dieser fand nie so richtig statt. Friedrich II. war Kaiser des Heiligen Römischen Reiches Deutscher Nationen, aber dieser Titel reichte nicht für seinen Ruhm in Outremer, welches er ein Jahr später bereits wieder verließ, mit den Worten des Patriarchen von Akkon begleitet:»Gebe Gott, dass er nie zurückkehret!«

Statt Krieg hatte er den Waffenstillstand über einen neuen Vertrag mit den Ägyptern um weitere 10 Jahre verlängert. Friedrich hatte den respektvollen Umgang der Templer mit den Sarazenen nie verstanden. Obwohl er selbst aufgrund seines eigenen Harems, den er sich ganz offiziell in Palermo hielt, Sultan von Palermo genannt wurde. Auch beherrschte er die Sprache der Unheiligen und empfing häufig Gesandte von ihnen. Dennoch blieb ihm der Kern der Politik Outremers verborgen. Zwar enthielt sein Vertrag die Wiedererlangung Jerusalems, aber zu weit schlechteren Konditionen, als bereits in dem Angebot, dass 1219 abgelehnt worden war. Auch war der Tempel von der Rückgabe Jerusalems ausgeschlossen, was unsere Vasallenritter besonders erregte. Friedrich waren die Templer verhasst, und er hatte nie verkraftet, dass ihn die Adeligen als König Outremers ablehnten, obwohl sie seinem Sohn Konrad Unterstützung für den Thron gaben. Friedrichs Ansicht Stellvertreter Gottes auf Erden zu sein, vertrug sich nicht mit den Anschauungen in Outremer, wo ein König bloß als erster Ratsvorsitzender und oberster Feldherr galt. Frederico schenkte sogar dringend in Akkon zur Verteidigung benötigte Katapulte dem Sultan und griff Stätten der Templer an, um diese den Deutschherren zu schenken, aber die Getreuen des Hauses Baphomet vertrieben ihn voller Hohn. Friedrichs Hassschriften über den Orden der Templer trugen Jahre später dazu bei, dass gegen die Templer vorgegangen wurde.

Selbst der Papst hatte Friedrich exkommuniziert, mehr als einmal. Wegen verspäteten Aufbruch in den Kreuzzug, danach weil er die Aufhebung der Exkommunikation nicht abwartete – er setzte sich 1229 sogar selbst die Krone auf, wobei nur die Deutschherren und enge Anhänger zu seiner Krönung erschienen. Zwar wurde die Exkommunikation 1230 wieder aufgehoben, aber Friedrich und der Papst waren weiterhin zwei Seiten einer Medaille. 1239 wurde der Kaiser wieder verstoßen, als offener Krieg zwischen ihm und dem Vatikan in Italien tobte. Dieser Krieg versagte Outremer die dringend benötigte Unterstützung, da der Papst aufrief, statt nach Outremer zu ziehen, in Italien zu kämpfen.

Der siebte Kreuzzug leitete somit auch das Ende Outremers ein. Wenige Ritterorden waren geneigt den Kampf im heiligen Land weiter zu führen, als König Ludwig IX. von Frankreich es als seine Pflicht ansah im Heiligen Land dem Christentum zu dienen, das ein wenig führerlos dahin trieb, da sein eigener König Outremer fern blieb. Der sogenannte »Ludwig der Heilige« kam 1249 bei Damietta an. Die Kämpfe der Kreuzritter verliefen aber nicht gut, und Ludwig wurde gefangen. Ein riesiges Lösegeld war fällig, das – nicht ohne formale Hindernisse – aus den Kassen der Templer stammte. Ludwig blieb daraufhin in Outremer, was für die dortige Christenheit nicht erfolgreich war. Er hörte nicht auf uns und die Templer bei der Wahl seiner Bündnispartner und geriet immer mehr zwischen die Feinde Outremers. Innere Streitigkeiten quälten das Königreich von Jerusalem, als er 1254 nach Frankreich zurückkehren musste. Langsam gingen die christlichen Mächte im Abendland unter. Die Tempelritter taten ihr bestes um Outremer zu verteidigen, aber die anderen Orden zogen sich mehr und mehr nach Europa zurück, um sich dort Territorien anzueignen.

1291 verteidigten die Templer gemeinsam mit dem befreundeten Orden vom Heiligen Lazarus Akkon. Dieser verbündete Orden hinterließ Angst und Schrecken beim Feind, waren ihre Ritter und Angehörige leprakrank und aussätzig. Ihr Symbol, ein grünes Kreuz auf weißem Grund, bannte teilweise ganze Kampfreihen, noch bevor ihre Schwerter, von aussätzigen Händen geführt, auf die Gegner schlugen. Trotz dieser tapferen Orden war dieses Jahr das Ende vom christlichen Outremer. Die Templer zogen sich als letzte bewaffnete Christen aus dem Heiligen Land zurück. Jerusalem war endgültig verloren, und damit ihr Tempel, ihr Namensgeber.

Leider waren die Templer in ihrem Eifer Rat gegenüber sehr verbohrt und teils der Politik entfremdet. Sie verschafften sich keine eigenen Herrschaftsgebiete. Nichts, wohin sie sich jemals zurückziehen konnten. Den Königen um die dreizehnte Jahrhundertwende gefiel es nicht, dass die Mönchsritterorden derart große Heere stellten und ihnen nicht Untertan waren. Den verarmten und auch bei den Templern verschuldeten König Philipp IV. machten sie sich zum Feind, als sie ihm letztlich sogar die Ehrenteilnahme am Orden versagten. Immerhin hatten sie Richard Löwenherz als Freund von Aliana die Ehrenmitgliedschaft gewährt. Philipp der Schöne brauchte Geld, und die Templer kamen ihm sehr gelegen, wie ein Jahr vorher die Juden und davor lombardische Bankiers. Er hatte bereits für die Entführung und somit den verfrühten Tod des Papstes Bonifatius VIII. gesorgt, als sie entgegengesetzter Meinung über die Besteuerung des Klerus waren, sowie dessen Nachfolger von Philipps eigenen Berater Guillaume de Nogaret ermorden lassen. Alle Versuche Gideons, die Templer zu überzeugen, freiwillig Einsicht zu erlangen, schlugen fehl. Ihr Stand als Vasallen verbot es uns, sie zu übergehen oder zu manipulieren. Philipp IV. setzte den damaligen mit ihm befreundeten Papst Clemens V. unter Druck und der Schutz über die Templer wurde aufgehoben und die Brüder des Ordens der Ketzerei und der Bruderliebe – damals der Sodomie – angeklagt. Bei all seinem schlechten Umgang mit Geld, man musste Philipp lassen, diese Aktion staatsmännisch geplant zu haben. Wir bekamen beinah keine Warnung und keinen Hinweis, da bloß versiegelte Briefe von ihm an alle Polizeistellen versandt wurden, die alle gleichzeitig am 13. Oktober 1307 zu öffnen waren. An diesem schicksalsschweren Datum, der den Begriff Freitag der 13. prägte, geschah der Fall der Templer, denn vom Siegel geschützt, befanden sich die Haftbefehle in den Umschlägen. Die Welt der Dunkelheit wurde überrascht wie der Orden selbst, und das erste Polizeieingreifen dieser Art wurde erfolgreich vollendet.

Erst als es beinahe zu spät war, hatten wir von der Festnahme erfahren und die Templer in der Nacht zum 12.10. im Tempel von Paris besucht. Wir trafen letzte Absprachen und ehrten sie mit unserer Anwesenheit, trotz der damit verbundenen Gefahr. Die Templer waren beglückt von ihrer Notre Dame auch in den dunkelsten Zeiten nicht allein gelassen zu werden. Im Morgengrauen verließ eine mit Stroh beladene Karre den Tempel von Paris. Während die Templer nach dem beschlossenen Plan alle Dokumente verbrannten und Anweisungen bezüglich der Verhaftung gaben, verließen Aliana, Gideon und ich die schönste Stadt Frankreichs.

Die Templer boten kaum Widerstand, denn sie betrachteten sich als unantastbar und hofften nach der Verhaftung im Morgengrauen auf Hilfe in der Nacht, zumindest die eingeweihten in den höheren Rängen, welche die Befehlsgewalt ausübten. Im Gegensatz zum Willen des Königs gelang es uns zumindest, ein jahrelanges Ermittlungsverfahren zu erlangen, das immer wieder hinausgezögert wurde. Wir konnten dabei alle Spuren Baphomets und den Kontakt zu den Häusern der Dunkelheit verwischen und viele der Reichtümer der Templer in Sicherheit bringen. Der damalige Großmeister Jaques de Molay war ein tapferer Mann, der bis zuletzt immer wieder Treue zu seinem Orden und seiner

Lehnsherrin Aliana bewies, die er auch unter der Folter der Inquisition nicht verriet. Molay ermöglichte uns damit, viele der Templer zu retten und bleibt in unseren Erinnerungen ein mit höchstem Respekt zu gedenkender Märtyrer. Papst und König mauschelten viel und handelten hinter den Kulissen der Prozesse. Letztlich löste der Papst den Orden offiziell auf, mit der Folge, dass dem Orden als Gesamtheit kein Prozess mehr gemacht werden konnte, wohl aber den wenigen hochrangigen Gefangenen. Jacques de Molay wurde zusammen mit Geoffroy de Charnay in Paris als rückfällige Ketzer verbrannt, wir hatten sie zu retten gesucht, aber es war ihre Wahl, für ihren Orden in den Tod zu gehen. Jacques verfluchte Papst und König am 19. März 1314 vom Scheiterhaufen, sein letzter ausgesprochener Wunsch an seine Lehnsherrin, den sie erhörte. Dem Fluch folgend starben König Philipp der Schöne und Papst Clemens V. binnen einer Jahresfrist.

Die Verzögerungen und de Molays tapfere Erduldung der Folterungen hatten ermöglicht, was den Orden rettete. Lediglich in Frankreich waren Todesurteile erfolgt, in Spanien gab es teilweise Freisprüche, in Schottland war die Verkündung des Papstes, den Orden aufzulösen, niemals ausgerufen worden. Alianas Haus brachte viele Templer aus ihren über zehntausend Besitztümern dorthin, wo sie unter dem Schutz des befreundeten Hauses Skara Brae standen, und wo der Orden weiter existierte. Andere wurden von Gideon hin nach Portugal geleitet, dort gab es den neuen Orden der Ritterschaft Jesu Christi. Dieser Christusorden nahm die Templer gern auf, samt ihrer finanziellen Mittel und Güter. Für uns war der Hauptarm der Templer ihre Basis in Schottland, doch unter Baphomets Leitung blieben beide Zweige in enger geheimer Verbindung. Und von Skara Brae aus wurden die stets treuen Ritter zu uns geschickt, wann immer wir neue Truppen als Begleitung benötigten, während unsere ständigen Begleiter von der direktem Umgebung des Hauses Imhotep und Baphomet in Portugal stammten. Wie viel das Haus Baphomet selbst an den Ereignissen in Outremer teilgenommen hatte, wissen lediglich Eingeweihte. Es sind die Geheimnisse der Templer, ihr Kern ist der Heilige Gral, ein weiteres liegt in der kleinen französischen Ortschaft Rennes-le-Château begraben, der auch heute noch eine hohe Faszinationskraft obliegt. Aber letzteres Geheimnis kann ich an dieser Stelle noch nicht lüften.

Selbst heute gilt: wenn das Banner des Ordens, der Gonfanon Baucéant weht, dann ziehen die Templer in den Krieg.

DER FÜRST DER WALACHEI

Ethrel folgte dem letzten untoten Gefangenen in die Nacht, nachdem Aliana einem Templer befohlen hatte, den Sack aus der Grube zu hieven und diesen zu öffnen. Der Untote bemerkte uns nicht einmal, als er mit unbeholfen wirkenden aber erstaunlich schnellen Schritten zielstrebig von dannen schritt. Der mächtige Wolf folgte mit Abstand, er konnte die Witterung ohnehin mit Leichtigkeit verfolgen. Ich setzte mich zu Aliana ans Lagerfeuer. Wir hatten keine Vorstellung davon, wo unser nächstes Ziel lag, aber wir hatten die Vermutung, dass diese Untoten nur des Nachts wandeln konnten. Dies bedeutete, ihr Zielort lag in Reichweite der Stunden der Dunkelheit.

Es war fast im Morgengrauen als Ethrel zurückkehrte, so dass nicht mehr die Zeit für lange Erklärungen des Tierwandlers bestand. Aber in der folgenden Nacht brachen wir auf, und der grimmige Wolf führte Aliana und mich durch die Dunkelheit. Ob es in seiner Natur, wie in der eines Wolfes stand, Teil eines Rudels sein zu wollen? Nach einigen Stunden des Wanderns erreichten wir den Ort, den Ethrel uns knapp beschrieben hatte. Es war eine Begräbnisstätte an einem kleinen Abhang, der Mond beleuchtete die Lichtung zurückhaltend. Die Gräber waren an den aufgeschütteten Steinen zur Abdeckung der Erdmulden dürftig zu erkennen. Hier wurden die Toten zur Ruhe gebettet. Aliana schritt vorsichtig in den Kreis der Steinhaufen hinein, ich bevorzugte es die Ränder der Lichtung abzusuchen. Ethrel blieb stehen und hielt aufmerksam mit seinen wölfischen Sinnen wahrnehmend Wache. Ich hatte die Stätte im Kreis umlaufen und stellte mich zu dem Vampir: »Ethrel, könnt Ihr fremde Menschen riechen, die hier waren?«

Ethrel knurrte, Aliana brauchte nicht mehr zu übersetzen, ja und nein von ihm konnte ich bereits deuten. Hier gab es keine menschlichen Spuren außer den meinen. Ebenso wenig die der Untoten, die hätte selbst ich gerochen. Dafür waren einige Steine verschoben und die Gräber darunter leer. Diese Toten wandelten wieder. Aliana kniete in dem Kreis nieder, verschränkte ihre Beine, ihre leichte Kettenrüstung raschelte dabei leise. Sie legte ihre Hände auf die Knie und versank in der Stille. Ich wusste, was sie tat, und Ethrel und ich bewachten den Ort, während sie die Schatten befragte. Diese Gabe konnte auf die Erinnerung von Schatten zugreifen, sie erforderte ein Höchstmaß an Konzentration. Häufig waren Vampire jüngeren Blutes beschränkt auf Teilbereiche in ihrer Machtlinie, sie spezialisierten sich auf Unterkategorien, um darin Beherrschung zu erlangen. Aliana war dermaßen kraftvoll, dass sie in vielen Bereichen der Schattengänger Macht auszuüben vermochte. Ich wusste nicht genau, ob es rein ihr eigenes Blutalter war, das ihr diese große Macht gab, oder ob ihre Kraft durch angenommenes Blut anderer Vampire angereichert war. Jetzt würde sie sehen, was die Schatten in dieser Nacht bereits vernommen hatten. Es war ähnlich der Gabe Gideons, aus dem Gedächtnis eines Menschen zu lesen.

Als Aliana aufstand, lächelte sie mir zu. Sie gab Ethrel eine Richtung an, und der Wolf verschwand mit großen Sprüngen hinter Bäumen.

»Ein Wojewode war hier. Er muss die Macht besitzen, die Leichen wandeln zu lassen.«

»Todeswandeln«, meinte ich in Gedanken und benannte diese Fähigkeit. Mir fröstelte, und ich trat näher zu Aliana, obwohl sie nicht vermochte zu wärmen. Sie legte einen Arm um mich und küsste mich auf die Wange. Wie fühlt sich ein Mensch, wenn er Jahrhunderte auf einen Kuss harrt? Er genießt ihn wie ein himmlisches Geschenk.

»Viele Wojewoden wird es hier nicht gerade geben, Aliana«, bemerkte ich, angesichts der Tatsache, dass der Herrscher der Fürstentümer Walachei und Moldau Wojewode genannt wurde, im Gegensatz zum sonstigen slawischen Raum, wo ein Wojewode bloß dem Rang eines Militärstatthalters unter einem Fürsten entsprach. Sie nickte bestätigend: »Die Schatten beschreiben einen Mann, den sein eigener Schatten vor den anderen als Wojewode bezeichnet hatte.«

Ich grübelte, bis ich mein Wissen anpries: »Der momentane Herrscher hier in der Walachei ist Basarab Laiotă cel Bătrân. Kaum auszusprechen. Aber ob er solche Kräfte besitzt …«

Ethrel stand plötzlich wieder neben uns, diesmal in menschlicher Gestalt, völlig nackt. Ich verdrehte die Augen und sah beiseite, als er Aliana seine Entdeckung erläuterte: »In dieser Richtung gibt es ein Lager. Mehrere hundert Soldaten befinden sich dort. Den Gerüchen und der Lagerstätte nach befinden sie sich seit mehreren Tagen dort.«

Alianas klare Stimme antwortete ihm: »Aus dieser Richtung kam der Mann. Das Lager sei unser Ziel. Führe uns hin, Ethrel. Aber harre vor der Grenze auf unsere Rückkehr, bis der Mond dort steht«, sie zeigte in den Himmel,»dann kehre Heim, treibe die Templer an und sorge dafür, dass Gideon informiert wird.«

Ethrel nickte. Ob es ihm gefallen würde, wenn wir nicht zurückkehrten? Ich sah in ihm den Verbündeten Kalais und somit einen Feind. Denn ich hatte niemals gelernt wie das Geschlecht Imhotep zu denken.

Wir traten aus den Wäldern und machten uns den Soldaten gegenüber lauthals bemerkbar. Der Wolf wartete entfernt. Rumänische Krieger eilten sofort auf uns zu, sicherten sich mit gezückten Waffen ab und schauten misstrauisch.

»Aș vrea să vorbesc cu wojewode«, bat Aliana darum mit dem Wojewoden zu reden. Die Soldaten wirkten unentschlossen und machten keine Anstalten sich zu bewegen. Aliana wirkte fürstlich, nicht wie eine der ansässigen Frauen, die sie sonst kannten. Die Situation war sicherlich surreal für sie.

»Vorbiți cu el despre aceasta!«, forderte meine Fürstin die Soldaten auf mit dem ihrigem zu reden. Drei weitere Soldaten erreichten uns und sie unterhielten sich leise in einem barschen Tonfall. Aliana sagte mir nicht, ob sie etwas verstand, und wir warteten ab. Einer lief davon, und die anderen führten uns langsam näher an das Lager heran. Als wir die Grenze erreichten, kehrte der Läufer zurück und wies die anderen an, uns zu ihrem Fürsten zu bringen. Wir durchquerten das Lager. Mir fielen die Banner an den Zelten und auf Holzstäben überall in dem Feldlager auf, sie trugen einen Drachen, dessen Schwanz um den Hals geschlungen war. Meines Wissens nach war dies nicht das Zeichen des jetzigen Herrschers der Walachei, Basarab Laiotă cel Bătrân, aber das Banner des Drachenordens, von Kaiser Sigismund 1408 in seiner damaligen Position als König von Ungarn zur Verteidigung des Christentums ins Leben gerufen. Ich wusste dies, da wir in der Nacht der Feierlichkeiten zur Gründung des Ordens auf Wunsch Sigismunds anwesend waren. Wie es dem Orden danach ergangen war, wusste ich nicht, als ich jetzt die Banner sah. Wir erreichten ein Zelt inmitten des Lagers, einsatzbereite Krieger hielten in einigen Metern Abstand Wache und vor einem Lagerfeuer am Zelteingang saß ein um die vierzig Jahre alter Mann mit kantigen Gesichtszügen, schneidigem Kinn, langem dunklen Haar, aufgeweckten Augen und einem festen, gerade verlaufenden Schnurrbart, der ihn später auf allen Gemälden unverwechselbar machen würde. Er stocherte mit einem Schwert in der Glut des Feuers und würdigte uns lediglich eines einzigen abschätzenden Blickes, der danach wieder zur den Flammen wanderte.

Aliana wünschte dem Fürsten eine gute Nacht, der sie daraufhin mit einem nachdenklichen Blick musterte:»Noapte bună«.

Aliana wartete auf eine Reaktion von ihm. Nach einiger Zeit meinte er:»Mă încred în prietenii mei.«

Aliana übersetzte für mich:»Ich vertraue meinen Freunden.«

Er sah überrascht aus, als er mitbekam, dass Aliana mit mir französisch sprach, ging aber nicht darauf ein. Stattdessen klatschte er in die Hände, und seine Wachen schleiften einen nackten Mann unter Wimmern herbei, dessen Körper in dem züngelnden Licht stark geschunden schien. Der Anführer dieses Feldlagers stand auf, trat zu dem Mann hin, die Soldaten ließen ihn los, und ein schnell durchgeführter Schwertstreich köpfte ihn. Auf Anweisung ihres Herrn spießten sie den Kopf auf und stellten ihn neben den Zelteingang. Ich starrte hin. Der Vollstrecker säuberte seine Klinge mit einem Tuch und wandte sich wieder an Aliana:»N-a respectat promisiunca lui.«

Aliana übersetzte wieder leise für mich:»Der Tote hat sein

Versprechen nicht gehalten. Sag nichts und bleibe nah bei mir, Hilo.«

Wieder sah es so aus, als würde man uns keine Beachtung schenken und als wäre das Feuer wichtiger. Aliana allerdings geriet nicht schnell in Hektik, sie konnte Jahrhunderte warten, was sie mir noch beweisen würde. Irgendwann zeigte die Schwertspitze des Heerführers auf mich, und er fragte Aliana etwas.

»Garantez pentru prietenul meu«, antwortete sie ihm und fügte für mich hinzu, »Ich habe für Dich gebürgt.«

Er schien zufrieden. Plötzlich redete er auf Französisch mit uns: »Wer seid Ihr, dass Ihr mich mitten in der Nacht besucht?«

Ich blickte ihn musternd an und überlegte, was ich alles über dieses Land gelesen hatte. Aliana sprach für uns: »Nennt mich denn Aliana, fürwahr Ihr meinen Namen kennen wollt, und es sei mein Begleiter Naciron in Eurem Munde. Wir kommen zu sprechen, denn Geschehnisse aus tiefster Düsternis haben uns bewegt, durch diese Länder zu ziehen. Im Spiel der Länder stehen wir unter dem Schutze von Kaiser Friedrich III. und können als seine Gesandten verstanden werden.«

Dieser Mann schien die kleinen Nuancen in den Worten anderer zu bemerken. Ein schiefes Lächeln hatte sich um seine Mundwinkel gelegt: »Und fern den Ländern, wer seid Ihr dann?«

Aliana warf mir einen Blick zu, und ich verstand. Wir hatten die Quelle gefunden: »Fern der Länder bin ich das, was Eure Zukunft ist. Denn der Tod sei das Ende, aber ein Ende wie ein neuer Anfang. Darum seid erbeten Euch zu erklären, damit ich vermag Euch einen Blick die Zukunft zu schenken.«

Jetzt betrachtete er mich lange Zeit. Dann bat er uns mit einer Geste, bei ihm am Lagerfeuer Platz zu nehmen. Wir kamen seiner Aufforderung nach.

»Sprecht frei, Aliana, selbst wenn einer hier diese Sprache

verstehen sollte. Die Männer an diesem Zelt sind meine treuen Moldauer, niemandem vertraue ich mehr.«

»Mein Name ist Aliana, Fürstin des Hauses Baphomet, Tochter des Fürsten vom Hause Imhotep. Unsere Häuser sind Familien der Dunkelheit, unsere Ahnen Begründer dieser Häuser. Ich spüre, dass Ihr ein Ahn seid. Ein Ahn eines nicht vorhandenen Hauses, wenn mich nicht alles täuscht.«

Er fuhr sich mit dem Zeigefinger über den Schnurrbart: »Ein Haus?«

»Eine Ordnung in der Dunkelheit, der Regeln obliegen, die durch den Pakt der Nacht mit allen anderen Häusern festgesetzt sind.«

»Fürwahr, ein Haus nenne ich nicht mein eigen, zumindest nicht wie ich vermute, dass ihr es meint.«

»Dennoch spüre ich Euch als Ahn, aber weitere Geschöpfe der Dunkelheit in diesem Lager. Kreaturen der Blutdurst, bestätigt Ihr dies?«

Er nickte, und Aliana sprach weiter: »Dies nennt man Haus. Es ist der Bund aus einem Urahn gewachsen, welcher Ihr hier zu sein vermögt. Was wisst Ihr über unsere Art?«

Er schien wieder zu zögern, was er uns mitteilen sollte, bis er sprach: »Nicht viel. Ich weiß, dass ich den Blutdurst weitergeben kann, weiß, seit wann ich ihn trage, aber nicht warum, außer als Strafe Gottes. Und ich kenne meine Fähigkeiten sowie die Unsterblichkeit.«

Aliana lächelte ihn an: »Ihr habt eine Schuld auf Euch geladen, eine Schuld so kraftvoll, dass Euch die Blutdurst überkam und Euch zu einem der unseren machte. Einem Vampir.«

Er lauschte aufmerksam und stutzte bei dem neu vernommenen Wort: »Eine Schuld die Ihr weitergebt, aber damit nicht teilt, sondern wachsen lasst. Aber dazu ein andermal mehr. Die Fähigkeiten, welche Ihr kennt, erwachsen aus Eurem Sakrileg

Längst sind es nicht alle, Ihr werdet mit den Jahren der Unsterblichkeit mehr erfahren. Gebeten seid Ihr von allen mir bekannten Häusern und meiner Selbst, Euch uns anzuschließen, als eigenes souveränes Haus, aber mit der Verpflichtung Eure Schuld zu tragen und nicht ungemäß zu erweitern. Und der Welt der Menschen keine Offenbarung zu schenken. Ich bitte Euch darüber nachzudenken, und in einer anderen Nacht mit den Fürsten der Häuser zu verhandeln und Euch in unserer Welt begrüßen zu lassen. Und bis dahin erbitte ich Euch weiterhin, verzichtet auf die Quälerei der Bevölkerung durch die Geißel der Untoten. Ich vermute Ihr nutzt diese, als Teil Eurer eigenen Macht, um Euch Opfer bringen zu lassen. Zumindest bis zur Beratung mit den anderen Häusern erbitte ich, dass Ihr dies vermeidet. Für Eure Kraft trinkt das Blut von erlegten Feinden oder in geringem Maße freiwillig gegebenes Blut Eurer Getreuen, ohne die Wesen, welche ihr aus Toten zu erschaffen vermögt, Töchter Eures Landes rauben zu lassen. Wenigstens, bis Ihr mit allen Fürsten gesprochen habt und die Hintergründe kennt. So meine demütige Bitte.«

Er stocherte wieder in der Glut: »Darüber werde ich mich besinnen und Euch eine Antwort und vielleicht eine Einladung zukommen lassen. Ich sende einen Boten.«

»Schickt ihn bitte an den Hof unseres Kaisers.«

Aliana bedankte sich förmlich. Dann blickte sie ihn so lange an, bis er wieder in ihre Augen sah und hielt seinen Blick fest: »Und bitte sagt mir, wer der Wojewode ist, dem ich an diesem Feuer in Ehre gegenüber getreten bin?«

Er legte sein Schwert neben das Feuer: »Vlad III. Drăculea, Sohn meines Vaters Vlad II. Der Sohn des Drachen.«

Ich murmelte: »Denn der Vater diente im Drachenorden und erhielt daher den Titel Dracul, der Drache, für seine ehrenhaften Kämpfe um das Christentum. Und der Sohn tritt in seine

Fußstapfen.«

Es war mir einfach herausgerutscht. Laut genug, dass der Fürst und Aliana mich verstanden hatten. Aliana gebot mir zu schweigen, Drăculea sah mich aufmerksam an und sprach diesmal direkt zu mir: »Nicht nur Sohn des Drachen, auch Țepeș, der Pfähler, wie mich die Türken nennen.«

»Aber sagt mir«, sprach er und sah abrupt in Alianas Augen, »dachtet Ihr nicht daran eine Gefahr einzugehen, wenn Ihr einfach in mein Lager tretet, ohne mich zu kennen?«

»Prietenii mei sunt întotdeauna alături de mine«, klärte ihn Aliana, die machtvolle Schattengängerin, auf, dass ihre Freunde ihr immer zur Seite standen. Wir verließen das Lager, und die Banner Țepeș wehten hinter uns im Wind. Die Banner des einen Mannes, der auf alle Zeiten im Volksmund als Dracula bekannt sein sollte.

BAPHOMETS FLUCH

Die Geheimnisse der Templer haben alle Zeit vor Entdeckung überstanden, denn ihrer Natur ist dermaßen Wert beigemessen, dass kein Eingeweihter jemals Verrat denken ließ. Wenn sonst gilt, dass ein Geheimnis unter zwei Menschen keines ist, so beweist dies, dass selbst ein Geheimnis unter tausenden von Menschen, in hunderten von Jahren gewahrt werden kann. Denn die Templer, diejenigen, die nicht bloß das Aufnahmeritual abgelegt hatten, sondern sich auch über Jahre als treu und würdig erwiesen hatten,und in den Kreis der Eingeweihten Einlass erhielten, sie erkannten die Wahrheit.

Wer waren nun diese Männer, die damals meist mit langen

Bärten und glatt rasiertem Kopf in Outremer und zahlreichen Festungen Europas Stellung bezogen, die sich außerhalb ihrer Hierarchie nie als Untergebene sahen, sondern als eine institutionelle Macht? Ich denke immer noch, dass es ihnen an Intelligenz mangelte, da ihnen der Überlebensinstinkt zu fehlen schien, und sie innerhalb ihrer eigenen Hierarchie kritiklosem Gehorsam walten ließen. Aber an dieser Stelle will ich zugeben, dass sie nicht ungebildet waren. Selbst die Knappen konnten lesen und schreiben, meist französisch und lateinisch – daher schrieb eine Ordensregel vor, die Schriften, die nicht für Knappen bestimmt waren, unter Verschluss zu halten.

Die Tempelritter gliederten sich in Knappen, Kapläne, Sergeanten und die eigentlichen Ritter. Knappen standen den anderen hilfreich in schwarzen Mänteln zur Seite. Kapläne stellten die Geistlichen des Ordens dar und trugen oft grüne Mäntel, Sergeanten waren die dienenden Brüder unter braunem Mantel mit einem Pferd. Erst die Ritter trugen das weiße Habit und besaßen je nach Stellung drei bis vier Pferde.

Alle ihre Ränge wurden in den sieben Künsten unterrichtet, welche auch die Freimaurer kennen: dem Trivium mit Grammatik, Dialektik, Rhetorik und dem Quadrivium mit Musik, Geometrie, Astronomie und Arithmetik. Somit wussten sie mehr als ich, zu der Zeit, in der ich in einem zu den Initianten vergleichbaren Alter war.

Es gibt drei geheime Gelübde, die zur ersten Aufnahme von einem Initianten abgelegt werden müssen. Laut späteren Zitaten der Templer, die auch in den Protokollen der Prozessakten gegen sie festgehalten sind, kennen die drei Aufnahmegelübde ausschließlich Gott, Teufel und die Brüder. Die Templer glaubten an Gott, kein Zweifel. Gerade jene in die Existenz des Hauses Baphomet und die Welt der Dunkelheit Eingeweihten, denn diese sahen, dass mehr der Welt oblag, als das sterbliche Leben. Doch warum der Teufel? Es hatte mit der Weltanschauung der Templer zu tun, die stark ab der Mitte des zwölften Jahrhunderts gerade bei den neu aus Südfrankreich stammenden Mitgliedern von den Katharern geprägt war. Nach den Katharern waren Gut und Böse, Gott und Teufel ebenbürtig, ihr Glauben basierte auf dem Dualismus. Alles was man nicht vor Gott verheimlichen konnte, ließ sich somit auch vor dem Teufel nicht verbergen. Das Böse stammt nicht ausschließlich aus den Handlungen der Menschen, sondern ist Teil der Welt selbst. Dies begründeten die Anhänger der Lehre durch die Existenz von Naturkatastrophen und den Tod. Daher ist ihr Gott nicht allmächtig, sondern ein Demiurg, der Weltschöpfer, der die materielle Welt erschaffen hat. Eher ein strafender Gott des Alten Testamentes. Sie fordern vom Menschen sich von Materie loszusagen um zur Vollkommenheit und dadurch zum Gott der Liebe zu kommen. Während nach den Katharern die Geisteshaltung von Sakramentenspendern wichtig ist, konnte nach dem Vatikan auch ein korrupter Priester die Sünden ablassen. Sie lehnten alle Materie ab, somit glaubten sie auch nicht an Jesus als Sohn Gottes, es sei denn als Symbol wie auch die Kreuzigung. Unter den Katharern gab es weibliche Prediger – sie glaubten an das göttliche Prinzip von männlich und weiblich und hatten demzufolge keine ablehnende Haltung zur Vereinigung von Mann und Frau.

Die Katharer verbreiteten sich in Okzitanien, Südfrankreich, ab 1150. Sie verzichteten dank ihrer Glaubensansichten auf weltliche Macht, im Gegensatz zu den römischen Klerikern, die Reichtum ansammelten, was die Verbreitung der Katharer in Südfrankreich förderte. Gehasst von der römischen Kirche wurden sie, da ihrer Auffassung nach jeder Mensch sich selbst Gott nähern kann und muss und insofern priesterliche Hierarchien nicht erforderlich sind. Der Papst verurteilte sie der Ketzerei und es gab auch Aufrufe zum Krieg gegen sie.

Nach den Legenden haben die letzten Katharer aus der Hochburg Montsegur, als »der sichere Berg« oder auch als Gralsburg bezeichnet, vor ihrer Kapitulation 1244 durch vier von ihnen etwas Essentielles für ihren Glauben herausschmuggeln lassen, was kein Belagerer jemals bekommen durfte. Sie hatten es für die Templer aufbewahrt, wie ich hier offenbaren darf. Und tatsächlich war es etwas sehr Essentielles.

Nach dem katharischen Glauben war für sie Alianas Schattengestalt die Wandlung von Materie in die Vollkommenheit des Geistes. Für sie war alles weltliche, alle Materie schlecht und die Vergeistlichung der einzige Weg zum Guten.

Die Templer nahmen an diesen Katharerkreuzzügen niemals teil, boten den Katharern sogar Unterschlupf. Bei den gemeinen uneingeweihten Templern lag das Verständnis gegenüber den Katharern oft an der okzitanischen Herkunft und daran, dass sie dies von ihren Oberen vorgelebt bekamen. Bei den Eingeweihten waren die Gründe weit tiefgreifender. Denn die ersten Aufnahmegelübde machten einen Templer nicht zu Vasallen des Hauses Baphomet. Dies geschah erst später. Nachdem sie sich über Jahre treu und loyal erwiesen hatten, erfolgte die Auswahl durch die bereits Eingeweihten, und der betreffende Templer wurde in das Geheimnis um das Haus Baphomet eingeführt. Die Wurzeln der Templer. Das Sakrileg um Baphomet, Baphomets Fluch:

Im Jahre 1099, bei der Eroberung Jerusalems zog ein Ritter neben vielen anderen plündernd durch die todesüberfluteten Strassen, der gerade – aus Sicht der Christen – befreiten Heiligen Stadt. Den Namen dieses Ritters will ich nicht nennen. So wie auch ich, außer von meinen engsten Vertrauten, bloß Naciron genannt werde, so will ich ihn bei seinem Namen in der Dunkelheit bezeichnen. Baphomet. Auch wenn er den Namen in der damaligen Schicksalsnacht noch nicht trug. Der Edelmann stammte aus Südfrankreich, dem Gebiet Okzitanien. Vielleicht war er gottesfürchtig und sicher Kreuzritter aus Überzeugung, wobei ich glaube seine Überzeugung war der einzunehmende Reichtum. Er suchte Mammon, Güter von Wert, wollte seine Taschen füllen. Und war bereit, die Nichtchristen abzuschlachten, die ihn auf seinem Weg begegneten. Wahrscheinlich war seine Rüstung vom Blut der getöteten männlichen wie weiblichen Teufel getränkt und sein Schwert stark genutzt. Das Hause Baphomet überliefert, dass er in einen regelrechten Blutrausch geriet.

Es begab sich, dass er eine Frau traf, deren Schönheit ihn in seinen Bann zog. Sie war fremdländischer Natur und gehörte nicht zum einfallenden christlichen Heer. Sie erblickte seine im Rausch wahnsinnig anmutenden Augen und floh um ihr Leben, er, sein Schwert schwingend, dicht hinter ihr. Sie rannte durch enge Gassen, durch Tore, über Leichen, doch irgendwann stolperte sie in einem Gebäude, und Baphomet erreichte sie. Er hatte allen erwünschten Reichtum vergessen, sie war sein Begehren. Sie trug Wunden am Körper, die sie sich auf der Flucht und vorher bei den in den Straßen tobenden Kämpfen zugezogen hatte. Er besudelte sie mit dem Blut der erschlagenen Fremden und seinem eigenen, als er über sie herfiel. Es muss lange gedauert haben, bis er sich ausreichend aus seiner Rüstung befreit hatte, währenddessen schlug er sie immer wieder um sie am Fortkommen zu hindern. Letztendlich nahm er sie mit Gewalt gegen ihren Willen und leckte in Ekstase gierig beim Beißen in ihre Brüste ihr Blut gemischt mit allem anderen auf. Er muss Gefallen an dem Geschmack gefunden haben. Er gab später vor seinem Haus Baphomet zu, sie mehrere Tage in dem Gebäude gefangen gehalten zu haben und sie im

Wahn unter ihrem Schreien und Flehen gefoltert, vergewaltigt und immer häufiger ihr Blut aus den Wunden aufgenommen zu haben. Seiner Aussage nach ließ ihm die Blutaufnahme immer weniger Beherrschung. Erst nach Tagen, als sie still und gefesselt dalag, und er endlich ruhte, kam ihm in den Sinn, dass sie die ganze Tortur über Worte nicht in einer fremden Sprache geschrieen hatte. Sie hatte Wortbrocken in Latein und Französisch gerufen, und die Bedeutung dieser Sprachfetzen dämmerten ihm erst jetzt in der Ruhe: »Chrétien«, »Damnation Éternelle«, »Christ«, »Fille de Jésus«.

Nachdem er wieder bei Kräften war, weckte er die Gefangene und sprach sie an, wobei ihre Schönheit bereits wieder seine Lenden quälte, als würde ein Feuer ihn angesteckt haben. Mit Entsetzen in ihrem Blick antwortete sie schließlich, er lockerte ihre Zunge mit Schlägen ins Gesicht, Feinfühligkeit hatte seine Herkunft nicht geprägt.

Die Tage der Qualen hatten Spuren hinterlassen, sie war nicht klar bei Sinnen, starrte teils umher oder schien fern der Welt. Aber es ergab sich trotz Sprachbarrieren ein Gespräch auf Französisch, als er die Wahrheit über ihre Satzfetzen aus ihr herausprügelte. Sie wurde Sara genannt, und ihre Vorfahren stammten aus einer christlichen Gemeinde bei Ephesus, aufgrund der Briefe mit befreundeten Gemeinden waren die Sprachen Latein und Französisch in den letzten Generationen in Teilen gelehrt worden. Er hatte eine Christin gequält. Aber er wollte alles wissen, alle diese Wortfetzen, sein und ihr Wahn verhinderte jede Abkehr zur Normalität. Letztlich gab sie es zu.

Die erste ihrer Vorfahren, die bei Ephesus geboren wurde, stammte von einer Mutter aus Magdala vom See Genezareth. Diese Mutter hieß Maria, das wichtigste zu erinnernde Glied in ihrer Ahnenkette. Maria aus Magdala, oder auch Maria

Magdalena, erste Augenzeugin der Auferstehung Jesu, die danach den Jüngern davon berichtete; auch als Apostelin der Apostel bezeichnet. Die Frau, die in der Bibel nicht wie sonst üblich als Frau von ihrem Ehegatten bezeichnet wurde, sondern lediglich ihren eigenen Namen trug, als wäre der Name eines Mannes absichtlich nicht erwähnt oder entfernt worden. Die Frau, die später mit Maria, Mutter von Jesus von Nazaret in Galiläa, nach Ephesus in Kleinasien wanderte, um eine christliche Gemeinde zu gründen, als wenn eine Frau ihre Schwiegermutter nach dem Verlust des Ehemannes begleitete.

Maria Magdalena, oft als Hure angesehen, die 1969 von der katholischen Kirche offiziell von dem Vorwurf freigesprochen wurde, eine Prostituierte gewesen zu sein, auch wenn dieser Widerruf sich nie weit verbreitete. Es wurde zugegeben, dass sie mit der Sünderin als Folge einer Missinterpretation gleichgestellt wurde, bei der es sich aber um eine andere Person in der Bibel handelte. Genau diese Maria Magdelana war die Ahnin der Frau, die der Ritter Baphomet hier so bestialisch vergewaltigt und deren Blut er mehrfach an sich gerissen hatte. Maria Magdalena, die Jesus näher gestanden hatte als alle anderen Jünger.

Was auch immer Baphomet in diesen Kreuzzug getrieben hatte, an diesem Tag glaubte er. Und ihm dämmerte wessen Nachfahrin er geschändet hatte, als sich die Worte »Fille de Jésus« in seinen Kopf hämmerten. Was auch immer der Wahrheit entspricht, sicher war Maria Magdalena nach Ephesus gegangen. Und Kinder mag sie gehabt haben. Wer der Vater dieser möglichen Kinder war, mag umstritten sein. Aber dies ist unwichtig. Denn Wissen spielte hier keine Rolle. Wissen ist beim Eintritt in die Welt der Dunkelheit unerheblich. Einzig der Glaube zählt. Baphomet glaubte an diesem Tag. Und dieser plötzliche Glaube war Baphomets Fluch.

Denn ein Sakrileg am eigenen Glauben, der von zahlreichen Menschen gelebt wird, verdammt einen Menschen. Der Mensch verliert den Segen der Sterblichkeit und tritt auf ewig in die Welt der Dunkelheit ein. Es war nicht von Bedeutung, ob wirklich Jesu Blut in Sara floss, und jetzt auch in Baphomet. Glauben ist nicht Wissen, Glauben basiert nicht unbedingt auf Tatsachen. Baphomet wurde mit aller Gewalt von dem christlichen Glauben eingeholt, in dem er aufgewachsen war, und er glaubte, ein Sakrileg begannen zu haben. Er ging in seine Blutschuld ein. Und sei es Jesus Blut, so floss es in die Ahnenlinie des Hauses Baphomets ein und wurde dessen Blutlinie, die es den Blutmeistern erlaubte gewaltige Rituale durchzuführen. Gegründet auf dem Glauben des Blutes Christi, welches auch Aliana zierte, nachdem ich ihr den besiegten Kalai dargeboten hatte. Blutlinie, der Oberbegriff für die Ahnen- und die Machtlinie – der Herkunft und der Kraft.

Als Baphomet für sich wusste, was er getan hatte, suchte er sich zu beherrschen. Aber die Gier loderte bereits in ihm. Irgendwann schleppte er seine Gefangene hinaus und zerrte sie aus Jerusalem in sein Truppenlager am Berg Zion. Erst beim Aufbruch bemerkte er, dass er die Nachkommin Christi hier im Tempel Salomons zu Jerusalem gequält hatte. Während Baphomet langsam in den nächsten zwei Tagen zu einem Geschöpf der Dunkelheit wurde, lebte die Frau im Fieberwahn in seinem Zelt. In seiner immer stärker werdenden Gier trank er wieder und wieder von ihrem Blute, das jedoch dergleichen nahrhaft war, dass kleine Schlücke ihm immer wieder Aufschub gaben. Baphomet konnte seiner Gier nicht widerstehen, obwohl er sich dazu zu zwingen suchte. Er weihte zwei befreundete Ritter in seine Tat ein, bevor er vollends zu einem Wesen der Nacht geworden war. Sie glaubten zuerst, die Frau wäre eine Dämonin, ein Sukkubus oder befallen und würde ihren Freund vermaledeit haben. Sie brachten die Frau in

Gefangenschaft in ein annektiertes Haus in Jerusalem, bewacht von Untergebenen. Erschrocken davon, dass ihr Freund nach Blut gierte, war Baphomet ebenfalls an einen anderen sicheren Ort gebracht worden, um herauszufinden, wie sie den Fluch lösen konnten. Baphomet war dabei genauso ein Gefangener, wie die Abkommin Maria von Magdala. Einer seiner Bewacher war der Knappe Kalai, der damals noch einen weltlichen Namen trug.

Nach seiner vollständigen Wandlung überzeugte Baphomet Kalai, ihn auf der Flucht zu begleiten. Kalai, von der Macht Baphomets überzeugt, als er ihn im Kampf tödlich verletzte, die Wunde aber rasch verheilte, ging darauf ein. Sie flohen nach Konstantinopel, wo sich Kalai die nächsten zwei Jahre als Baphomets Diener hervortat, und Baphomet langsam die eigenen Kräfte erkannte. Er lernte, sich vom Blut der Menschen zu ernähren, nur bei Nacht zu wandeln und einige wenige Blutrituale. Letztendlich aber lernte er, mit dieser Schuld nicht existieren zu wollen. Obwohl er zahlreiche seiner Opfer in den zwei Jahren getötet hatte, hatte er einige lediglich infiziert, als sie von ihm ebenso wie er von ihnen willentlich in Blutorgien getrunken hatte, ohne sie leer zu saugen. Das Haus Baphomet war begründet, wobei sie sich damals nicht Haus sondern in Unkenntnis anderer Vampire und deren Ordnung einfach als Blutfreunde betrachteten. Den Namen Baphomet wählte er selbst in diesen Jahren. Kalai sah sich allmählich als Diener zahlreicher Vampire, und sein Willen, dieses Blut auch in sich fließen zu lassen, wuchs. Er konnte keine negativen Auswirkungen sehen, und Baphomets ständiges Selbstmitleid traf auf sein Unverständnis. Nachdem Baphomet 1101 auf Imhotep traf und sie über die Wurzeln der Vampire diskutierten und Imhotep ihm die Ordnung der Dunkelheit nahe brachte, reifte in Baphomet ein Entschluss. Baphomet nahm Kalai das Versprechen ab, dass dieser sein Blut vollständig aufnehmen musste, um ihm einen letzten Dienst zu erweisen, im Gegenzug war Baphomet bereit Kalai zu einem seines Hauses zu machen. Imhotep und weitere ausgewählte Vampire wurden zu Zeugen und Garanten des Versprechens gemacht.

Kalai nahm Baphomet vollständig in sich auf und wurde damit zum Fürsten über die Blutmeister. Das Haus Baphomet war seines. Aber die Pläne des ehemaligen Knappen waren ehrgeiziger. Er glaubte an die Macht des Blutes, war dies doch seine Basis für Rituale. Und er wusste, woher dieses Blut ursprünglich stammte, wenngleich zu diesem Zeitpunkt nicht unbedingt bis zu den wahren Wurzeln. Für ihn galt es, das Blut der Frau zu ergattern. Aber nicht für einen Moment, sondern als ewig währende Quelle. Er nahm wieder zu den zwei menschlichen Freunden Baphomets Kontakt auf, welche die vermeintliche Dämonin weiterhin gefangen gehalten hatten, die mittlerweile völlig dem Wahn verfallen war. Als Bekannte Gottfried von Bouillons, des ersten obersten Verwalters des Königreiches Jerusalem war es ihnen gelungen diesen zu überzeugen, einen Orden mit Sitz auf dem Berg Zion bei Jerusalem zu gründen. In diesem Orden dienten ausschließlich sie und weitere eingeweihte befreundete Ritter. Es handelte sich um den Orden Notre Dame de Mont de Sion in der Abtei am Berg Zion, daher manchmal auch als Prieuré de Sion bezeichnet. Der Name Notre Dame stand dabei zwar für eine Verwandte, jedoch nicht für die Mutter Christi, wie Gottfried von Bouillon glaubte. Dieser Orden war die benötigte Deckung, um ihre scheinbar dämonische Gefangene vor dem christlichen Jerusalem zu verbergen.

Kalai konnte das Vertrauen der Ritter gewinnen, die ihn Kontakt zu der Gefangenen erlaubten. In diversen Blutritualen, denen die Ritter teils beiwohnten, trank Kalai von ihrem Blut und demonstrierte seine Mächte, er heilte einen in der Schlacht um

Jerusalem deformierten Ritter, hielt die Gefangene allein mit einem Kreis aus ihrem eigenen Blut in Schach und vollstreckte weitere Wunder. Die Ritter wurden zu seinen begeisterten Anhängern und schworen letztendlich ihren Eid als Vasallen. Kalai lag nicht daran die Frau zu töten, er war intelligent genug zu erkennen, dass er von ihrem mächtigen Blut mehr hatte, wenn er sie immer wieder genesen ließ. Und der kleine Orden der Notre Dame reichte ihm nicht aus. Er wollte eine starke weltliche Basis als Grundfeste seiner Macht. Er überzeugte die Ritter dieses Ordens, einen weiteren zu gründen, einen Kriegsorden, den sie gemeinsam als eigene institutionelle Macht auf der Welt planten. Der erste Mönchsritterorden der Christenheit. Die Ritter, die für ihn die Gefangene bewachten, hatten mittlerweile erkannt, dass sie keinen Dämon vor sich hatten, sondern den Heiligen Gral: Saint Graal, Sang Réal, Wahres Blut, Sangre Real, königliches Blut. Je nach Sprache oder Interpretation hatte der Schatz dieser Ritter eine etwas andere Bedeutung, aber der Grundtenor blieb gleich. Sie bewachten etwas Heiliges, etwas Wertvolles. Blut.

Und sie kannten auch die Geschichten, die ihnen Baphomet vor seiner Flucht erzählt hatte, von Maria Magdalena, ihre Nachfahren und vor allem die Bedeutung, auf die »Tochter Jesus« abzielte. Eben diese »Tochter« ließen sie an die gepredigte göttliche Weiblichkeit der Katharer glauben. Von Kalai und seinen guten Absichten überzeugt und sicher, dass ihr »Schatz« beschützt werden musste, waren sie gern bereit, ihr Leben in diesen Orden zu stellen. Sie sahen Sara nicht mehr als dämonische Feindin an, sondern als ihre Notre Dame. Aber da sie dem Wahnsinn verfallen war, konnten sie die Frau lediglich pflegen, beschützen und dazu vor allem verschließen. Und somit brachte Kalai, als Fürst des Hauses Baphomet, den Ritter Hugo von Payns, ein Freund des früheren Ritters Baphomets, dazu, nach Jahren der Planung und

Vorbereitung den Orden Pauperes commilitones Christi templique Salomonici Hierosalemitanis zu gründen, der die Ahnin Maria Magdalena und vielleicht auch Jesus Christus von Nazaret im Tempel von Salomon bewachte, damit sein Sakrileg auf immer eingeschlossen bliebe. Die Prieuré de Sion verlor an Stellung und sollte erst etliche Jahre später wieder in die Geschichte treten. Kalai selbst trug im Glauben des Ordens das Blut Jesu in seinem Körper, als niemals versiegende Quelle seiner Dunkelheit, wie alle seiner Blutlinie, Marketa somit als seine Tochter. Und Aliana als die jetzige Notre Dame und Heiliger Gral der Templer. Notre Dame de Sainte Marie, die Templer standen unter dem Ruf im Besonderen der Marienverehrung zu frönen, was lediglich für Eingeweihte selbst unter den Rittern zu durchschauen war. Heiliger Gral, übersetzt von Saint Graal, oder Sangra Real was von königlichem Blute oder Sang Réal was von wahrem Blute bedeutete.

DIE GRÜNDUNG DER HÄUSER

Es geschah im Jahre 1476, zwei Jahre nach unserer ersten Begegnung mit dem Pfähler, dass Vlad III. Drăculea die Oberhäupter der Häuser nach Târgovişte, der damaligen Hauptstadt der Walachei, geladen hatte. Bis dahin hatte die Verständigung über Boten stattgefunden, und scheinbar hatte der Fürst das Anliegen der anderen Häuser ernst genommen, denn keine weiteren Berichte von Vorfällen mit Untoten hatten uns aus Rumänien erreicht. Sonach geschah es, dass ich mit dem Gefolge der Fürsten der Häuser Imhotep und Baphomet in die Stadt Târgovişte einritt. Vor und nach uns erreichten die übrigen Fürsten der Häuser den Ort. Die Stadt fand im späten 20. Jahrhundert wieder Erwähnung, als Nicolae Ceauşescu – nebenbei ein notorischer Anhänger des Pfählers – mit seiner Frau Elena nach dem Sturz der kommunistischen Diktatur über Rumänien dort hingerichtet wurde. Aber in der Welt der Dunkelheit fand in jener Nacht, in der ich neben der Kutsche ritt, in der Aliana mit ihrem Bruder und Vater saß, ein weit wichtigeres Ereignis statt. Aliana warf mir durch das Fenster der Kutsche häufig Blicke zu, ich ritt statt mitzufahren, da mir lange Reisen in einer Kutsche nicht gut bekamen.

Am Eingang der schönen Herrschaftsstadt nahm uns eine Gruppe Drăculeas moldauischer Leibgardisten ehrenvoll in Empfang, einige unter ihnen Mitglieder der Welt der Dunkelheit, und sie eskortierten uns durch die Straßen zum Herrschaftssitz. Die Bevölkerung war auf den Wegen nicht sichtbar, was mich genauso verunsicherte, wie die Tatsache, dass auf einem der zentralen Plätze, die wir passierten, eine große goldene Schale, die im Mondlicht leuchtete, unbefestigt und unbewacht auf einem Stein lag.

Im Herrschaftssitz zu Târgovişte wurden wir ebenso edel empfangen, wie ich es bei den anderen Häusern bereits genießen durfte. Vlad III. hatte keine Kosten gescheut und die Säle und Gänge voller Prunk ausstatten lassen. Solche prachtvolle Dekoration passte meiner Meinung nach nicht zu der Person, über die ich mittlerweile zahlreiche Geschichten gelesen hatte. Ich musste an eine im Besonderen denken, als wir in seine Feste einzogen. Aliana schritt dabei neben mir, sie hatte ihren Arm bei mir untergehakt.

Einst hatte Drăculea die Bojaren, die Adligen, welche seinem Vater nicht treu gedient hatten, zu einem Fest eingeladen, um sie bei Ankunft gefangen zu nehmen. Die wenig kräftigen befahl er gepfählt als Mahnmal für das Volk aufbzuahren, dem er auch ihre Reichtümer zukommen ließ. Die anderen wurden versklavt und mussten für ihn eine Festung am Argeş, einem Nebenfluss der Donau, errichten. Dieser Herrscher der Walachei, Vlad, hatte sich in der ersten Hälfte dieses Jahres den Thronsitz zurück erobert, hatte unter seinem Volk den Ruf gerecht, aber gnadenlos zu sein. Daran hatte auch die Zeit ihren Anteil, denn sie hatte ihm schwere Schicksalsschläge versetzt.

Er war 1431 geboren worden, sein Vater Vlad II. Dracul eroberte den Thron der Walachei von seinem eigenen Halbbruder mit Duldung des Kaisers Sigismund 1436, seine Mutter Cneajna war Prinzessin von Transsylvanien, auch als Siebenbürgen bezeichnet, nördlich der Walachei im Zentrum Rumäniens. Vater und Sohn gerieten im Krieg gegen die osmanischen Heere 1442 in Gefangenschaft, ebenfalls Dräculeas Bruder Radu. Sein Vater ließ seine zwei Söhne verzweifelt als Geiseln bei den Türken, um ein Bündnis zu halten, wo Dräculea im Alter von vierzehn Jahren von Wachen vergewaltigt wurde. Bei den Türken lernte er auch die Strafe des Pfählens kennen. Die Ungarn sorgten dafür, dass Vlads anderer Bruder Mircea II., der den Thron von seinem Vater überlassen bekam, 1446 lebendig begraben wurde. Die Türken ließen Vlad daraufhin frei, wohl in Gedanken daran, dass es sich für sie rechnen würde. Sein Vater verstarb innerhalb eines Jahres in einer Schlacht nähe Târgovişte. 1448 gelang es Dräculea zum ersten Mal kurze Zeit Herrscher über die Walachei zu werden, aber er konnte den Thron nicht einmal ein Jahr halten. Erst 1456 gelang es ihm erneut für sechs Jahre, in dieser Herrschaftszeit ließ er die Bojaren zu dem besagten Fest einladen. Damit begann sein Kampf gegen Verderbnis und Bestechlichkeit. Er verweigerte Tributzahlungen an die Osmanen und Verbündete, so dass er 1462 schließlich ohne Gleichgesinnte im Krieg mit den Türken stand.

Damals wandte der Wojewode schreckliche Kriegsstrategien an, ließ im Krieg gegen Sultan Mehmed II. etliche eigene Dörfer und Städte niederbrennen, um dem Feind auf seinem Marschweg die Nahrung zu nehmen, und pfählte immer wieder Gefangene und untreue Soldaten. Der Sultan unterstützte daraufhin Radu, den Berater gegen seinen Bruder aufgebracht hatten, dabei, den Thron einzunehmen,. Vlad wurde in den Schlachten bei der Festung Poienari geschlagen, und seine damalige Frau stürzte sich in den Tod. Dem Sohn des Drachen gelang die Flucht, allerdings geriet er später durch Verrat in Gefangenschaft durch den ungarischen König Matthias Corvinus, welcher unserem Kaiser Friedrich III. auch schlechte Träume verursachte. Lange Jahre musste Vlad auf der Festung Visegrád leben, wie früher in osmanischer Geiselhaft. Erst als er sich zum Katholizismus bekannte und die Schwester Corvinus' heiratete, ließ man ihn frei. Später, im Jahre 1485, sollte dieser Corvinus den uns freundlich gesinnten Kaiser Friedrich III. besiegen.

Țepeș, der Pfähler lebte wieder in Freiheit, aber er war nicht mehr der Herrscher über die Walachei. Erst im jetzigen Jahr der Zusammenkunft hatte er den Thron mit seinen Getreuen wieder erobert, und ich wusste mit welcher Macht. Denn eine große Zahl seiner Ritter war von den menschlichen Gegnern des gestürzten Herrschers nicht zu vernichten gewesen. Wehret den Anfängen, wie ein deutsches Sprichwort sagt. Heute sollte Ordnung einkehren unter den Vampiren der Ahnenlinie Vlad III. Drăculea, Țepeș. In der Versammlung im Thronsaal in Târgoviște sammelten sich die Fürsten der Nacht, und schließlich trat der Fürst der Walachei selbst mit seinem Gefolge hinein und begrüßte die Anwesenden.

Ich hatte im Vorfeld mit Aliana über die Versammlung geredet. Die Reisegemeinschaft fuhr tags mit abgedunkelten Kutschen und legte nachts einige Pausen ein. Bei einem dieser Halte hatten wir uns von unserer Gruppe getrennt und waren ein Stück durch den Wald in die Steine der Berge geschlendert. Dort hatten wir uns nebeneinander auf die raue Oberfläche gelegt, zum Mond gestarrt, und ich hatte ihre Nähe genossen.

»Dein Herz pocht, Hilo.«

Ich grinste in mich hinein: »Das ist Deine Anwesenheit und die Nähe, Aliana.«

»So lange Zeit, und Du hast Furcht?«

Mein Grinsen wuchs innerlich: »Nicht direkt, Aliana. Nicht davor, dass Du mir mein Blut raubst.«

»Sondern?«

»Wenn mein Herz nicht bereits Dir gehören würde, wäre es höchstwahrscheinlich die Angst darum. Aber anders, als Du denkst, Aliana. Du musst menschlicher denken. Es pocht, weil es sich freut, dass Du in meiner Nähe bist.«

Solche Erörterungen führten wir des Öfteren. Es ist nicht leicht Wärme gegen dergleichen Kühle auszustrahlen. Sie grübelte über meine Worte, und ich genoss den Blick auf die Sterne.

»Das klingt schön«, sagte sie lapidar. Ich ergriff ihre kalte Hand, sie schloss die Finger um meine.

»Ich hätte nicht einmal Angst, dass Du mich zu einem Deiner Art formen würdest.«

Sie protestierte: »Nie würde ich daran nur denken!«

»Ich weiß, Aliana, daher spüre ich keine Furcht. Ich wollte damit ausdrücken, dass ich Dir in den Tod folgen würde. Überallhin.«

Sie drehte den Kopf und lächelte mich an. Ich ließ den Mond unbeobachtet und erwiderte ihren Blick. Sehr langsam beugte sie sich und näherte ihre Lippen den meinen, schenkte mir einen Kuss. Wir umarmten uns, ich ihr reale Wärme schenkend, die Vampire ausschließlich an Menschen verspüren, sie mein Herz schürend. Es war ein wundervoller Augenblick.

»Diese Zusammenkunft hat hohe politische Auswirkungen, Hilo. Die Welt der Menschen schwebt in großer Gefahr, wenn die Verhandlungen keinen Erfolg haben.«

Aliana – so war sie. In solch einem Moment konnte sie plötzlich über dermaßen politische Anliegen reden. Ich schloss sie fester in die Umarmung und bemerkte:»Aber der bisherige Kontakt ist viel versprechend, Aliana.«

Sie nickte, aber erwiderte dabei:»So viel versprechend, wie die Gefahr groß ist«, danach zog sie meinen Kopf wieder heran, und wir küssten uns erneut. So viel Hoffnungen, wie ich in unsere zweisame Herzensangelegenheit setzte, setzte die Welt der Dunkelheit in die Versammlung.

Der Thronsitz wurde nicht verwendet, eine Tischrunde war im Kreise aufgestellt worden, der Wojewode schien weder sich selbst noch einen seiner Gäste erhöhen zu wollen. Ich fand dies höchst diplomatisch, angesichts seiner Einführung in die politische Welt der Dunkelheit. Vlads Eröffnung war knapp, danach überließ er Imhotep das Wort. Die Gefolge, zu denen auch ich gehörte, standen hinter ihren Fürsten in dem großen Saal. Am Tisch waren Fürst Imhotep aus seinem Haus, Fürstin Aliana vom Hause Baphomet, Fürst Jhalazzar vom Hause Longinus, Fürstin Ishar vom Hause Tariqa der Schari'a aus dem Morgenland, Fürst Ngola vom Zusammenschluss der Häuser Sambesi und Nubien aus Afrika und Fürstin Guinegaine vom Hause Skara Brae. Hinter letzterer stand Aliénor d'Aquitanie, die ehemalige Mutter Richard Löwenherzes, welche als Guinegaines rechte Hand zählte. Alle Fürsten trugen Verzierungen aus Gold oder Silber auf den Köpfen, wie Reife oder Kronen, kunstvoll geformt, nicht wie die teils schlichten Kronen von Königen. Imhotep stand auf, sein Gesicht verbarg alle Emotionen, kühl und beherrscht trat der in meinem Ansehen mächtigste unter allen Vampiren vor die Versammlung.

»Ich freue mich in der heutigen Nacht beiwohnen zu dürfen, wenn die Zahl unserer Häuser sich erhöht. Ein tapferer Mann hat sich ebenfalls wie wir einem Sakrileg unterworfen und eine schwere Schuld auf sich geladen, darum gehört er in den Kreis unserer Schwestern und Brüder. Wir richten nicht, denn wir sind eins. Wir bieten ihm Hilfe auf dem Weg zur Erlösung, aber die Wahl seines Pfades bleibt ihm frei.«

Die anderen Fürsten nickten zustimmend und lauschten aufmerksam. Der Wojewode betrachte Imhotep musternd und trank ein wenig Blut aus einem Weinglas, welches den Fürsten in Karaffen und goldenen Krügen am Tisch dargeboten wurde.

»Unsere Welt der Nacht bedauert Euch in Eurer Schuld, aber als Gleichgestellte, die ihrer eigenen Schuld erliegen sind. Wir hoffen für Euch und sind gern bereit, unser und Euer Leiden zu teilen. Die Dunkelheit wird unsere Tage füllen, und Jahrhunderte die Zeitspannen sein, in denen wir sie messen. Seid gegrüßt in unserem Kreis.«

Imhotep gab sein Wort an Fürst Jhalazzar aus dem Hause Longinus weiter: »Das Hause Longinus trägt seine Schuld in Demut und bezeugt hiermit die Bereitschaft, stets für unsere Welt der Dunkelheit in der Gesamtheit einzutreten. In den Häusern liegt die Ordnung, die unsere Existenz sichert. Ich war bereits bei der Gründung des Hauses Baphomets zugegen, und werde diese Nacht im Jahre 1101 niemals vergessen. Genauso möchte ich mich auf ewig an die heutige Nacht als glorreiche Gründung Eures Hauses, Fürst Vlad Drăculea, erinnern.«

Die Fürstin Guinegaine aus dem Hause Skara Brae erhob sich, ihre Kleidung als eine Art Rüstung aus reinem Leder, Tierfellen und wenigen metallenen Stücken wirkte kontrastreich zu der Rüstung Alianas und Jhalazzars, dem ägyptisch anmutenden Zeremonienumhang Imhoteps, dem arabischen Gewand mit dem

Kopfschleier der Beduinenvampirin Ishar und dem schamanischen Aufzug Ngolas. Guinegaine sprach: »Ich übermittle allen Häusern, welche an diesem Tisch vertreten sind die Grüße meines Hauses und insbesondere denen der Blutlinie Vlad Drăculeas, dessen Haus heute zur Entstehung anwesend ist. Wir glauben an die Ordnung unserer Welt durch die Häuser und sind Imhotep zu Dank verpflichtet, der sich stets über sein eigenes Haus hinaus für die Belange und Bedürfnisse unserer Art einsetzt.«

Vlad Drăculea hatte ihnen allen gelauscht und lächelte Guinegaine an, als sie sich wieder auf dem Stuhl niederließ. Jetzt erhob er sich und prostete seinen Gästen zu, bevor er seinen Sermon abgab: »Die Welt der Dunkelheit ist in Häuser gegliedert, deren Vertreter meine gern gesehenen Gäste sind. Eine Ordnung, die seit Jahrhunderten überdauert, und die Euch alle in Sicherheit verwahrt auf Eurem Weg die Schuld abzutragen. Niemand von Euch konnte sich bislang aber von seiner Schuld erlösen. Die Häuser sind ein Entwurf aus alten Zeiten, aber sie haben nicht geholfen die Erlösung näher zu bringen. Neue Wege hingegen führen uns allerdings Richtung Erlosung. Ich habe die Christenheit verraten, als ich mein Schwert voll des Hasses in das Kreuz stieß. Von diesem Tag an wuchs der Fluch in mir, meine Schuld habe ich an meinem Gott verursacht. Meine Schuld muss ich daher an meinem Gott abtragen. Ich bin Mitglied des Drachenordens, und mein Verrat an Christus zwingt mich dazu, die Christenheit mit aller Macht die mir gegeben wurde zu verteidigen und zum endgültigen Sieg zu führen. Ein Haus mit seinen Regeln soll uns zwingen, die Unsterblichkeit nicht weiter zu geben, ich aber werde damit Kämpfer in den Krieg gegen die Ungläubigen zu führen vermögen, die meinem Gott einen unschlagbaren Dienst erweisen werden. Meine Untoten Kohorten werden die Unheiligen überrennen, und wenn das letzte Heidenantlitz von der Welt getilgt ist, werden wir gemeinsam Erlösung finden. Darum Brüder und Schwestern fordere ich Euch auf, den strikten alten Gebräuchen Eurer Häuser abzuschwören, an meine Seite zu treten, und gemeinsam mit mir die größte weltliche Armee zu stellen, die uns Erlösung erkämpft.«

Das war schon seither die Befürchtung des Geschlechtes Imhotep gewesen. Ein weltlicher Herrscher der Vampir wird, versucht seine Armeen mit Unsterblichkeit auszustatten und die Macht über die Welt an sich zu reißen. Schon damals, in meinen ersten Jahren an Alianas Seite, hatte sie mir erklärt, dass sie daher den damaligen König Ludwig VI. von Frankreich nicht zu einem der ihren machten. Ich erinnerte mich bei der Rede ebenfalls an das Skript über die Notwendigkeit der Häuser, die Necessitas Aedium, welches Imhotep geschrieben, und was ich auf meiner ersten Reise in die Walachei gelesen hatte. Darin hatte es einen Randvermerk gegeben, dass Kain gegen die zu schaffende Ordnung in der Welt der Dunkelheit gegen Imhotep protestiert hatte. Kain war damit damals Imhoteps größter Feind in seinen Bemühungen um Balance unter den Vampiren gewesen. Imhotep machte ein Handzeichen, und Drăculea war ehrenhaft genug, ihn reden zu lassen.

»Doch ab heute müsst auch Ihr, verehrter Vlad Drăculea, aus der Welt des Tages treten, Euer menschliches Dasein ablegen und eine neue Ordnung Euer eigen nennen. Denn die Welt der Menschen sei für uns tabu, eine offene Feindschaft wäre bei unserer Offenbarung die Folge. Wir aber sollen den Menschen nicht als Feinde gegenübertreten, waren wir nicht einst von ihrem Geschlecht, tragen wir nicht eine Schuld, die wir abzuleisten haben? Es ist ihr Blut, nach dem es uns dürstet, ohne dass wir zu wilden Tieren werden, und das unser Quell ist, dass wir auf unserem Pfad zur Erlösung benötigen. Aber trotzdem müssen wir uns zwingen es ohne Aufsehen zu erlangen, die Menschen nicht zu versklaven, denn sie sind es aus denen wir geboren wurden und aus denen wir existieren. So seien wir maximal Lehnsherren von treuen Gefolgen, bieten ihnen Schutz und Freundschaft und laben uns beherrscht am geschenktem Blute oder an dem von Feinden. Für den unsrigen Schutz und zur Obhut der Menschen ist die Gliederung der Welt der Nacht in die Häuser unablässig, alle Existenzen fern der Häuser und ungeordnete Verbreitungen unserer Ahnenschuld stellen zu große Gefahren dar. Daher bitte ich Euch, Vlad Drăculea, zur Einsicht. Kehrt unserer Welt nicht den Rücken, sondern geht als Ahn eines eigenen Hauses in ihr auf.«

Țepeș erwiderte: »So nennt mich und die meinigen fortan das Haus Dracul, aber seid gewiss, dass wir Eure Regeln nicht auf uns anwenden. Kehrt aber nach dieser Nacht, in der Ihr Gäste meines Hauses seid, in der nächsten heim in Frieden und seid frei in der Entscheidung Euch uns anzuschließen im Krieg der Erlösung. Beachtet aber die goldene Schale auf Eurem Weg, die ich unbewacht unter meinem Volk aufstellen ließ, auf das jeder damit Wasser aus dem Brunnen schöpft. Niemand wagte je es zu stehlen. Kein Dieb befindet sich unter meinem Volk, denn meine Herrschaft ist weise und gerecht, ich dulde keine Unehrlichkeit und keinen Dieberei. So wie mein Volk soll auch die Welt der Menschen sein, geeint als ein Christentum unter der Sonne des Herrn. Wie die goldene Schale Recht und Ordnung zeigt, soll das Kreuz die Erlösung sein. Solange das Kreuz mich schmerzt, werde ich dennoch dafür eintreten, in all meiner Unsterblichkeit dem Banner des Drachen treu bleiben, dem Schwur des Drachenordens folgend. Ich hoffe, Ihr alle besinnt Euch und folgt in die Erlösung.«

Dies war das Ende der Versammlung der Fürsten in Târgoviște. Diese Nacht war zu weit heran geschritten, aber sobald wieder

Dämmerung über das Land fiel, reisten die geladenen Häuser ab. Bis dahin blieb ich unablässig bei Aliana, ihr Schutz bei Tag. Den Wojewoden sahen wir in den beiden Nächten nicht mehr, nachdem er am Ende seiner Worte die Versammlung verlassen hatte.

SKARA BRAE

Auf dem Rückweg hielten wir in der zweiten Nacht und Aliana verabschiedete sich von Gideon und Imhotep. Es gab eine neue Aufgabe für uns, auf der uns beide wieder Ethrel begleitete. Aliana schien viel daran zu liegen, dass gegenseitiges Vertrauen wuchs, oder sie hatte einen geheimen Plan, was mich nicht gewundert hätte. Ethrel hingegen dachte vermutlich nochmals daran, die Walachei nie wieder selbst zu verlassen.

Unser Weg führte uns in Richtung des Argeş, das Ziel war die Umgebung der von den Bojaren in Sklavenschaft gebauten Festung. In der Nacht vor dem Erreichen unseres Zielgebietes rasteten wir trotz der Dunkelheit, denn wir hatten Truppenbewegungen in der Nähe erkannt und wollten kein Risiko eingehen. Zeit war zwar ein gefährlicher Gegner, aber die Vampire hatten viel davon.

Aliana setzte sich nach dem Anbinden der Pferde neben mich an das Lagerfeuer. Ethrel stromerte in seiner Wolfsgestalt um das Lager, er hatte Wache. Meine Fürstin legte einen Arm um meine Schultern, und ich genoss ihre Nähe. Mochten die Tage der Menschen vergehen, Hauptsache ich durfte in ihrer Nähe bleiben.

»Aliana, was wird es bedeuten, dass sich Drăculea weigert die Regeln der Häuser zu akzeptieren?«

»Was denkst Du, wird es bedeuten?«

Gemeinsam starrten wir in die Flammen. Ich antwortete erst, als eines der Holzscheite durchgebrannt zur Seite fiel.

»In dem Bericht Deines Vaters über die Notwendigkeit der Häuser las ich von den Protesten Kains.«

»Weißt Du, wer Kain war?«, fragte sie und ging auf meine Bemerkung als solche nicht ein.

»Er muss noch vor Deinem Vater in die Dunkelheit geboren sein. Ich glaube, es handelt sich um den Kain aus der Bibel, welcher seinen Bruder Abel in Zorn und Eifersucht erschlug.«

Sie bestätigte mich nicht, noch widersprach sie. Vielleicht hätte ich länger auf eine Erwiderung warten müssen, aber die Ungeduld der Menschen ist wohl charakteristisch.

»Dieser Kain wollte Regeln und Häuserordnungen ebenfalls nicht akzeptieren, wie Drăculea in der jetzigen Zeit.«

Beruhigend streichelte ihre kühle Hand meinen Nacken. Hände, die in einem Moment mein Genick zu Staub zerpressen vermochten.

»Du fragtest, was ich denke, was es bedeuten wird. Nach der Lesung des Skriptes Deines Vaters habe ich nach weiteren Quellen gesucht. Das Haus Kain wird einmal erwähnt, aber keine Nachfahren. Und Kain selbst wird in keinem der von mir gesichteten Dokumente jemals wieder genannt. Außer in Berichten über die Vergangenheit. Es war, als wenn Kain nach der Einführung der Häuser verschwand.«

Ich sprach bewusst keine Frage aus, in der Welt der Dunkelheit wurde Fragen selten als solche formuliert.

»Als die ersten Häuser gegründet wurden, gab es nicht viele an ihrer Zahl«, bemerkte Aliana und ergriff meine Hand, da ich anfing mit brennenden Zweigen aus dem Feuer zu spielen.

»Imhotep und Kain waren die ersten Häuser. Und das Haus Kain, was ist mit ihm geschehen?«

»Was geschieht mit Göttern, Hilo?«

Ich schaute sie an, teils erbost keine Antworten zu bekommen, teils niedergeschlagen, teils in vollem Eifer, eine Aufklärung zu erreichen. Sie sprach mit sanfter Stimme: »Kann ein Gott existieren, an den niemand glaubt? Wird er nicht vergehen? Aber empor steigen, wenn eine einzige Seele ihm huldigt?«

»Kain war kein Gott«, meinte ich patzig. Sie schwieg und streichelte mich wieder sanft, das kindliche Gemüt der Menschen fasziniert betrachtend. Mir tat es leid, und ich fügte hinzu: »Du bist meine Göttin.«

Diesmal lachte Aliana freundlich, wie das Kichern eines kleinen Mädchens. In dieser Stimmung war sie gern bereit, Auskunft zu geben: »Wenn man allen Rückhalt verliert, verschwindet man manchmal einfach. Mach Dir darüber keine Gedanken, Hilo.«

Ich hatte den Eindruck, dass sie nicht darüber schwieg, weil es sich gerade um Kain handelte, sondern dass ich nichts über diese Geschehnisse in der Vergangenheit wissen sollte. Und in der Regel bedeutete dies, dass Aliana versuchte, mich vor etwas zu schützen.

»Wird der Sohn des Drachen auch verschwinden?«

»Wenn sich keine anderen Möglichkeiten bieten. Aber die Zahl der Alternativen ist grenzenlos, es gibt lediglich viele, die nicht zum Ziel führen. Lass Dir von Ethrel von der Gründung des Hauses Baphomets berichten.«

Der Wolf war hinter den nahe gelegenen Bäumen verschwunden, gleich würde Ethrel in Gestalt auf zwei Beinen zu uns treten. Aliana stand auf um ihren Wachdienst zu beginnen, und so musste ich mich mit Ethrels Gesellschaft beim Feuer begnügen.

»Imhotep hatte Baphomet in Konstantinopel, mit dem Sinn der Vampire sich gegenseitig zu erkennen, zufällig aufgespürt. Junge Vampire kennen das Gefühl nicht, Baphomet bemerkte also nicht, dass er in Byzanz nicht allein war, aber Imhotep fand ihn und erklärte ihm seine Existenz. Es gab eine Einberufung der Häuser, und wie es sich gehört, wurden die Fürsten zum Sitz des neuen Hauses gerufen um es formell anzuerkennen. Ich begleitete die Eskorte meines Hauses Skara Brae, Guinegaine war damals bereits Fürstin. Wir trafen zur Versammlung ein, und jeder nicht verhinderte Fürst gab seine Zustimmung, dass Baphomet ein neues Haus gründen durfte. Es bedarf einer Ablehnung vor Ort am Gründungstag durch einen Fürsten, um den Akt verhindern. Wenn jedoch das Haus wahrlich in der Ordnung der anderen als autark aufgeht, gibt es das Ritual des Bündnisses der Nacht. So wie in jener Nacht. Alle Fürsten ritzten sich mit den Reißzähnen ins Fleisch und ließen mindestens einen Tropfen in jedes Glas der anderen fallen, als sie den Tischkreis abliefen. Die Vereinigung des Blutes in den Gläsern wurde von den Fürsten gleichzeitig aufgenommen, und der Pakt der alten Häuser galt als erneut, und das neue Haus wurde Teil der Ordnung. Dergleichen Blutbündnis ist ein Schwur, dessen Bruch den Krieg der Häuser bedeutet. Das Haus Baphomet ging in diesem Schwur auf. Aber der Vampir Baphomet war am Rande des Wahnsinns, sein menschliches Dasein hatte er nicht ablegen können. Und Kalai, ihn lernte ich damals kennen, war ehrgeizig. Es war bereits vor der Gründung des Hauses beschlossen, dass Kalai es leiten sollte. Nach dem formellen Akt trat Baphomet vor die Versammlung und erledigte seine erste und letzte offizielle Amtshandlung. Er ließ Kalai schwören das Haus Baphomet als Fürst zu leiten und ihm einen letzten Dienst zu erweisen, die Fürsten bezeugten das Abkommen. Sodann nahm Kalai den Fürsten des Hauses Baphomet in sich auf, dergleichen, dass er sein Blut trank samt dem letzten Tropfen. Kalai wurde am Tag der Gründung Fürst des Hauses Baphomet. Ein grandioser Tag für den ehemaligen Knappen.«

Ethrel knirschte mit den Zähnen, und ich musste an seine Wolfsgestalt denken.

»Kalai war bereits als Mensch nicht dumm. Er wusste, dass sein Haus lediglich aus jungen zufällig ausgewählten Vampiren bestand, es schwach und wenig mächtig war. Dabei wollte er mehr, Ehrgeiz war immer seine größte Stärke und Schwäche. Als ich mich in die türkische Dienerin Deniraz verliebte, und sie in den Nächten in Konstantinopel trotz Verbotes meiner Fürstin zu einem Geschöpf der Nacht machte, da wurde ich geächtet und aus meinem Haus verbannt. Doch denen ohne Haus steht nach den Regeln der Versammlung und des Bündnisses der Häuser die Jagd und Vernichtung bevor. So war es meiner Geliebten und mir zugedacht. Kalai sah die Gelegenheit einen Vampir mit einem mächtigen Blutstrang in sich aufzunehmen und seine eigene Macht damit zu kräftigen. Er nahm uns beide in das Hause Baphomet auf. So kannte ich zwar seine Beweggründe, aber musste niemals seine Loyalität missen. Ich war sein Schutz und Untergebener mit voller Leidenschaft, denn dank ihm konnte ich Liebe erleben.«

Niemals zuvor hatten wir dergleichen Gespräch geführt. Ich glaube, Aliana wollte, dass ich es von ihm selbst erfuhr. Sie hatte uns nicht umsonst mit ihrem Hinweis allein gelassen. Ich legte Feuerholz nach.

»Was ist mit Deniraz geschehen?«

Zum ersten Mal sah ich Ethrel freudig lächeln: »Aliana hat erlaubt, dass sie in dem Gefolge Marketas dient. Nach dieser Reise werden wir in Wien hoffentlich wieder aufeinander treffen.«

Und ich verstand. Bündnisse, Alliierte, Freunde und Vasallen bildeten ein Geflecht, das sie daran hinderte zu Feinden zu werden. Und wenn man die Knoten geschickt setzte und langsam weitere Netze mit dem ursprünglichen verwebte, ist es unzerstörbar. Letztendlich lief es alles auf die Grundprinzipien hinaus, die Suger mir im Unterricht der Kunst des Hofes nahe gebracht hatte. Ich suchte ein anderes Thema anzuschneiden: »Mögt Ihr mir mehr über das Hause Skara Brae berichten, oder würde Euch dies stören?«

Er schüttelte den Kopf, da er dabei anfing zu sprechen, bezog sich die Bewegung offensichtlich auf das Stören.

»An der Nordostspitze Schottlands liegt die Inselgruppe Orkney, es sind um die 100 kleine Inseln sowie die größere Insel Mainland. Der Begriff Orkney stammte von dem ursprünglichen keltischen Stammesnamen der Einwohner, die jungen Eber. Das Hause Skerrabra ist benannt nach einer Siedlung bestehend aus acht kleinen Steinhäusern der jungen Steinzeit auf Mainland. Der Ahn lebte im 27. Jahrhundert vor Christus in dieser schottischen Siedlung. Die Orkadier, die Einwohner der Inseln lebten vom Ackerbau und der Tierzucht und waren dem druidischen Glauben angehörig. Ebenfalls auf Mainland liegt der Ring von Brodgar, ein Steinkreis, größer als Stonehenge. Von der Siedlung Skara Brae stammten die Steine, welche die Einwohner den Druiden spendeten, die den Steinkreis für ihre Riten und Ausforschungen nutzten. Der Ahn beging ein schreckliches Verbrechen an diesem Steinkreis, als er in dessen Mitte einen Druiden tötete. Sein Sakrileg. In seinem Blutwahn tötete er später weitere Menschen und einige Bewohner seiner Siedlung, andere wurden teils gewandelt. Letztlich wuchs aus ihnen das Haus Skara Brae, welches Frieden fand als Kain und Imhotep auf einer Pilgerreise zu den wild hausenden Vampiren stießen. Guinegaine ist seit dem achten Jahrhundert nach Christus Herrin dieses Hauses.«

Eine Frage brannte mir auf den Lippen, aber ich entschloss mich meine menschliche Schwäche der Ungeduld zu unterdrücken und sie nicht zu stellen: seit wann war Ethrel Mitglied des Hauses Skerrabra gewesen?

Die Nacht verging ohne Vorkommnisse, ich schlief fest, dafür wachte ich am nachfolgenden Tag. Von den Truppen, die wir gesehen hatten, war nichts mehr zu vernehmen, und wir entschlossen uns, nach Einbruch der Dämmerung weiter zu ziehen. Je näher wir der Zufluchtstätte Țepeș' hier am Argeș kamen, desto mehr spürte ich meine alte Wunde am Kopf, der Stein schmerzte. Als wir die Festung sich in der Ferne auf einem Hügel bei dem Fluss auftürmen sahen, das Bollwerk Drăculeas, aus Steinen gemauert, die seine Bojaren unter Qualen heraufgeschleppt hatten, sprang Ethrel von seinem Reittier. Er rief uns zu, ebenfalls stehen zu bleiben und riss sich alle Kleider vom Leib. Amüsiert betrachtete ich ihn, zwar wusste ich, dass dies auf Gefahr hindeutete, aber zum einen hatte er bloß Stopp und nicht Gefahr gerufen, und zum anderen war ich in dem Gemüt für einen Spaß. Ich sah zu Aliana und deutete an, sie solle es dem Tierwandler gleich tun. Sie zog spöttisch die Oberlippe wie eine Lefze hoch. Ethrel hatte sich mittlerweile umgeformt, und der mächtige Wolf harrte stumm an unserer Seite, die Schnauze in die Höhe erhoben, schnüffelnd. Ich sprang von meinem Reittier und genoss die Pause, sowie auf eigenen Beinen zu stehen. Aliana blieb in sich gekehrt auf dem Pferd. Sie nutzte alle Sinne um uns rechtzeitig warnen zu können. Mit ihrer anmutigen hoch gewachsenen Statur wirkte sie auf ihrem Reittier königlich. Meine Fürstin. In Demut und Liebe.

Als Ethrel sich zurückverwandelte, kleidete er sich langsam wieder an und schien nicht direkt reden zu wollen. Ich glaube, er zog seine Wolfsgestalt allen anderen vor, falls er überhaupt weitere außer der menschlichen beherrschte. Dennoch nahm er jetzt seinen Bogen in die Hand, prüfte die Einsatzbereitschaft, schulterte ihn und zog einen Dolch. Aliana drängte ihn nicht und wartete geduldig auf das Ende seiner Handlungen: »Einen Marsch in diese Richtung, vielleicht 200 Wolfssprünge.«

Die Fürstin des Hauses Baphomet sprang daraufhin von ihrem Reittier und sah ein letztes Mal zu der Festung. Sie wies mich an, die Pferde zu sichern. Ethrel trat zu ihr und berichtete mit knappen Sätzen.

»Stinkende Menschen. Angst, unglaubliche Furcht. Niemals zuvor habe ich dergleichen starken Gestank von Menschen wahrgenommen. Es müssen etliche sein, und ihre Gefühle sind ihnen entwachsen.«

Ich hatte die Pferde mit ihrem Zaumzeug angebunden und stand neben den beiden Geschöpfen der Dunkelheit. Leise bemerkte ich: »Vielleicht eine Schlacht, oder Gefangene werden gepfählt?«

Ethrel wandte sich an mich: »Es riecht stark nach traumhaft frischem Blute.«

»Ein weiterer Hinweis für Kämpfe«, fühlte ich mich bestätigt. Ethrel zuckte die Schultern: »Meine Fürstin, Nacirons Worte mögen Wahres kundtun, aber dennoch habe ich eine solche Mischung an Geruch nie zuvor aufgenommen. Nicht in den Kreuzzügen, nicht bei den Schlachten, an welchen ich teilgenommen habe. Ich weiß nicht, was uns erwarten wird.«

»Ehrliche Worte. Machen wir uns auf den Weg. Blut macht mich neugierig«, bestimmte Aliana, und wir marschierten. In dem Tal sah ich das markverzehrendste Bild in meiner Existenz, welches lediglich im Jahre 1944 übertroffen werden sollte. Die Schönheit des Bergeinschnittes unter uns war entehrt, durch die grässliche und beklemmende kleine Ortschaft, die hier neu errichtet worden sein musste. Vielleicht war sie Monate alt, vielleicht Wochen, vielleicht wenige Jahre. Ich betete – betete zu allen mir mittlerweile bekannten Göttern, dass es sich lediglich um Tage handelte. Denn abscheulich genug was Menschen ihrer Art antaten, aber hier wurde all dieses ad absurdum geführt. Diese Art der Tierhaltung hatte mich vorher nicht in Alpträumen gefunden, zu keiner Zeit, in der ich unwissend in die Welt der Dunkelheit eingeführt wurde. Trotz aller Angst und Furcht, zwar hatte ich mich als Jagdbeute gesehen, aber niemals an solches gedacht. Vieh, in Schlachtreihen. Vieh, in schulterhohen Gattern eingepfercht. Vieh, neben Rinnen, in denen aus frisch geschnittenen Wunden ihr Blut fiel. Vieh, Menschen.

Alianas Umarmung und ihre Kühle rissen mich aus dem Wahnsinn zurück, nachdem ich mich entleert hatte. Sie säuberte meinen Mund mit einem Tuch, ließ mich Wasser trinken und den Rachen spülen. Als ich wieder klar in der Welt auf eigenen Beinen stand, schloss sie mich liebevoll in ihre Arme und küsste mich. Ethrel hatte abseits eine Position gesucht. Nach diesem innigen Beweis der Zuneigung, den ich erfreut erwiderte, sprach sie zu mir: »Hilo, was auch immer wir sehen und erfahren, wisse, dies ist nicht der Weg unserer Häuser. Dies ist es, was wir bekämpfen, was die Gründung der Häuser selbst auf alle Zeit verhindern sollte.«

Ich glaube, sie hatte mit ihrem Blick über das Tal bereits realisiert und verarbeitet, was uns begegnen würde. Das, was gegen mich immer noch brandete und meinem Geist drohte mit Grauen zu zerreißen, hatte sie längst erschlossen. Vampire sind Pragmaten. Meine Hand in der ihren wissend, trat ich erneut an den Hügel und erblickte die Blutfarmen.

BLUTFARMEN

In der Nähe der Burg am Argeș, die die Bojaren für Dracula hatten bauen müssen, befanden sich die grauenvollsten Lager der früheren menschlichen Geschichte. Hier wurden Menschen in

Massen gehalten, eng hinter Zäunen und Verschlägen, draußen wandelten die bestialisch stinkenden Untoten mit ihren verzerrten Leibern. Die sterblichen Erdensöhne waren von offenen Wunden verunstaltet, die kaum Gelegenheit fanden zu heilen, denn stets wurden sie erneuert, um daraus die kostbare Flüssigkeit zu gewinnen. Wer zu kraftlos wurde, zu alt war, oder als Leckerei befunden wurde, der verschwand aus den Pferchen um in Gänze in einer Nacht als Speise zu dienen, getrunken bis zum Rest, teilweise das Fleisch zum Genuss der Wesen des neuen Hauses Dracul dienend. Denn das neue Haus hatte die Regeln nicht akzeptiert. Regeln, die niemals die Versklavung und Züchtung von Blut erlaubt hätte. Diese Blutfarmen widersprachen der Ordnung der anderen Häuser, sie verstießen gegen das Bündnis der Nacht. Der Sohn des Drachen, der Pfähler hatte jede obszöne Folterung der Menschen übertroffen, als er die Verpflegung seiner Armee der Dunkelheit industrialisierte.

Aliana sah in meine Augen, nicht als Fürstin, sondern als einfühlende Geliebte. Sie wusste, dass ich diese Taten an meiner Art nicht dulden konnte, dass ich auch in Jahrhunderten nie wieder behütet zu schlafen vermochte, wenn ich diese Menschen leiden ließ. Ein Vampir denkt und fühlt anders als wir Menschen. Sie hatte kalkuliert, wie viele Untote hier wandelten, dass mehrere Vampire zwar jung in ihrer Macht aber an Anzahl stark die Lager bewachten, vielleicht sogar der Herrscher der Walachei selbst. Sie hatte bedacht, dass die Menschen auch ohne die Zäune nicht weit fliehen konnten, in einem Land, das solchem Herrn Untertan war. All diese Fakten hatte meine Fürstin bedacht. Aber sie hatte in meine Augen gesehen, und auch dies bedacht. Unermessliche Dankbarkeit überfiel mich, als sie mit ihrer beherrschten kaltblütigen Stimme etwas aussprach, mit dem ich nicht gerechnet hatte: »Wir befreien sie.«

Ich glaube, sie hätte meine Gefühle besser hinten anstellen sollen. Aber dennoch weiß ich, dass ich lediglich dank ihrer Entscheidung in Spiegel sehen und ohne quälende Gedanken schlafen kann. Denn niemals hätte ich mir verzeihen können, nicht zumindest versucht zu haben, den Menschen zu helfen. Selbst wenn wir geschworen hätten wieder zu kommen, mit einer Armee, ja selbst dann. Denn solches Leid muss beendet werden. Es darf niemals unversucht sein, es darf niemals verschoben werden.

Ethrel lenkte die Untoten und einige Vampire mit Schwärmen von herbeigerufenen Vögeln und seiner eigenen Wolfsgestalt ab, und es gelang ihm, Unruhe zu stiften. Aliana lief mit den Schatten an ihrer Seite hinein, gierige dunkle Hände schlugen gewaltvoll eine Bresche auf ihrem Weg zu den Verschlägen, welche sie öffnete. Meine Brandpfeile von der Anhöhe ließen Feuer auf die Zäune regnen und vernichteten den Wall, der die Menschen einschloss. Ich fürchte, weit ist niemand von denen gekommen, die das Haus Dracul als Vieh gehalten hatte. Aber wir hatten sie nicht im Stich gelassen, ihnen nicht ohne einen Versuch den Rücken zugedreht. Als Aliana, Ethrel und ich in die Nacht hinaus flohen, trug ich den Funken der Hoffnung in mir, den wir diesen Menschen geschenkt hatten. Mochten sie auf der Flucht sterben oder wieder in Gefangenschaft geraten, wir hatte es versucht. Und wir würden wieder kommen, um es zu vollenden. Meine Liebe zu meiner Fürstin wuchs in dieser Nacht, was kaum möglich war.

Wir waren die Boten, welche diese Botschaft in die Welt der Dunkelheit brachten. Wir waren es, aufgrund deren Nachricht die Häuser der Nacht über die Verbrechen des Hauses Draculs informiert wurden. Zwar hatte Vlad III. Drăculea die Regeln des Pakts der Dunkelheit abgelehnt, aber konnte er sich dennoch nicht frei von ihnen sprechen. Denn die alten Häuser hatten einen Pakt. Und dieser schrieb vor, wie man mit Vampiren umging, welche die Regeln der Dunkelheit nicht akzeptierten und gegen sie verstießen. Dieser Pakt der Häuser, das Bündnis der Nacht, zwang alle angeschlossenen Vampire, diese dämonische Geißelung der Menschheit zu verurteilen. Die Häuser Imhotep und Baphomet erklärten Vlad III. Drăculea, Țepeș, gegen Ende des Jahres 1476 den Krieg.

DER KUSS DER TEMPLER

Die Truppen Vlads III. Drăculea waren gigantisch an ihrer Zahl. Der Sohn des Drachen hatte alle seine loyalen Streitkräfte versammelt. Von meinem Standpunkt auf einem Hügel in der Walachei sah ich die regulären Kräfte von Kavallerie, Bogenschützen, Infanterie trotz der frisch begonnenen Dämmerung. Logistisch betrachtet war die Anreise von nichtweltlichen Truppen der Dunkelheit in die Walachei unglaublich aufwendig, um nicht zu stark aufzufallen. Drăculea war an dieser Stelle klar im Vorteil, er verteidigte mit seinen bereits dort stationierten Truppen seine Heimat.

Mit dem runden Metallstück, das Glas beinhaltete und ein Geschenk von Sultan Saladin war, konnte ich die Entfernung mit den Augen überbrücken und erblickte sogar den Kriegsherren Drăculea selbst, wie er in mitten seiner 300 Mann starken Leibgarde und seines Heeres auf seinem Pferd thronte. Am Rand des Feldes, auf dem die Schlacht toben würde, steckten verkrümmte noch lebendige türkische Leiber, aufgespießt auf langen Hölzern. Wahrscheinlich hatten sie dem Fürsten Dunkelheit und seinen dunklen Truppenteilen als Blutstärkung vor dem Kampf gedient. Țepeș. Der Pfähler. Dies war seine

Begrüßung an uns, an unsere Truppen. Der Fürst legte trotz seiner Einführung in die Dunkelheit seine menschlichen Taktiken nicht ab, ein Fehler. Eklig waren die Körper anzusehen, doch unsere Vampirritter würde er damit nicht entsetzen. Für sie wirkte es wahrscheinlich lediglich wie Futter am Spieß. Und die Templer, denen konnte niemand soviel Furcht bereiten, dass sie nicht voller Kampfeslust in eine Schlacht stürmten. Vlad hatte diese Gefangenen, wer immer sie waren, umsonst dem langsamen Gräueltod übergeben. Die Leibgarde und die regulären Truppen. Das Bild war nicht komplett. Ich suchte die Umgebung ab. Im Schatten der Bäume am Rand eines fernen Waldstückes sah ich Pferde mit Rittern. Sie waren beinahe gekleidet wie die regulären Truppen, aber ich wusste wer sie waren. Das waren die Teile seiner Soldaten, die den Kuss der Dunkelheit bereits genossen hatten. Heute sollten sie den Kuss der Templer spüren.

Aber etwas anderes machte mich stutzig. Wir würden in eine Falle geraten. Denn etwas fehlte, was auf einer herkömmlichen Schlacht, selbst unter dem Einfluss von Vampiren ebenso nicht anwesend war. Der Gestank von verwesenden Leichen im Vorfeld.

Aliana legte eine Hand auf meine Schulter, und ich genoss ihre Finger an meinem Hals zu spüren, bald würde sie die schweren Handschuhe ihrer Rüstung darüber ziehen. Ich reichte ihr das Fernglas, sie machte die gleichen Beobachtungen wie ich, außer dass mein Herz beim Anblick der Truppen nervös geschlagen hatte, sie aber tödlich entspannt blieb. Ich könnte ihr hier und jetzt einen Kuss geben, aber dann würden die Templer wohlgleich die Schlacht auf der Stelle mit mir beginnen, besudelte ich doch das wertvolle Blut Jesu in ihrem Glauben.

»Wie wir vorhergesehen haben«, bemerkte sie.

Ich nickte. Alianas mächtiges Schlachtross wurde vorbereitet, Knappen legten ihm die Panzerungen an. Im Hintergrund machte sich unsere Armee bereit. Die Templer in grünen Mänteln traten zu den anderen Truppen und sprachen Gebete. In den Vorbereitungen zur Schlacht nahmen die Knappen, Sergeanten und Ritter der Templer die Kaplane zwar dankbar um den Segen wahr, allerdings hielten sie in ihren eigenen Zurüstungen nicht inne. Die Templer freuten sich auf das kommende, das Kriegsgeschäft. Zwischen dem Rittergetümmel befanden sich die Vampire aus dem Hause Imhotep. Ich erblickte Ethrel, er starrte gebannt in den Himmel, und eine große Menge schwarze Vögel umkreisten ihn im leichten Abendwind. Der Tierwandler nutzte seine Kräfte, um sie an sich zu binden. Kalaman war auch hier, sein asiatisches Gesicht stach aus der Menge heraus. Er schien in Gedanken versunken, vielleicht ging er die vereinbarten Taktiken durch oder labte sich bereits jetzt an den Schatten, die er bald entfesseln würde. Marketa stand bloß eine handvoll Meter von mir entfernt, sie grinste mich an, als mein Kopf in ihre Richtung schwenkte und zog mit dem Zeigefinger Linien aus Blut über ihre Wangen. Ich wusste nicht, woher der Saft stammte, den sie aus einer Glasphiole nahm. Sie vollzog die Rituale, die sich jetzt bereits wirken ließen, die Passiven Observanzen. Dies waren Rituale, die längere Zeit ohne weiteres Zutun des Beschwörers wirkten, im Gegensatz zu den Aktiven Observanzen, wenn der Wirker beispielsweise Blut in besonderer Weise auf das Gesicht eines Menschen spuckt und ihn damit direkt verletzt. Ich vermute, sie verstärkte mit ihnen den eigenen Schutz. Zahlreiche weitere Vampire aus dem Hause Baphomet und Imhotep führten ihre letzten Handlungen vor dem Schlachten aus, ich glaube an die 50 dunkle Krieger standen hier neben ungefähr 600 Templern, davon ca. 100 Ritter. Țepeș hatte seine Leibgarde mit allein 300 Mann Stärke, dazu 1200 reguläre mit 100 Berittenen und mindestens geschätzte 130 Vampire. Wir waren absolut in der Minderheit. Aber ich sah weder Mensch noch Vampire unserer

Seite zögern. Dafür bemerkte ich in der Kälte der Nacht den eisigen Hauch aus den aufgeregten Nüstern der Schlachtrösser dringen.

Außerdem befanden sich einige osmanische Krieger zwischen unseren Ordensrittern. Freunde des Ordens der Templer und des Hauses Tariqa der Schari'a, gesandt von Fürstin Ishar. Diese Männer würden wir nach einem Sieg benötigen, denn ein Sieg über einen Mann, der in der menschlichen Welt noch als Herrscher existierte, benötigte auch eine Erklärung unter den Menschen. Ich hatte meine Ausrüstung bereits geprüft und würde ohnehin nicht direkt in den Kampf eingreifen. Aliana wusste, dass mir das Kriegsgeschäft nicht lag. Ich sollte von hier den Verlauf beobachten und den Sieg bringen.

Die Sergeanten der Templer würden die leichte Kavallerie bilden und teils die schwer gepanzerten Ritter unterstützen, braune Mäntel, die neben weißen Habiten ritten. Die Knappen waren die bewaffneten Fußsoldaten, sie würden am Boden bei den Rittern kämpfen. Die Vampire hatten geplant, sich auf die Truppen zu verteilen und ihre besonderen Fähigkeiten zum Vorteil zu gebrauchen. Die Vampire aus meinen Häusern waren von älterem Blute, Vlad Drăculeas hatten zwar die üblichen Kräfte: hohe Reaktions- und Bewegungsgeschwindigkeit, rasche Heilung, Furcht bei Mensch und Tier. Aber ihre Blutlinie würden sie bislang nicht erlernt haben, so dass wir mit keinen weiteren besonderen Kräften, außer bei ihrem Ahn Dracula zu rechnen hatten. Sie waren noch Vampire zweiter Klasse. Und die Templer waren gegenüber Furcht von Vampiren hart trainiert, die Kraft würde schwer bei ihnen wirken. Somit waren unsere dunklen Ritter unser Trumpf und unsere Templer unser Eisen und die Siegchancen unberechenbar. Aliana gab ein Zeichen und die Träger hoben die Banner. Ein ganz besonderer Mann, der sich selbst bei mir in langen interessanten Gesprächen Respekt verdient hatte, Rolando de Silves war der amtierende Großmeister des Ordens der Tempelritter. Er stammte aus Portugal und war von der dortigen Seite des Ordens geprägt. Der Großmeister schritt auf einen weiteren Ritter zu, welcher bereits aufgesessen hatte. Der Mann verneigte seinen Kopf zu Ehren seines Großmeisters und zu Ehren dessen, was der Großmeister ihm darreichte. Denn die Ritter würden in den Krieg reiten, voran ihr Blutbanner. Der Gonfanon Baucéant. Seit jeher das Kriegsbanner der Templer, so auch des Hauses Baphomet. Wehe den Feinden, denen es entgegen gebracht wird. Denn die Templer sind voll Kampfeseifer, das Haus Baphomet jung doch voller Stärke und die Verbündeten reichlich an Zahl.

Das Schlachten begann. Zum ersten Mal stritten Vampirhäuser als Ganzes gegeneinander in einem Krieg. Die Knappen setzten sich in Bewegung, bei ihnen die gepanzerten Ritter auf ihren Schlachtrössern. Der Baucéant wehte vor ihnen hinweg, dahinter weitere Banner der Templer, des Hauses Imhotep und Baphomet folgend. Meine Häuser ritten in den Krieg. Mit einem teils sehnsüchtigen, teils angewidertem Blick sah ich die Truppen sich dem Feind nähern.

Ich hatte Sorge um sie alle, im Besonderen um Aliana, der mein Herz als Förderer meines Blutes gehörte. Ich betete in einem Anflug von Erinnerung an alte in Kirchen verbrachte Zeiten um ihre Sicherheit. Die Ritter zogen ihre Schwerter, Kampfäxte, Speere und Morgensterne, das gesamte Arsenal der menschlichen Absurditäten. Der Mensch verbringt viel Zeit mit der Erfindung von Dingen, mit denen er das Leben anderer vernichten kann. Der Mensch ist ein seltsames Geschöpf. Man möchte kein Mensch sein, bei dem was Menschen tun.

Die Streiter meiner Seite erreichten das von zahlreichen Feuern ausgeleuchtete Feld, ihre Minderheit wirkte auf mich erschreckend. Aber um unsere zahlenmäßige Unterlegenheit hatten wir gewusst. Die Schlachtreihen prallten aufeinander, und die Ritter brannten Schneisen in die Gischt aus Gegnern. Vampire konnten mit Waffengewalt nicht vernichtet nur gestoppt werden, aber sie mussten um ihr Blut fürchten, durften den Letzten Tropfen nicht verlieren, der ihrem Wahren Kern entsprach. Drăculeas Truppen waren gut ausgebildet, seine Leibgarde und die restlichen Soldaten hatten den osmanischen Reichen immer wieder starke Verluste zugeführt und galten als Bollwerke für die christliche Welt. Ohne sie hätte der Islam längst an die Tore von Wien geklopft. Die bereits gewandelten Soldaten seiner Armee würden die Kraft von Vampiren mit der elitären langjährigen Kampfausbildung durch Erfahrung im Krieg vereinen. Sie waren nicht zu unterschätzen, selbst wenn sie die Mächte ihrer Blutlinie bislang nicht entfalten konnten. Selbst die älteren Vampire aus Alianas Häusern besaßen sicher nicht dieses Kampfeswissen, von einigen wenigen der 50 Geschöpfe der Nacht abgesehen. Lediglich die Templer waren per Definition Krieger mit Leib und Seele. Sie hatten sich immer wieder in Schlachten gestürzt, sei es in Schottland, in Portugal oder an anderen Orten der Welt, wo sie sich in andere Kampfeinheiten eingegliedert hatten, um Freunden beizustehen oder für unser Haus einzutreten.

Draculas Vampirritter stießen aus dem Waldstück vor und griffen unsere Kohorten in der Flanke an. Das Schlachten zu beobachten liegt mir ebenso wenig, wie dem Schlachten selbst als Teilnehmer beizuwohnen. Je länger ich auf dieser Welt weile – ohne zu altern – desto mehr prägt sich mein Missfallen aus. Ich habe kein Verständnis für die menschliche angeborene Fähigkeit und den Drang Krieg zu führen, der von den Vampiren als Konsequenz weitergeführt wurde. Welch Bitternis muss Lebewesen inne wohnen, um über einen direkten Zwist zwischen Einzelnen oder aus Notwehr hinaus andere zu töten? In welche Gattung wurde ich hinein geboren? Kaum ein Tier versteht solche Massengrausamkeit. Ich schaute daher bald nicht mehr auf das Feld, so sehr ich auch über Alianas Wohlergehen informiert sein wollte, und richtete mein Augenmerk stattdessen auf die notwendigen Vorbereitungen. Ein Sergeant der Templer, der unter seinem Protest nicht an der Schlacht in dieser Phase teilnehmen durfte, da er meine Stellung bewachen sollte, übernahm den Ausblick. Ich überlegte ein weiteres Mal, ob wir an alles gedacht hatten. Kein Phänomen der Nacht. Aliana hinterfragte niemals einen festgelegten Plan, einen Entschluss, eine Entscheidung, es sei denn die Vorbedingungen änderten sich. Die blutabhängigen Wesen kannten nicht die Unruhe, welche uns Menschen quält.

Der Pferdekarren stand bereit, die Pferde schnauften vor sich hin, die beiden Knappen und der Tempelritter, welche für das Gefährt verantwortlich waren, warteten in Demut. Sie waren stolz auf ihre besondere Rolle, wenngleich sie genauso gern Seite an Seite neben ihren Brüdern gefallen wären. Zurückblickend kann ich mir an dieser Stelle eigentlich einen Kommentar nicht verwehren, aber da ich dank meiner vorgefertigten Meinung über den Orden zu überzogenen Äußerungen neige, beherrsche ich mich. Im Grunde möchte ich die Tapferkeit und Loyalität des Ordens der Tempelritter in vielen Situationen nicht missen, lediglich ihren Übermut und ihren Übereifer. Es ist nicht schlimm, für eine Sache auch zu leben statt zu sterben. Heute sollten sie nicht sterben, allerdings waren Verluste sicherlich bereits geschehen. Alianas Vasallen waren nicht der Unsterblichkeit geweiht, allerdings wünschten sie dies auch nicht. Ihr Glaube machte sie zu Untertanen des Hauses Baphomet, der Blutlinie ihres Erlösers, aber dieses Blut selbst anzunehmen, wäre für sie Gotteslästerung gewesen. Dies entsprach dem Ausgangspunkt unseres Krieges, denn niemand braucht eine unsterbliche Armee.

Vlads Armee stand in einem gut einzusehenden Gebiet, von seinen Vampiren in den angrenzen Waldstücken abgesehen. Es war eben und schwer zu verteidigen. Dabei war Vlad III. Drăculea einer der taktisch und strategisch versiertesten Kriegsherren seiner Zeit. Er war galt als militärisches Genie, und seine zahlreichen Siege gaben diesen Stimmen recht. Wir wussten, dass er absichtlich diese unvorteilhaftere Position eingenommen hatte, die uns erlaubte, vom Hügel aus unsere Truppen zu führen. Selbst ich hatte als unfreiwilliger Beiwohner vieler Schlachten meine Erfahrungen nicht umsonst gesammelt und hatte erkannt, was er gedachte zu tun. Es war die Falle, von der Aliana, die Führung der Templer und der klein gehaltene Rat der erfahrensten Vampire vor der Schlacht gesprochen hatte.

Der Sergeant rief mir etwas zu, die zweite Phase der Schlacht war damit eingeleitet, Drăculea hatte die Falle über unsere Waffenträger schließen lassen. Ich gab dem Tempelritter am Karren ein Zeichen, und er wandte sich an seine Knappen, während ich zum Sergeant trat.

Die für einen reinen Kampf schlechtere Position hatte einen Vorteil, wie man ihn aus der Jagd kannte. Man näherte sich dem Wild gegen den Wind. Hier vom Hügel aus sah ich über die Reihen an Kriegern, die sich gegenseitig niedermetzelten, stets dem Banner ihrer Teilgruppen folgend, wenn ein Banner fiel, sich dem nächsten alliierten zuwendend. Die Bannerträger suchten die Schlacht zu kontrollieren zur Ordnung der Truppen, die ihre Waffen auf die Gegner stießen, hieben, hackten und schlugen. Noch immer roch ich nichts, aber ich konnte sie sehen, sie liefen in die Schlacht, aus der Dunkelheit der Nacht herbeigelaufen, teils gesäumt von frisch gefallenen Soldaten, die durch die Macht Vlad III. Drăculeas als Kreaturen dem Krieg weiter ihren Dienst anboten. Die Untoten wandelten in die Schlacht. Mittlerweile wussten wir um ihre Kraft. Sie konnten einen Menschen mit ihrer Nähe betäuben und in einen Schlaf voller Träume führen, der todesnahe Erfahrungen widerspiegelte. Die Untersuchung Gideons an dem ihm überführten Untoten hatte ergeben, dass die toten Wesen nicht dachten, Gideon vermochte nichts in ihnen zu lesen. Aber er hatte diese Mächte entdeckt.

Die riesige Masse an untoten Soldaten, nahm auf der Seite unsere Feinde eine weitere Gefahr für unsere Truppen ein. Jeder neue tote Soldat war ebenfalls eine Bedrohung. Denn wenn Vlad Gelegenheit bekam sich auf die Macht des Todeswandelns zu konzentrieren, würde jeder Tote diese Masse verstärken. Und für die Vampire Draculas galt ebenso wie für die unsrigen, dass sie nicht wirklich vernichtet werden konnten mit reiner Waffengewalt.

Doch ich heiße Naciron. Diesen Namen gaben mir die Unsterblichen. Ein Name, der die Kraft inne trägt die Welt zu verändern, wie mir cinst Aliana gestand, nachdem sie mir die Bedeutung verweigert hatte. Und eben dieser Naciron, als Teil der Dunkelheit, hatte die Aufgabe, einzugreifen. Vielleicht bin ich weiterhin Hilo, so wie mich Aliana, Gideon und Marketa stets nennen. Und trage die Rolle des Naciron wie ein Rüstzeug auf meinem Leib. Aber vielleicht bin ich auch Naciron, und Hilo ist lediglich ein langsam sterbender wunder Punkt. Ich bevorzuge das erstere. Denn es ist das Wahre, der zu sein, als der man geboren wurde, viel Mut gehört dazu auf diesem Weg zu schreiten und nicht zu der Person zu werden, zu der andere einen machen wollen. Ich bin als Mensch Pionier in der Welt der Dunkelheit, doch wie waren Alianas Worte: die Kraft, die Welt zu verändern. Setzen wir ein Zeichen.

Ich sprang auf mein Pferd, der Sergeant trat neben mein Tier und hielt es am Zaumzeug fest. Die Knappen und der andere Templer saßen auf den Wagen auf. Vlad III. Dräculea würde eine Niederlage erleben, die so niemals in die Geschichte eingehen würde, aber alles übertraf, was das osmanische Reich seinen Armeen jemals an Schaden bereitet hatte. Während der Sergeant mein Reittier weiter beruhigte, zog ich meine Armbrust empor, entzündete einen Flammenbolzen und schoss diesen auf das pompös aufgeschichtete trocken wartende Lagerfeuer. Es brannte in wenigen Herzschlägen lichterloh zum Himmel empor. Sollte jeder Gott sein Augenmerk auf uns richten und Zeuge werden, insbesondere der Gott der Christen, denn er war es, dessen Macht ich bereit war zu entfesseln.

Nicht ausschließlich der Himmel sah unser Signal. Die im Hintergrund harrenden Schlachtgruppen aus den Häusern Skara Brae und Longinus antworteten. Die Vampirkrieger aus dem Hause Skerrabra, wie das Haus von den Orkney-Inseln in Schottland auch genannt wurde, erwiderten meinen Gruß, indem die Tierwandler unter ihnen Brüllen und schreckliches Heulen verlauten ließen, und Pfeile gesandt vom Hause Longinus füllten den Himmel, als die Geistlenker sie ohne Sicht über den Hügel hinweg gezielt in die Feinde donnerten ließen. Unsere Verbündeten griffen an und die gepanzerten Ritter ihrer Häuser donnerten auf ihren Schlachtrössern in den Krieg, was unsere Anzahl an Rittern der Dunkelheit auf annähernd hundert alte Vampire erhöhte. Die Überzahl des rumänischen Pfählers war ungebrochen, aber bislang hatte ich mein Pferd nicht gegen ihn geführt. Als die Welle unserer Getreuen der brüderlichen Häuser an mir vorbeigebrandet war, steckte ich meine Armbrust an ihren Platz an meinem Sattel, ließ mir von dem Sergeanten das Banner des Hauses Baphomet und damit meiner Fürstin Aliana geben, welches später den Templern als ihr Symbol des Tatzenkreuzes gedient hatte, und hob es empor. Vor mir tobte die Schlacht, die neuen Wellen an Vampirkriegern waren auf halbem Weg zwischen Hügel und dem Feindkontakt angelangt, als ich los ritt. Der Karren folgte mir, und ich führte unseren Siegeszug an. Beleuchtet von zahlreichen Fackeln an dem Streitwagen, brachten wir den Beweis, dass ein einziges Symbol einen Krieg zu gewinnen vermag, den Waffen nicht beeinflussen konnten. In diesem Fall ein Symbol des Friedens.

Es ist nicht wichtig, wer ein Vampir ist. Es ist wichtig, wer er war. Das waren Alianas Worte, und sie offenbarten in verschiedenen Interpretationen Sinn. An dieser Stelle zeigten sie, dass man wissen musste, welch ein Sterblicher ein Vampirahn als Begründer einen neuen Blutlinie gewesen ist, denn es enthüllt die Gewalt, welche ihn und die seiner Art stoppen kann.

Das Sakrileg, welches ein Vampirahn in der Wurzel seiner Herkunftslinie begeht, führt zur Art seiner Macht. Aber es bildet auch die Grundlage, ihn bekämpfen zu können. Vlad III. Drăculea hatte sich an seinem Glauben vergangen, als er das Kreuz Jesu Christus von Nazaret, des Erlösers in Drăculeas Religion, mit seinem Schwert in Hass durchstoßen hatte.

Darum wurde unser Siegeszug von mir geführt, begleitet von dem heiligsten Gegenstand, der gegen den rumänischen Teufel dargebracht werden konnte: das Kreuz von Jerusalem. Einst vom Bischof von Jerusalem in der Schlacht von Hattin verloren, als Jerusalem, die Stadt der drei Weltreligionen, an den Sultan fiel. Doch nicht wie gedacht für immer unwiederbringlich, sondern von Sultan Saladin aufgenommen und schließlich als Geschenk einem Mann gegeben, den Saladin in Freundschaft verehrt hatte. Alianas Vater im Blute, Fürst Imhotep, der häufig als Gelehrter unter den Begleitern des Sultans wandelte. Dieses Kreuz, das die christlichen

Ritter stets in ihren Schlachten als göttliches Zeichen begleitet hatte, das Kreuz, an dem vermutlich Jesus Christus von Nazaret gelitten hatte. Als die Kreuzritter Jerusalem zum ersten Mal erobert hatten, erlangte man das besondere Kreuz, welches bereits Helena, die Mutter Konstantin des Großen in vierten Jahrhundert gefunden hatte, welches aber wieder in den Wirren der frühen Zeit verloren gegangen war. Diese Mutter des römischen Kaisers, der das Christentum in der entscheidenden konstantinischen Wende letztlich zu seiner Staatsreligion erhob, hatte drei Kreuze gefunden. Eines davon heilte einen Bettler bei Berührung. Seither galt es als das Kreuze Jesu, auch als Kreuz von Jerusalem bezeichnet. Wie auch die Herkunft des Blutes Saras selbst nicht zählte, bildeten hier ebenso lediglich der Glaube und das begangene Sakrileg den Quell. Denn der Glaube ist der Brunnen aus dem ein Sakrileg getauft wird.

Im Fackelschein leuchtete das Kreuz von Jerusalem und brannte auf die Truppen unseres Feindes wie himmlisches Feuer hinab. Während es ansatzweise die Macht hatte, den Gebürtigen des Hauses Longinus und des Hauses Baphomets Schmerzen als Zeichen der Christen zuzufügen, war es gegen die Horden Dräculeas letal. Wir führten es absichtlich im Rücken unserer Truppen, so dass es dem Feind ins Angesicht leuchtete. Die Horden der Untoten sackten vor dem sich nähernden Kreuz zu Boden, ihr unseliges Dasein auf immer beendet, die Macht Dräculeas über sie gebrochen. Die Vampire waren gebannt und harrten ohne Widerstand, als die meinigen sie ergriffen, den größten Teil von ihnen brutal an sich rissen, ihr Blut samt des Letzten Tropfens in sich aufnehmend. Während die Aufnahme des Letztens Tropfens umgekehrt einen Kampf der Wahren Kerne ihrer Existenzen ausgelöst hätte, und zu Wahnsinn oder der Übernahme durch den ausgetrunkenen Vampir hätten führen können, waren Draculas Vampire dermaßen jung, dass ihre Gegenwart in dem gereiften altem Blute der Vampire unserer verbündeten Häuser unterging. Bis auf einige wenige wurde Vlad Drăculeas dunkle Armee im Blute der anderen vernichtet.

Die restlichen menschlichen Soldaten des Gegners mussten gegen die Vampirübermacht meiner Häuser und die weiterhin mit vollem Eifer kämpfenden Templer verlieren. Dennoch kämpften sie, voller Angst vor ihrem eigenen Fürsten.

Ich ritt weiter in die Schlacht hinein, das Heilige Zeichen gegen die Art Drăculeas war in sicherer Entfernung postiert und von Templern bewacht. Fünf Angehörige aus dem Hause Imhoteps gaben mir Geleitschutz, sie hatten sich aus der Schlacht gelöst. Auf die reinen Vampire dieses Hauses hatte das Kreuz von Jerusalem nicht den geringsten Einfluss. Mit der gnadenlosen Kraft ihrer Schwerter und Morgensterne ebneten sie meinen Weg, mein Reittier trug mich zu meiner Fürstin, die sich zu dem verfehdeten Fürsten durchschlug. Die Leibgarde Vlads half ihm letztlich nicht mehr, als er von allen Seiten attackiert wurde. Eine Armee aus schwarzen Vögeln stürzte auf die Wachen herab, das im Kampf überall herum spritzende Blut verbrannte sie, Schatten rissen sie von den Pferden, nahmen ihnen die Waffen ab und schlugen sie mit dunkler Kälte. Die Kräfte von Tierwandlern, Blutmeistern und Schattengängern waren entfesselt. Große Wölfe und Raubkatzen rissen Fleisch aus den Reittieren unserer Gegner, ein angegriffener Ritter unter dem Banner Skara Braes verwandelte sich plötzlich in einen Bären und schlug seinen Gegner voll roher Gewalt mit der Tatze nieder. Einige der Gardisten wandten sich gegen ihre Kameraden, als Geistlenker ihnen den Willen aufzwangen. Die offenen Schlachten der Häuser Imhotep, Baphomet, Longinus und Skara Brae gegen das Haus Dracul brachten Unheil und haltloses Durcheinander in die

Truppen Drăculeas, der dieses Debakel im Kreise der engsten Gardisten, seiner Moldauer Soldaten, selbst kämpfend hilflos mit ansehen musste, ebenfalls unter dem Einfluss des nahen Kreuzes unter Schmerzen stehend. Er als Ahn war nicht vollständig gebannt, seine eigene Macht half als geringer Verteidigungswall im Gegensatz zu seinen zu jungen Nachfahren, die jetzt in endlosen Angriffswellen geschlagen wurden. Sein Pferd hatte er bereits bei einem Angriff von Ethrel in dessen Wolfsgestalt verloren.

Als ich Aliana erreichte, wurden die Moldauer um den Fürsten herum von unzähligen dunklen Händen zu Boden gerissen und festgehalten. Vlad III. Drăculea stand allein unter Feinden, Alianas Pferd näherte sich ihm, er schwankte unter dem Einfluss des Kreuzes, und ich ritt zu meiner Fürstin. Țepeș, der Pfähler, würde heute keine besiegten Gegner den Holzpflöcken übergeben. Aliana lenkte ihr Pferd neben den walachischen Herrscher, er reckte sein Schwert und Schild zur Verteidigung empor, aber seine Kraft reichte nicht, zu stark war unser Symbol. Aliana schlug ihm Waffe und Abwehr aus den Händen und legte die Spitze ihrer Klinge an seinen Hals.

»Trebuie să purtăm o discuție serioasă împreună«, gebot sie ihm auf rumänisch und nötigte ihn damit, zu verhandeln.

TRÜGERISCHER FRIEDEN

Der Sohn des Drachen wurde nicht lange vor die Wahl gestellt. Man zwang ihn dazu, sein Haus in dem Pakt der anderen aufgehen zu lassen, fortan als Haus Dracul im Bündnis der Nacht und verpflichtete ihn, in Zukunft die Regeln der Häuser und der

Versammlung zu beachten. Die übrig gebliebenen Vampire seines Hauses durften weiter existieren, die Untoten wurden allesamt vernichtet und Dracula sollte die Toten nie wieder derart entehren. In diesem draculschen Friedenspakt der Häuser wurde er gezwungen, sein Leben aus der Welt der Menschen zu tilgen. Dies war die Aufgabe der osmanischen Krieger, die uns in dem Kampf zur Seite gestanden hatten. Die Blutmeister unter Anleitung der erfahrenen Aliénora von Baphomet, die nach der Mutter Richard von Löwenherz' benannt war, trafen die Vorbereitungen mit einem Ritual, dass den Körper eines Vampirs längere Zeit daran hinderte, zu Staub zu zerfallen. Jetzt nahm die Geschichte ihren Lauf. Eine Geschichte, die besagt, dass Fürst Drăculea im Kreise seiner Leibgarde von Türken im Kampf überrannt wurde. Sie töteten seine Wachen und nahmen den Kopf des Mannes an sich, der bei ihnen als der Pfähler bekannt war, indem sie diesen enthaupteten. Während der Leichnam zum Kloster Snagov gebracht wurde, eskortierten die türkischen Krieger den Kopf des gefallenen Herrschers in Honig eingelegt zu ihrem Sultan.

Das war Geschichte. Und sie ist wahr. Denn getrennt wurde der Körper, damit nicht der Letzte Tropfen in die Hände von Menschen fiel, und als Teil des Abkommens wurde der Körper zum sicheren Verwahren nach Snagov gebracht. Da dank der Blutmeister weder Körper noch Kopf in Staub zerfielen, ließ sich das Vorhaben durchführen, der Welt den Tod des Wojewoden zu beweisen. Sultan Mehmet II. bekam das Haupt als Nachweis des Endes von Țepeș. Eine Gruppe von Mönchen, unter ihnen verborgen zwei Templer und zwei der osmanischen Krieger, der Rest echte Mönche, die aus der Walachei stammten und dem Sohn des Drachen zugetan waren, transportieren den Kopf des Herrschers in einer gefahrvollen geheimen Mission. Die Mönche mit dem Auftrag ihres Vorstehers aus der Abtei in Snagov, den

Fürsten zurück zu bringen, ohne die genauen Hintergründe zu kennen. Sie kamen nicht bis nach Snagov. Denn schließlich verlor das Blutmeisterritual seine Wirkung, und der Letzte Tropfen entfesselte seine Macht. Armer Zacharias, der Mönch, der in dem als Chronik des Zacharias bekannten Bericht über ihre Reise schrieb, sollte er doch nie verstehen, was der Sinn hinter allem gewesen war. Denn der Kopf zerfiel wie der Körper im fernen Snagov zu Staub und sammelte sich letztlich in der Abtei, weit entfernt von der Pilgergemeinschaft um Zacharias. Diese hatte den mühevollen Weg über Istanbul und Bulgarien hinter sich gebracht, in dem vor ihr geheim gehaltenen Plan, die Körperparte so nah wie möglich beieinander zu haben, wenn das Ritual nachgab.

Wie es in der Geschichte der Menschheit geschrieben ist, war Drăculeas letzte Ruhestätte leer. Denn folgend dem Abkommen erhob sich der ehemalige Fürst der Walachei an seinem Grab, hinterließ es frei um aufzustehen als Fürst des Hauses Draculs im Pakt der Finsternis. In Zeiten des Friedens nach dem Krieg, aber seit jeher offiziell verfehdet mit dem Hause Imhotep und Baphomet. Der Krieg war damit beendet. Aber jeder Krieg schlägt Wurzeln, aus denen eine Saat gedeihen kann.

SCHNEEWEISS

Gegen Ende des 20. Jahrhunderts.

Eine Geschichte über Vampire muss Jahrhunderte umspannen, denn die Wesen der Nacht leben in diesen Dimensionen. Die sie betreffenden Ereignisse entfalten sich über die Leben zahlreicher Menschen hinweg. Es begab sich zu einer Zeit, als ich lernte den

Schnee zu lieben. Gut, vielleicht ist es ehrlicher zu sagen, dass ich seiner natürlichen Kälte und Feuchtigkeit nicht mehr den gleichen negativen Enthusiasmus entgegenbrachte, wie früher.

Aliana hatte ein Gut in den Skigebieten Italiens erworben, es lag so fern jeder Zivilisation, dass wir es aus der Luft mit einem Helikopter zu erreichen hatten. In hohen Bergen. Nicht irgendwo, nein – in der tiefsten Kälte. Selbst im Sommer wäre hier ein Hemd ohne Ärmel gewagt gewesen. Vielleicht übertreibe ich aber auch. Jetzt hatten wir keinen Sommer, der Winter ging langsam zu Ende. Und in seiner Todesphase gab er sein Bestes um gegen jedes bisschen aufkommende Wärme anzukämpfen. Dennoch – der Schnee hatte auch seine angenehmen Seiten. Wenn man vergaß, wie dumm man sein musste, um sich unter Mühen und viel technischem Aufwand in Höhen zu begeben, in denen man bereits Druck auf den Ohren spürte, um dann auf Brettern jeglicher Form an den Füßen, oder für noch Wahnsinnigere auf dem Rücken oder Bauch, Richtung Tal hinab zu fahren. Unverhohlen muss ich zugeben, dass ich trotz meiner Jahrhunderte alten Weisheit keine Begründung dafür finden konnte.

Auch muss ich zugeben, dass ich trotz dessen nach drei Tagen Quälerei dazu überging, freiwillig ein Board an meine Füße zu schnallen und mich der Tiefe zu stellen. Snowboarden. Meine neue Passion. Oder einer alten japanische Weisheit zur Folge: meine alte Passion. Denn sie sagt, dass wir nichts erlernen können, was wir nicht bereits in uns tragen. Für mich blieben alle, die den Berg hinab fuhren, Teil der Kaste der Dummheit, allerdings zählte ich mich fortan dazu.

Aliana und ihr dunkles Gefolge waren unter dem Schutz der Ritterschaft der Templer gut in dem zur Festung ausgebauten Gehöft behütet, ich durfte tags abwesend sein und für einige Tage nachts schlafen. Eine Art Urlaub. Aliana und ich tankten Kräfte,

Es handelte sich um ein Domizil zum Zurückziehen und Ausruhen. Die frische Luft und die Bewegung taten mir gut. Auch der – wenngleich oberflächliche – Kontakt zu anderen Menschen außerhalb Alianas Welt der Nacht. Ich genoss die Zeit, nicht ohne mein anderes Leben zu vermissen. Aber solche Pausen waren in den Jahrhunderten häufig notwendig.

Wenn ich tags mit dem Snowboard hinab kurvte, mit Gondeln die eigentlichen Skigebiete erreichte, um weiter den Kräften und der Geschwindigkeit einerseits nachzugeben, partiell zu trotzen, so nutze Aliana die Nacht.

Für ihre Art war Kälte nicht vorhanden, nicht eine Wand, die gegen den Körper prallte. Für Aliana war sie transparent, in allen Sinnen. Leicht bekleidet spazierte sie im Schnee herum. Ich dagegen schaffte zwar, mit dem Board hinunter zu stürzen, aber in Stiefeln wenige Meter den Berg zu erklimmen, erschöpfte mich bis an die Grenzen. Doch für meine Göttin war der Schnee nichts. Ihrer Kraft konnte er nichts entgegenbringen, nicht einmal seine Massen. Nacht für Nacht, sobald die Sonne am Horizont entschwunden war, trat sie hinaus und wandelte leichtfüßig durch die weiße Fläche, die immer schwärzer erschien um schließlich blau zu leuchten, wenn der Mond den Platz der Sonne einnahm. Sie schlenderte durch die eisige Kühle, genoss die menschenleeren Strecken auf ihren kilometerlangen Fußmärschen. Ich begleitete sie nie, noch in Sichtweite es Gutes hätte mir jede Luft gefehlt. Mit den Geschöpfen der Dunkelheit konnte kein Sterblicher konkurrieren, auch ich nicht.

Ethrel befand sich daher an ihrer Seite. Er schien die Läufe durch den Schnee in seiner Wolfsgestalt zu lieben, raste vor und zurück, zog Kreise und Bahnen um Aliana, die sich langsam bewegte. Aliana hatte mir davon berichtet, und manchmal sah ich von meinem Zimmerfenster aus, wie sie die Nacht begingen, Aliana in einem schwarzen Kleid in der vom Mond beleuchteten hellen Fläche. Vielleicht war Ethrel befreit, ohne Aufgabe seine Gestalt nutzen zu können, frei von Last. Er war offiziell zu Alianas Wache ernannt worden, aber hier schien keine Gefahr zu drohen. Auf den Bergen herrschten friedliche Zeiten in unserer Welt.

Mittlerweile wurde ihm Vertrauen geschenkt, trotz der Gerüchte aus dem 18. Jahrhundert, dass er angeblich nach Rumänien gereist war, um einen Handel mit Fürst Vlad III. Dräculea zu schließen. Die Gerüchte waren zwar nie vollständig entkräftet, aber auch nicht bewiesen worden. Unsere Nachforschungen hatten damals ergeben, dass tatsächlich ein Tierwandler, der Wolfsgestalt annehmen konnte, sich nach Rumänien begeben hatte. Dabei hatte es sich um den Vampir Kverwulf des Hauses Skerrabra gehandelt, von diesem war bekannt, dass er sich in die Walachei begeben hatte und niemals zu seinem Haus zurückgekehrt war.

Es geschah während unsrer zweiten Periode im Schnee, als Ethrels Fähigkeiten ihn und Aliana einen Fund machen ließen, den die Zeit geplant hatte. Die Nase des Wolfs – sie war eine seiner wertvollsten Waffen. Und diesmal sollte er mit ihr eine andere mächtige Waffe finden. Doch was sind schon Waffen – selbst jetzt wenn ich daran denke, überfällt mich Bitterkeit, suche ich doch diese Arten von Gewalt abzulehnen.

In der Düsternis der Nacht, helle Klarheit für Vampire, roch er einen Menschen, sofort schlug er knurrend Alarm. Kein Mensch bei Sinnen und ohne Plan hielt sich in den schneebedeckten Bergen bei Nacht auf. Ethrel spürte einen Eindringling. Selbst wenn Alianas scharfe Sicht nichts bemerkte, konnte seine Nase in die Zeit sehen. Eine Nase ist wie ein Geschichtsbuch. Sie sah, wo sich jemand befunden hatte und wohin er gegangen war, ob er sich in einem erregten oder ruhigen Zustand befand. Sie zeigte dem Besitzer einen Teil der Vergangenheit bis zur Gegenwart, wie ein

Geschichtsführer. Auch wenn die Zeit ihre Karten nicht gern offen legt, einer guten Nase musste sie ihr letztes Blatt zeigen.

Ethrel lief voraus und Aliana glitt durch die Nacht, seiner Fährte folgend. Was sie fanden war kein Gegner, den es zu töten galt, nein, ihn zu befragen machte mehr Sinn. Ich hing in meinem antrainierten leichten Schlaf und wurde von dem Tumult losgerissen. In Sekunden war ich bekleidet, samt meinem Ledergürtel mit den Beuteln und meinem Dolch, Jahrhunderte alte Relikte, immer wieder erneuert, denen ich weiterhin großen Nutzen anrechnete. Danach lief ich aus dem Zimmer, die breite Eichenplankentreppe in die Empfangshalle des Gutes hinunter. Mehrere Templer standen um Aliana, alle bückten sich um etwas. Ethrel stand nackt mit von der Kälte, die plötzlich mit der Wärme im Inneren des Hauses konfrontiert wurde, dampfenden Muskeln in einer Ecke. Eine Ritterin reichte ihm einen Umhang, mit dem er sich bedeckte, während sie ihn verstohlen betrachtete.

Ich trat neben Aliana, kurz fasste ihre Hand meine als zärtliche Begrüßung, aber ihr Blick blieb auf den Boden gerichtet. Ein Junge lag dort, ein Kind, vielleicht zehn oder elf Jahre alt. Ein wenig pummelig, in einem Skianzug, der nicht gereicht hatte, die Kälte der Nacht abzuwehren. Alle im Kreis starrten auf ihn. Ich ließ mich nieder und öffnete seine Jacke. Vampire können teils sehr unbeholfen sein, wenn es um menschliche Schwächen ging, und die Templer – nun ja – sagen wir, sie hatten eine harte Ausbildung hinter sich um alle Schwächen abzugewöhnen. Oder zu leugnen, je nach subjektivem Blickwinkel.

»Heißes Wasser, sofort! Aliana, wo habt Ihr ihn gefunden?«

Noch während sie mir antwortete »in der Nähe einer Piste westlich« hatte ich Atmung festgestellt und einen Ritter angewiesen die beiden Leibärzte der Templer herzuholen. Es dauerte nicht allzu lang, bis der Junge in Decken gehüllt auf einem

Sofa im Salon saß und langsam heißen Tee schlürfte. Die Ärzte hatten sich ihm lange gewidmet. Er starrte uns alle an.

Aliana trat zu ihm: »What ever you see here, don't have fear. You are a guest in our world.«

Während wir alle untereinander Französisch redeten, die Sprache meiner Herkunft, sprach sie zu dem Jungen in Englisch, um die Wahrscheinlichkeit des Verstehens zu erhöhen, nachdem italienisch bereits ins Leere verlaufen war. Bislang hatte er nichts gesagt, und wir wussten nicht, woher er stammte und welche Sprache ihm geläufig war. Ich glaube, spätestens dieser emotionslos gesprochene Satz hatte ihm Angst gemacht, immerhin gab es im Salon keinen anderen Grund für seine plötzlich geweiteten Augen. Die Ritterin mit der Kriegerinnenstatur, welche Ethrel den Umhang gereicht hatte, trat ein, schwebte scheinbar ohne mich zur Kenntnis zu nehmen an mir vorbei und reichte dem Jungen eine Schokolade, dann wandte sie sich an uns: »Er heißt Nathan Mackinnons, teil einer Schulreisegruppe, wurde um einundzwanzig Uhr von einem Lehrer im Ort als vermisst gemeldet. Suchmannschaften sind soeben ausgeschwärmt.«

Alianas kühle Stimme durchschnitt den Raum: »Warum erst so spät?«

Die Ritterin zuckte mit den Schultern, ich trat zu dem Jungen und half ihm beim Auspacken der Schokolade, seine Finger waren noch zu steif. Leise bemerkte ich: »Verletzung der Aufsichtspflicht und Unbeliebtheit. So sind Menschen, Aliana.«

Ich spürte ihren berechnenden Blick in meinem Nacken und wusste dieses Mal, was sie dachte.

»Soll ich die Suchmannschaften benachrichtigen?«, meinte die attraktive Templerin mit den kurzen fingerlangen blonden Haaren. Alle warteten auf Alianas Antwort, auf eine bestimmte Antwort. Die Fürstin musterte den Jungen. Er schaffte es in der Zeit, ein beachtliches Stück Schokolade in den Mund zu stecken. Die erwartete Antwort kam nicht. Dafür eine andere. Aliana überraschte die Anwesenden, außer meiner Person. Mich zu überraschen war nicht leicht, es gelang meist nur dem Schicksal und der Zeit. Nein, ich gestehe, auch Aliana gelang es immer wieder, aber seltener als früher. Dies lag daran, dass man mit den Jahrhunderten weniger feste Vorstellungen von zukünftigen Abläufen hat: »Nein.«

Verdutzt starrte Yara Fortaleza, die Templerin, Aliana an. Diese Ritterin war eine tapfere mutige Frau, ich respektierte sie und hielt sie für eine der erfahrensten Templer. Die Portugiesin war seit nunmehr acht Monaten fester Bestandteil unserer ständigen Begleiter. Nie wagte ein Mitglied des Ordens Alianas Worte anzuzweifeln, obwohl der Orden selbständig war und ihr nicht direkt unterstand. Aber sie waren Vasallen und Aliana ihre Lehnsherrin. Sollte es zu einem Widerspruch kommen, würde der Orden selbst urteilen und den betreffenden Templer zurechtweisen. Niemand erhob Einspruch, doch die Ritterin starrte Aliana an und machte eine leichte protestierende Geste. Aliana blickte kühl zu ihr, und sie senkte sofort entschuldigend den Blick. Als Yara auf diese Weise Respekt gezollt hatte, klang erneut Alianas Stimme auf Englisch: »Are you on a school trip?«

Der Junge nickte und murmelte etwas von einer Klassenfahrt – in Englisch mit einer schottischen Aussprache, wie ich sie vom Hause Skara Brae kannte.

»Yara, rufe seine Eltern an und erkläre die Situation. Biete ihnen an, dass er heute Nacht hier bleibt und unter ärztlicher Beobachtung steht. Falls sie sich große Sorgen machen, sind sie herzlich eingeladen, und wir fliegen sie morgen Nachmittag ein. Ein Auto kann sie abholen und zum nächsten Flughafen bringen. Erst wenn sie informiert und beruhigt sind, benachrichtige die

Suchmannschaften. Ich will diese hier nicht sehen. Und sag Gideon, dass ich ihn morgen Abend hier benötige.«

Selbst bei dem Wort »herzlich« blieb ihre Stimme kalt. Die Templerin wirkte verwirrt, nickte aber ehrerbietig und verließ den Salon. Aliana ließ sich auf ihre Knie vor dem Jungen nieder und redete einige Worte mit ihm. Ich zog mich dezent zurück, ich war sehr müde, und zuletzt bemerkte ich den Blick des Jungen Nathan auf Aliana.

Bewunderung, anhimmeln, schwärmen – er nahm sie als die schneeweiße Göttin wahr. Ich nahm mir ein Getränk aus der geräumigen Küche und an der Treppe umschlangen mich Alianas Arme von hinten, sie drehte mich sanft und küsste mich auf die Lippen. Ich lächelte, als sie mir eine gute Nacht wünschte, und unsere Blicke versprachen, dass wir bald wieder mehr Zeit miteinander verbringen würden.

Am nächsten Tag erreichten uns seine Eltern kurz vor Dämmerung. Sie waren erleichtert, ihren Sohn entgegen zu nehmen, wegen dessen Beinahe-Erfrierungstod sie Alpträume verfolgt hatten. Nach ihnen traf Gideon ein, und es gab ein gemeinsames Abendessen. Wenige Monate später war Nathan Mackinnons neuer Schüler des Internates St. Georg in Paris, welches der Stiftung Fondation Salomonici d'aide aux Enfants gehörte und somit unter Alianas Obhut lag. Gideon war sicher nicht unbeteiligt, dass die Eltern davon begeistert waren.

Das Internat war der Ursprung unseres Templernachwuchses, beinah alle Ritter des Ordens hatte diese Schule besucht. Ich zweifelte nicht daran, dass dieser Junge einer der ihren werden würde. Die Zeit war ein großartiger Stratege. Idole in der Jugend zu haben und diese zu vergöttern, war eine unter den Menschen dieser Zeit weit verbreitete Schwärmerei. Fast jedes Mädchen und jeder Junge verliebten sich in einen Schauspieler des passenden

Geschlechtes und beten die Schönheit des Schwarms an. Dann altern sie und irgendwann scheint der Angebetete in einem anderen Licht. Was aber, wenn dieses Kind erwachsen wird, und der Schwarm weiterhin in der Schönheit glüht, nichts von der Magie verloren hat?

GROSSMEISTER DES ORDENS

Keine 15 Jahre später, Anfang des 21. Jahrhunderts. Gemeinsam mit Aliana zog ich ein zwischen die Säulen der weltlichen Hallen des Ordens Pauperes commilitones Christi templique Salomonici Hierosalemitanis, unsere Arme Ritter Christi, die Hallen der Templer.

  Die Ritter empfingen uns in ihren heutigen Gardeuniformen, im Gegensatz zu ihren Brüdern und Schwestern, die uns als menschlicher Teil Alianas Leibgarde begleiteten. Die loyale Leibgarde, angeführt von Ehrenkommandantin Yara Fortaleza trug schlichte schwarze Uniformen, eher Zivilkleidung um direktes Auffallen zu vermeiden, während die Ritter hier in ihrer eigenen historischen Welt wandelten. Sie trugen leichte Rüstungen, weiße Stoffhabits und mit Stolz das blutrote Emblem der Templer und Baphomets auf Rücken und Schulter. Diese Ritter genossen es, in ihrer Abgeschiedenheit die Ursprünge ihres Ordens ausleben zu können. Hier konnten sie dies unerkannt. Dieser Landsitz in Portugal gönnte ihnen Sicherheit und Frieden. Er gehörte dem Orden, ein Geschenk der Familie Imhotep – nicht des Hauses – für treue Jahrhunderte als Vasallen Alianas. Es gab sonst nur noch zwei weitere größere Standorte, einen in Schottland und einen in Nordamerika. Ersterer beruht auf einem Geschenk von Ländereien für treue Freundschaftsdienste von Robert The Bruce, der andere entstand zur Zeit der Kolonialisierung an der Ostküste Amerikas.

Schottland hatte viel davon profitiert, dass die Templer derzeit in die entlegenen Regionen der Britannischen Insel fliehen mussten. Dort beim Hause Skara Brae hatten sie Kontakt mit Robert I., auch bekannt als schottischer König Robert The Bruce. Dieser führte 1314 mit seinen schottischen Truppen im Sumpfland von Bannockburn am 23. und 24. Juni die größte Schlacht der schottischen Geschichte. Seit jeher hatten sie die Schlachten gegen die Engländer verloren, doch besonders am zweiten Tag kämpften sie mit neuen Strategien und Taktiken. Wer aufmerksam ihren Kampfstil betrachtete, konnte Anleihen von den Sarazenen erkennen. Obwohl die Engländer besser ausgebildete und mehr Truppen als je zuvor entsandt hatten, stürmten letztlich an die 2000 in der Geschichte nie richtig zuzuordnende Krieger als Reserven das Schlachtfeld und übermannten die Engländer trotz der Unterlegenheit von eins zu vier. Mehrere Engländer glaubten, einen entfalteten Gonfanon Baucéant gesehen zu haben, der als Banner gegen sie heran getragen wurde. Sie irrten sich nicht.

Der Sitz hier in Portugal westlich von Albufeira galt als Sitz des Großmeisters des Ordens. In diesem Gebiet in Südportugal, der Algarve, das am Mittelmeer liegt und im Westen von den kühlen Strömungen des Atlantiks beeinflusst wurde, regierten karge Landstriche. Hier wurden Touristen, die nicht ausnahmslos ihre schöne Zeit am Strand verbringen wollten, mit umstrittenen Sehenswürdigkeiten unterhalten. Umstritten, da die Portugiesen teils sogar früher dort gelagerte und später vergessene Obelisken heute als antike Grabstätte auszeichneten. So zieht es sich mit beinahe allen ihren Denkmälern durch. Aber ähnliches zeichnet sich häufig in Touristenorten ab, gerade wenn man mit dem Wissen der Zeiten die Anleitungen zur Beschäftigung im Urlaub liest und ihnen nachgeht, in der Hoffnung etwas wieder zu finden, was man in der Vergangenheit lieb gewonnen hatte.

Die neuen Residenzen der Templer waren den veränderten Bedingungen angepasst. Historische Stätten des Ordens sind dagegen in Berlin-Tempelhof, so benannt, weil sich dort Komturhof und Dorf unter Ordensherrschaft befunden hatten, oder ihre beiden früheren Hauptquartiere Temple Church in London und der Tempel in Paris.

Der momentan amtierende Großmeister Kent O Shannahan galt als reizbarer aber inzwischen ruhiger irischer Mistkerl, stammte aus einer Familie deren Mitglieder oft Angehörige für den Orden stellten und war mitnichten jung. Das Privathospital in einem nahe der Ortschaft Portimão gelegenen Dorf, Teil einer Stiftung zur humanen Gesundheitsförderung, deren Gelder in Jahrhunderten der Nacht eingebracht waren, hatte ihn erst kürzlich für länger beherbergt. Es galt, dass er in wenigen Jahren abdanken würde. Die Gerüchte waren ihrer Anzahl viele, und in der Welt der Nacht war das Thema sehr wichtig. Der Orden war zwar unabhängig und würde seinen Großmeister selber stellen, aber sicherlich würden Alianas Wünsche berücksichtigt. Und gerade in diesen Zeiten war die Person des Großmeisters ein strategischer Faktor, denn schlimme Dinge, mit deren Kunde wir eintrafen, würden sich zutragen. Die Zukunft würde Stärke vom Großmeister verlangen und jetzt war die Zeit, welche Politik forderte. Mit der Person des Großmeisters würden sich die möglichen Reaktionen ergeben und sich unser Spielraum anpassen.

Die riesige Halle, in der wir in Empfang genommen wurden, erinnerte mich an meine ersten Erlebnisse mit dem Orden in Jerusalem, damals im Tempel Salomons. Jetzt waren die Hallen weit stattlicher, aber weniger voll mit geschichtlicher Herkunft. Der Helikopter wurde draußen gewartet, eigentlich gab es ein öffentliches Flugverbot für das Gelände – offiziell wegen Naturschutz – aber dies galt natürlich nicht für uns. Er stand auf einem der drei Landeplätze zwischen dem angelegtem Park und dem Innenhof neben den Hauptgebäuden.

Schon mehrfach hatten wir diesen Ort besucht, tags war ich gern allein in den umliegenden Parkanlagen spaziert, neben hohen Hecken und farbenfrohen Blumen. So allein wie man sein kann, wenn vereinzelt Templerwachen auftauchten. Noch lieber des Nachts, Alianas Hand in meiner wissend. Die Ritter selbst wachten sorgsam über ihre Ländereien, dabei wurden sie ab Einbruch der Dämmerung von einer über die Jahre wechselnden Gruppe von vier Vampiren des Hauses Baphomets unterstützt, eine Gabe an die Vasallen. Meist Blutmeister, die klassische Machtrichtung des Hauses, aber gelegentlich auch Tierwandler oder Geistlenker, manchmal sogar ein Schattengänger.

Kent O Shannahan begrüßte uns. Der Großmeister war vor dem zweiten Weltkrieg der Menschen geboren und hatte seine Jugend während des Krieges bereits unter dem Schutz der Templer in Schottland verbracht. Er war ein ehrenhafter Mann, eine charismatische Figur, hatte die Templer aber durch vergleichbar ruhige Zeiten geführt. Er war mitnichten ein Kriegsherr, das hatte er nie sein müssen. Die Zeiten, in denen Templer in offene Feldschlachten ritten, waren lange vorbei und fanden lediglich in den sehnsüchtigen Träumen ihrer Ordensangehörigen statt oder in den zeremoniellen, aber nicht ohne Verletzungen von statten gehenden Kämpfen, welche der Orden intern durchführte. Er trug einen gepflegten und ergrauten breiten Schnurrbart und ebenso helle karge Haare, die man bereits als Halbglatze bezeichnen konnte. Auch er trug den Habit der Templer.

»Fürstin Aliana, welch eine Ehre, dass ich Euch ein weiteres Mal offiziell begrüßen darf.«

Aliana lächelte den Großmeister an, ein Lächeln, welches mir mein Herz wärmen würde, als der in die Jahre gekommene Mann sich unter Anstrengung verbeugte. Es bedeutete ihm viel, Aliana sehen zu können. Für all unsere treuen Templer war sie der Heilige Gral, die Verkörperung von allem, an das sie glaubten. Alianas Anwesenheit wäre für wahrhaft gläubige Christen, als würde Jesus persönlich in menschlicher Gestalt den Gottesdienst beehren. Nur das man Jesus wahrscheinlich als Scharlatan verjagen würde. Glauben ist eine schwierige Facette der menschlichen Instanz. In allen Religionen hat sich Glauben weiter entwickelt und ist nicht mehr mit damaligen Zeiten vergleichbar. Die Menschen heutzutage glaubten entweder nicht oder ausschließlich mit dem Herzen. Sie sagen, mit dem Verstand lässt sich Glauben nicht erklären. Aber der wahrhafte Glauben, denn wir immer wieder auf der Welt erlebt hatten, und den ich heute noch bei den Templern vernahm, die ihre Göttin Notre Dame wahrhaftig kannten, ist Glauben mit Herz und mit dem Verstand. Es gibt logische Erklärungen, wie die Existenz Alianas bewies, mit denen auch der Verstand dem Glauben entspricht. Aber diese sind den Menschen abhanden gekommen.

»Großmeister O Shannahan, seid Ihr doch meiner und der Zuneigung meines Hauses dergleichen gewiss, dass ein Besuch bei Euch keine Pflicht, sondern eine Freude ist.«

Der Großmeister hatte sich wieder aufgerichtet und strahlte meine Fürstin an: »Leider war ich bei Eurem letzten Besuch nicht in der Lage Euch gebührend zu empfangen.«

Man sah ihm an, wie peinlich ihm dies erschien. Menschen. Als wenn Aliana nicht dermaßen pragmatisch in der Natur der Dunkelheit veranlagt war, dass sie auf eine offizielle Begrüßung verzichten konnte, wenn jemand im Krankenbett weilte. Templer. Selbst im Sterben richteten sie sich auf und grüßten ihre Göttin respektvoll.

»Mein Besuch galt keiner Zeremonienerwartung, sondern der Sorge um Euch, Kent O Shannahan.«

Bewusst hatte sie diesmal auf die formelle Anrede des Großmeisters mit Titel verzichtet, wie mir auffiel. Damit betonte sie, dass sie wegen persönlicher Anteilnahme an seiner Person, und nicht wegen seiner Stellung als Großmeister im Hospital Salomonici d'aide aux Malades erschienen, und wie wichtig er uns als Individuum war: »Habt Dank, werte Fürstin Aliana. Die Kunde Eures Besuches, auch wenn ich zu dem Zeitpunkt leider noch im Schlaf lag, brachte mir die Kraft zu genesen.«

Er führte uns zu einer bequemen Sitzgruppe und wartete bis Aliana und auch ich Platz genommen hatten, bevor er seinem Körper selbst die dringend benötigte Ruhephase im Sessel gönnte. Ein junger Mann im Stand des Knappen versorgte uns mit Gebäck, Tee und für Aliana einen goldenen Becher mit dunkel erscheinender Flüssigkeit. Der Großmeister bedankte sich und entließ danach alle sonstigen Anwesenden. Wir befanden uns in dem Bibliothekartig anmutendem Raum allein mit ihm. Statt großer Werke der Literatur enthielt der Ort die Chroniken des portugiesischen Zweiges des Ordens, die Ordensmitgliederlisten, Verzeichnisse der wichtigsten Ereignisse und was immer die Templer sonst niederschrieben. Und die Templer mit ihrem im 12. Jahrhundert bereits international funktionierendem Bankwesen hatte das Beamtentum immerhin mit begründet, dafür waren ihre Tressler, die Ordensmitglieder, die sich dem Finanzwesen widmeten, berühmt. Allerdings handelte es sich an diesem Ort nicht um die Originale, diese waren an sicheren Stellen untergebracht.

»Trotz der Freude über Euren Besuch, vermute ich, dass es diesmal nicht um meine Gesundheit geht, meine Fürstin?«

Aliana nippte an dem Kelch. Ich saß im Sessel neben ihr, lauschend wie immer. Plötzlich ergriff sie meine Hand. Während mir verwirrt über diese intime Geste das Herz stockte – was die Vampirin neben mir sicher wahrnahm – huschte ein Schatten der Bestürzung über Kent O Shannahans Gesicht, der sich aber deutlich schneller als ich zusammen riss. Niemals würde er an Handlungen seiner Göttin zweifeln. Ich weiß nicht, was Aliana dazu veranlasst hatte, meine Hand zu ergreifen. Vielleicht brauchte selbst sie Stärke für die Offenbarungen des Gespräches.

»Eure Gesundheit ist Teil davon, Großmeister. Verzeiht mir, dass wir offen darüber reden.«

Er winkte mit der Hand die Notwendigkeit von Entschuldigungen beiseite. Ein Mann mit der Lebensweisheit seines Alters konnte für einen Menschen außerordentlich pragmatisch sein, wenn es erforderlich war.

»Großmeister Shannahan, der Orden ist dergleichen stark wie seine Führung, und ebenso weise. Denn die strikte Disziplin und die Demut in Hierarchie hinterfragt nicht, sondern sie befolgt. Ich kenne Euch als weisen Mann, und Eure Stärke wird vom Hause Baphomet niemals angezweifelt. Aber es gibt schreckliche Kunde über kommende Ereignisse, und seit hunderten von Jahren wird die Stärke des Ordens im Kampf nicht wichtiger gewesen sein, als in naher Zukunft.«

Nahe Zukunft bei Vampiren ist übrigens relativ zu dem, an was ein Mensch bei den Worten denkt. Sie sprach nicht unbedingt von morgen, allerdings meinte sie diesmal tatsächlich auch keine Generationen.

»So wie Ihr persönlich und der Orden der Templer in Gesamtheit hinter mir und dem Hause Baphomet steht, so stehen wir hinter Euch. Daher bin ich gekommen, um Euch eine wichtige Frage zu stellen, die Ihr nach Gutdünken beantworten mögt. Wir werden die

Entscheidung gemeinsam tragen.«

Der Großmeister nickte und übersah dabei beflissen, wie Alianas Finger um meine geschlossen waren. Ich glaube, er wusste, welche Frage uns bewegte.

»Als meine Fürstin, an die ich gern und mit freiem Willen und mit meinem Eid gebunden bin, stellt jede Frage nach Belieben.«

»Kent O Shannahan, die Zeiten offenbaren einen Krieg, wie die Welt der Dunkelheit und der Orden der Templer ihn nie erlebt haben. Er wird auf eine uns bislang nicht erlernte Art geführt werden, denn die Jahrhunderte offener Schlachten sind vergangen. Dennoch werden die Gewalt und die Opfer, die er erfordert, nie schwerwiegender erscheinen. Darum sagt mir, Großmeister, seit Ihr willens und stark genug den Orden der Ritter des Tempels zu Salomon durch diesen Sturm zu führen, als Steuermann durch einen Krieg zu lenken, der die Dunkelheit zerreißen kann?«

Ich griff mit der freien Hand meine Tasse mit Tee und genoss einen Schluck. Der Großmeister kehrte in sich und verlor sich in seiner eigenen Gedankenwelt. Vielleicht rang er mit seinen Träumen, in denen er mit dem Gonfanon Baucéant auf einem Ross in die Schlacht ritt, der Kriegsschrei der Templer seine Ohren umgarnte, und sein Schwert im Mondlicht glitzerte. Wahrscheinlich spürte er die Versuchung, seinen Namen in die Geschichte der Templer zu meißeln, nicht als ein Großmeister, sondern als der Großmeister, der die Templer zu grandiosen Siegen im Krieg eines neuen Zeitalters führte. Quälende Legenden, die zu verführen suchten. Er überlegte lange Zeit. Aliana drängelte nicht. Fast eine halbe Stunde saßen wir in dem Zimmer, ich schloss irgendwann die Augen und genoss die Berührung von Alianas Hand, die sie nicht bewegt hatte. Es war, als würde meine Wärme mit ihrer Kühle einen Pakt eingehen. Als wären wir in der Ewigkeit verbunden. Schließlich traf er seine Entscheidung.

»Meine Fürstin, ich muss gestehen, es wäre reine Selbstsucht zu behaupten, dass ich vermag dem Orden und Euch in diesen kommenden schweren Zeiten zu dienen. Mein Gesundheitszustand ist zwar stabil, aber mir fehlt die Kraft, welche mein Alter verzehrt hat. Ich wäre Euch und meinen Schwestern und Brüdern nicht dienlich, denn alt ist mein Herz, mein Blut zu lang gereift, meine Sinne getrübt und mein Eifer abgeklungen.«

Aliana lächelte ihn an. Es gehörte Tapferkeit dazu, diese Worte des Verzichtes auszusprechen.

»Meine Zeit ist wohl vergangen. Das einzig Nützliche, was ich darbringen kann, ist, Empfehlungen für meine Nachfolge auszusprechen, und mich dabei von Euch beraten zu lassen. Mein Favorit darf diesen Orden keineswegs bereits führen. Hätte ich ein bis zwei weitere Generationen vermocht den Weg des Großmeisters zu beschreiten, so wäre sein Herz genug gereift. Ich glaube, derart in der Zukunft wäre der junge Mann Nathan Mackinnons ein kraftvoller Großmeister. Aber jetzt ist das Feuer der Jugend in ihm zu stark, so dass ein Funke einen Brand verursachen könnte. Daher möchte ich Euch um Euren Rat bitten, ob ich vor unserer Versammlung die mir geeignet erscheinende Ritterin Evangelina Camilla Rousseau des französischen Zweiges oder Ritter Joshua Temple jenseits des Meeres bevorzugt empfehlen kann.«

Aliana entließ meine Hand und ergriff den Kelch. Langsam drehte sie ihn in ihren Händen und betrachtete den Inhalt. Der Großmeister und ich glaubten, sie entscheide sich zwischen den Namen. Beide Templer hatte ich bereits kennen gelernt. Interessanterweise bedeutete der Name Evangelina von Evangelium abgeleitet die frohe Botschaft und Camilla, der aus der etruskischen Kultur stammt, Dienerin der Götter sowie Priesterin. Joshua Temple sprach als Name für sich. Nachdem sie einen Schluck der Flüssigkeit aufnahm und sich die Lippen mit der Zungenspitze gesäubert hatte, erhob sich ihre Stimme.

»Dann wird geschehen, was die Zeit für die Zukunft schreiben wird. Im Namen des Hauses Baphomet mit der Kraft meiner Stellung als Fürstin empfehle ich an Euch, und über Euch der Versammlung Eures Ordens, dass Ihr selbst den Orden auch in den dunklen Zeiten, die jetzt anbrechen, als Großmeister führt. Denn mit Euren Worten beweist Ihr Treue, Loyalität und Weisheit sowie einen Großmut, der über Euch selbst weit hinausgeht. Mit der Reife, Euch selbst zu hinterfragen, mit dem Wissen und Erfahrungsschatz Eures Alters und keinem Kriegseifer werdet Ihr Ruhe und Ordnung in den Sturm bringen. Und so die Zeit es augenscheinlich machen wird, so werden wir vielleicht in zwei Jahrzehnten erneut über einen neuen Großmeister für den Orden reden.«

Und es geschah, dass der Großmeister des Ordens in seinem Amt bestätigt wurde und zwar unter Obhut von Leibärzten behütet weilte, aber die Führung der Templer mit neuem Enthusiasmus aufnahm. Denn die weitere Kunde, welche wir überbrachten, war schrecklich. Berichte von Übergriffen auf Vampire unseres und verbündeter Häuser hatten uns erreicht. Keine Übergriffe am Tage, nein, Angriffe in der Nacht. Die Vampire waren blutleer aufgefunden worden. Es gab mehrere Erklärungen über die Art der Feinde, aber unsere von Informanten gestützten Vermutungen liefen auf die mächtig gewordenen Angehörigen des Hauses Dracul hinaus. Die Dämonenartigen wurde ihre Machtlinie genannt, denn über die Zeit gelangten die Nachfahren unter dem Fürsten Dräculea zu dämonischen Kräften. Sie können Untote aus Leichen erwecken, sie sind an körperlicher Kraft den anderen Vampiren weit überlegen, und ihre Hände formen sich zu Klauen, ihre Gesichter zu Fratzen, wenn sie auf der Jagd sind. Und ich war mir sicher, dass ein offener Krieg mit anderem Resultat als im 15. Jahrhundert sich nicht mehr vermeiden ließ.

DER DUNKLE ARM DER TEMPLER

Aus unseren Stiftungen heraus wuchs die weltliche Macht des Hauses Baphomet. Während sich die Stiftung Fondation Salomonici d'aide aux Malades als Gründer von Hospitälern betrachtete und für das leibliche Wohl unserer Vasallen sorgte, bildete die Fondation Salomonici d'aide aux Enfants unseren Nachwuchs aus. Den Nachwuchs der Templer. Nicht jeder der Kinder würde später in die Fußstapfen der ersten Ordensbrüder treten, aber bei einigen geschah dies. Wer sich als untauglich erwies, oder wessen Willen nach Anderem strebte, dem hatte sich immerhin eine gute Schulausbildung geboten, und er ging in Frieden. Geistlenker sicherten, dass die Welt der Dunkelheit nicht ins Licht getragen wurde. Teilweise waren es Waisen oder Kinder aus Familien, die dem Hause Baphomet Lehnstreue geschworen hatten. Selten waren es Kinder wie Nathan Mackinnons, die Aliana persönlich aussuchte. Der Junge hatte mittlerweile das Mannesalter erreicht, das Internat der Stiftung sehr erfolgreich mit überdurchschnittlich guten Noten hinter sich gelassen und sein Leben in das Studium des Ordens und seiner Vasallenschaft für das Hause Baphomet gestellt. Meiner Ansicht nach weniger für das Hause als solches, als vielmehr für seine Fürstin. Die Art, mit welcher er Aliana ansah unterschied sich von denen anderer Templer im Detail, in seinem Blick lag mehr als göttliche Bewunderung. Das Internat mit seiner Vielzahl an angebotenen

Freizeitgestaltungsmöglichkeiten hatte ihm wie den anderen Kindern und Jugendlichen über die übliche Bildung und ehrenhaftes Verhalten hinaus in Künsten weitergebildet, die für den Orden erforderlich waren. Eine der vielen freiwilligen Aktivitäten war bei seiner Wahl der Schwertkampf gewesen. Nicht die elegante Art mit dem Degen zu versuchen einen Gegner zu berühren – nichts für ungut – sondern auf die altertümliche Weise des Rittertums, in der Art von Gefechten, mit denen die Ordensritter das Königreich von Jerusalem verteidigt hatten.

Kent O Shannahan führte uns durch mehrere Gänge zu einer Empore, von der wir auf eine Halle in dämmrigem Licht hinab blicken konnten. Wir traten an das Geländer, und ich sah an Alianas Seite hinunter. Kent O Shannahan erläuterte das Geschehen – wir kannten die Halle zwar, aber Templer reden gern über Dinge, die mit Stolz und Ehre zu tun haben.

»Dies ist die Ahnenhalle der Schwerter. Um unsere Vorfahren im Orden zu ehren, ist diese Halle kein Zentrum von Bildern, Ruhe und Meditation, sondern in Gedanken an die Schlachten, auf deren Ambossen der Orden wie Eisen zu einem Schwert geformt wurde, Ehrenhalle dem Kampf geweiht. Hier findet die g unserer Schwestern und Brüder zu Schwertkämpfern statt. Wer die Halle betritt, schreitet auf ein Schlachtfeld. Es gibt Allianzen und Verbündete, aber man ist gezwungen sein Schwert zu führen, lässt man doch die Außenwelt am Eingang hinter sich. Hier kämpfen Neulinge und erfahrene Ordenskrieger, hauptsächlich im Kampf mit dem Schwerte. Aber die Waffenmöglichkeiten sind viele an der Zahl.«

Wir betrachteten die Kämpfe, welchen eine Struktur inne zu wohnen schien, die sich ergeben hatte, wie uns der Großmeister erklärte. Allianzen bildeten sich, wenn Freunde die Halle betraten, lösten sich während der Kämpfe, ergaben sich erneut. Momentan gab es kleinere Geplänkel, die bei längerem Ansehen auf drei Fraktionen hindeuteten, welche sich gegeneinander bestritten. Mir kamen die Kämpfe in Outremer in den Sinn, der Kampf der Ritter gegen die Sarazenen. Die Sarazenen waren damals leichter gepanzert und kämpften viel mit Bogen und Pfeilen von ihren Pferden aus, nach einem Schuss tauschten sie innerhalb ihrer Truppen. Eine offene Feldschlacht suchten sie zu vermeiden, allerdings war dies das, was die Templer bevorzugten. Die christlichen Ritter in ihren schweren Panzerungen waren gewöhnt, Gegner nieder zu reiten und anschließend in Mêlées zu verwickeln. Wenn es zu offenen Feldschlachten kam, hatten die Ritter meist gewonnen. Aliana fragte O Shannahan nach den vielversprechensten Neulingen.

»Sicherlich wisst Ihr von den guten Grundlagen und Voranschreiten Eures Zöglings Nathan Mackinnons, in den ich große Hoffnungen setze. Weitere Namen auf der Liste der Novizen, in denen ich hohes Potential sehe, sind Larex Ibarra, Jacinda Bernabeau, Corvin Conner, Julius Tabäus, Funda-Nur Pafa, Raja Polevoj, Quirin Baumeister, Sinan Abu Gabre-Medhin.«

Aliana unterbrach ihn.

»Sicher könnt Ihr diese Liste endlos weiterführend, denn der Orden ist reich an tapferen Angehörigen. Aber ich habe eine Bitte. Räumt die Halle und lasst die Männer und Frauen, die Ihr genannt habt, in moderner Kampfrüstung und mit Schusswaffen antreten.«

O Shannahan winkte einen Knappen herbei und gab ihm entsprechende Anweisungen. Danach erst fragte er Aliana ehrerbietig, ob er den Grund wissen dürfte. Sie lachte, bevor sie sehr ernst wurde.

»Der Orden ist seit Anbeginn im Kampfe zu einer Einheit geschweißt worden. Seit Jahrtausenden waren es Kämpfe gegen

Menschen und an der Seite meines Hauses Schlachten gegen gemischte Feindestruppen. Heute verteidigt der Orden mein Haus und mich am Tage. Aber mit dem kommenden Krieg ändern sich die Gegebenheiten und neue Strategien sind erforderlich. Ich möchte meine Vasallen stark wissen, den neuen Gefahren zu trotzen. Es werden Kämpfe entstehen, Menschen gegen Vampire, in der Nacht. Daher ist es mein Wunsch unter den Templern eine Speerspitze zu formen, die für einen solchem Kampf gewappnet ist. Menschen, welche in der Lage sind, einen Vampir ohne Kräfte der Dunkelheit zu besiegen. Mit verinnerlichten Taktiken, die ihre Nachteile ausgleichen.«

Der Großmeister sah zögernd zu seiner Notre Dame.

»Eure Kräfte zu negieren, wird an Unmöglichkeit grenzen.«

»Das ist nicht angedacht. Aber ich will Chancen ausgleichen. Kein Templer soll ohne Begleitung des Hauses Baphomet in einen Krieg geschickt werden. Dennoch sollen einige Techniken beherrschen, um Mitglieder meines Hauses auf der Jagd gegen Geschöpfe der Dunkelheit in der Nacht zu begleiten. Heute legen wir den Grundstein in der Gründung einer Nachteinheit der Tempelritter. Bringt mich bitte hinunter zum Eingang Eurer Ahnenhalle. Ich will die Neulinge begrüßen.«

Ich blickte in die Halle, bevor ich den anderen folgte. Nathan Mackinnons war in einem Melée mit zwei anderen Ordensrittern beschäftigt, es gelang ihm mit mächtigen Schwertstreichen beide auf Abstand zu halten. Gerade als ich herabsah, vollführte er einen abrupten Ausfall und streckte einen der zwei Gegner kraftvoll nieder, um den Kampf gegen den anderen weiterzuführen. Ich runzelte die Stirn und biss mir auf die Lippen.

Wir betraten die Ahnenhalle erst, nachdem die Novizen angetreten waren, ein Sergeant der Templer überwachte ihre Aufstellung. Der

Großmeister geleitete Aliana und mich hinein. Statt einem Schwert besaßen die Templer in dem modernen Kampfanzug lediglich ein Kampfmesser links am Gürtel, ein letztes Überbleibsel der alten mächtigen Waffe. Die Novizen erfassten den Griff ihrer Messer mit der rechten Hand, verbeugten sich und knieten vor Großmeister und Fürstin nieder. Aliana besah aufmerksam jeden einzelnen der neun Templer. Sie war bereits informiert und hatte vorab gewusst, welche Namen O Shannahan ihr nennen würde, vermutete ich. Ich sah an ihrem Ausdruck, dass sie jeder der Personen den richtigen Namen zuordnen konnte. Die Kampfrüstung war in einem dunklen Schwarzblau, hatte eine eingearbeitete schusssichere Weste, rechts an der Hüfte hing eine Automatikpistole im Halfter. Die Rüstung war deshalb nicht rein schwarz, weil sich entgegen fälschlichem Glauben schwarz relativ deutlich in der Nacht abhob. Es gab schwarze Knieschoner, eingearbeitete Seitentaschen an der Hose und dem Oberteil, und einen hoch stehenden Kragen, welcher Bisse in die Halsschlagader erschwerte. Schwarze gummierte Kampfstiefel und die massiven G36 Gewehre rundeten sie ab. Für die Templer als Menschen war diese Waffe wichtig, da sie einen Vampir mit einem Streifschuss hemmen konnte, und ein richtiger Treffer für einen Menschen maximal mit viel Glück zu erreichen war. Vampire, die automatische Schusswaffen benutzten, bevorzugten teils andere Waffen, ihnen gelang eher ein Treffer gegen Artgenossen. Sowohl an den Armen in Höhe der Schulter, als auch auf dem Rücken prangte dezent das Emblem der Templer, beziehungsweise des Hauses Baphomet, das blutrote Tatzenkreuz.

Der Großmeister redete mit dem Sergeant, der die Gruppe an ihn übergab und die Halle verließ. An den Galerien in den höheren Ebenen der Halle, sah ich zahlreiche Templer auf uns herabblicken, hier unten waren wir zwölf jetzt allein. Als Aliana mit ihrer Musterung fertig war, schenkte sie mir ein Lächeln und sprach danach zum Großmeister, der ihr daraufhin das Wort an die Gruppe überlies: »Ich bat den Großmeister, den jungen und talentierten Ordensnovizen einen Einblick in die Welt geben zu dürfen, welcher der Orden in Freundschaft verbunden ist. Diese Ahnenhalle ist den Vorfahren der Tempelritter gewidmet, beinahe alle der ihren kämpften tapfer und in gegenseitiger Treue an meiner Seite. So wie der Orden sie ehrt, bin ich ihrem Gedenken verpflichtet, und nichts steht mir ferner, als ihnen diese Ehre zu verweigern. Der Orden versinnbildlicht diese Ehre in den Kämpfen, welche in dieser Halle den Charakter des Ordens festigen. Darum will ich den Ahnen meine Loyalität bezeugen, in dem ich am Kampf in dieser Halle teilhabe. Aufgrund der Umstände müssen die Bedingungen angepasst werden, und der Großmeister ließ Euch in modernen Rüstungen und mit den Waffen der neuen Zeit den Eingang betreten. Eure Schusswaffen, trotz ihrer Durchschlagskraft, haben nicht die Kraft, mich zu vernichten. Ihr habt dies zahlreich in Euren Unterrichten vernommen, aber verinnerlichen ist nicht hören. Darum seid gewarnt aber auch aufgefordert: nutzt die Gewehre, Ihr könnt mich mit Ihnen nicht vernichten, nur aufhalten. In diesem Kampf gilt, ich trete gegen Euch an. Ein Treffer von Euch bedeutet den Sieg über mich, ich hingegen muss Euch alle ausschalten. Ich werde nicht Zögern, meine Kräfte zu nutzen. Geht in Kampfstellung. Großmeister, hättet Ihr die Freundlichkeit, meinen Begleiter Naciron hinaus zu geleiten, ich würde die Halle gern frei von unbeabsichtigten Zielen wissen.«

Die Schlacht begann und der Orden schaute zu. Die Göttin harrte in der Halle, die Templernovizen hatten Stellung aufgenommen, und als ein Schwertstreich von oben gegen ein Schild ertönte, rissen sie ihre Waffen hoch. Doch entgegen den Bildern, welche das menschliche Auge zu langsam lieferte, befand sich die Fürstin des Hauses Baphomet längst nicht mehr an ihrer sichtbaren Position, plötzlich sah man sie einige Meter weiter. Kugeln prallten statt in Aliana in die dafür vorgesehenen Wände. Als die Templer neu zielten und sich dabei wieder formierten, tauchte Aliana in Schatten, die von Säulen der Galerie geworfen wurden, und ging für einige Sekunden dadurch ins Nichts ein. Der erste Templer, Sinan Abu Gabre-Medhin, ein afrikanischer Stammesangehöriger, der aus einer Familie mit alter afrikanischer aber arabisch geprägter Tradition stammte, spürte erst, dass sie hinter ihm stand, als sie in seinen Nacken hauchte. Die Speerspitze, wie sein aus dem arabischen stammender erster Vorname bedeutete, wurde in einem Gedankenblitz entwaffnet und zu Boden geschleudert. Nach den Vereinbarungen war für ihn der Kampf beendet. Die Schüsse, welche von den anderen folgten und über seine Person hinweg zogen, trafen Aliana längst nicht, die bereits wieder in den Schatten weilte. Jacinda, die spanische Hyazinthe, wurde dafür von einem gewaltigen Schlag aus kühler schwarzer Luft getroffen, ihr G36 behände entwendet, sie prallte mit dem Rücken auf den Boden und schnappte nach Luft. Aliana, welche jetzt in der Mitte des Raumes stand, schritt der neuen Kugelsalve entgegen und entmaterialisiert sich dabei, um unerwartet und blitzartig vor Larex Ibarra wieder aufzutauchen, dessen Gewehr ihm Dank ihrer massiven Kraft gegen das Kinn entgegen schlug und ihn aus der Besinnung warf. Sein Nachname kam von der Hauptstadt San Miguel de Ibarra der ecuadorianischen Provinz Imbabura. Ihm folgte Corvin Conner, der Larex am nächsten stand und den Lauf seiner Waffe zu Alianas Schläfe gehalten hatte, dabei das aufgesetzte Bajonett sie berührend. Corvin, der Rabe, nahm nicht einmal Schmerz war, als ihr Arm ihn lässig niederstreckte. Funda-Nur Pafa ließ eine Salve auf Aliana los, doch erneut verschwand die Fürstin der Dunkelheit. Ein Streifschuss traf dabei Corvin Conner an der Schulter, als dieser zu Boden taumelte. Während Quirin Baumeister und Nathan Mackinnons Aliana in Kreuzfeuer zu nehmen gedachten, als diese zehn Meter vor Funda-Nur auftauchte, stürmte der Körper der Vampirin ohne offensichtliche Bewegung vor und rammte die Araberin nieder, sie dabei geschickt entwaffnend. Quirin Baumeister verließ den Kampf mit ihr, als er zeitgleich von kühlen durchsichtigen schwarzen Händen seines eigenen Schattens umklammert wurde, da er ungünstig im Schein der wenigen Lichtquellen stand. Die Lanze, was sein besonders in Altbayern vorkommender Vorname im Sabinischen bedeutete, oder der Sabinische Kriegsgott, war gebrochen. Die Sabiner stammten aus dem einen der sieben Hügel Roms, der Quirinal genannt wurde, und sind besonders durch den Raub der Sabinerinnen bekannt, der stattfand, als es in Rom nach Gründung Männerüberschuss gab. Nur noch die Templer Julius Tabäus, dessen Vorname aus dem Geschlecht der Julier bedeutete, ein römisches Adelsgeschlecht, dem auch der bekannte Imperator Gaius Julius Caesar angehörte, und Raja, ein russischer Mädchenname und das russische Wort für Paradies sowie Alianas Zögling Nathan waren übrig. Raja war die nächste. Ihr Leib wurde empor geworfen und nach dem darauf folgenden Fall in den Schatten einer Säule von unbändigen Kräften am Boden gehalten. Julius Tabäus sah sich Auge in Auge mit der Fürstin gegenüber, als er sein G36 nachladen wollte, dessen Fähigkeit einen Menschen selbst bei einem Streifschuss aufgrund der hohen Projektilgeschwindigkeit durch einen Schock zu töten und einen Vampir zumindest zu lähmen, ihm nichts genutzt hatte. Aliana nahm ihn in den Arm, und er erschlaffte. Lediglich Nathan Mackinnons stand weiterhin bewaffnet in der Ahnenhalle. Langsamen Schrittes trat Aliana näher zu ihm, er hatte die Waffe im Anschlag und soweit ich erkennen konnte, nicht haargenau auf sie ausgerichtet, sondern ein wenig daneben. Er spekulierte auf die Chance, sie vielleicht zu erwischen, wenn sie zufällig in die richtige Richtung auswich. Doch dieser Kampf sollte auf andere Weise zu Ende gehen. Aliana lächelte den erwachsen gewordenen Jungen an, und ich sah die große Leidenschaft in seinem Blick, Augen die strahlten und sich ihr öffneten, ausschließlich ihr, seiner Fürstin, Lehnsherrin, Göttin und großen Liebe. Aber sie lächelte als Entschuldigung für das Schreckliche, was sie ihm jetzt antat. Ihr Lächeln verging und eine Welle prallte auf Nathan Mackinnons ein. Die Macht eines jeden Vampirs wurde gegen ihn entfesselt und besiegelte den Triumph der Vampirin über die Gruppe von Templern. Ein Schrecken glitt durch seine Poren in sein Innerstes, ein Feind, noch hinterhältiger als die Schatten, nahm von ihm Besitz. Haltlose Furcht. Sie ließ sein Herz erzittern, nahm ihm allen Glauben und Hoffnung und vernichtete für den Augenblick ihrer Herrschaft sein Selbst. Die Schlacht war beendet.

Als die Furcht gegangen war, und es den anderen Templern gelungen war sich wieder aufzurichten und zu sammeln, richtete Aliana das Wort an sie: »Ihr habt tapfer gekämpft und Eure Ahnen geehrt. Als Belohnung will ich mit Euch eine neue Einheit der Tempelritter gründen, die Nachteinheit. Ihr sollt die meinigen und mich auf unseren Jagden in der Dunkelheit gegen Feinde begleiten. Daher möchte ich, dass Ihr aus dem heute erlebten lernt und darüber nachdenkt, wie Ihr die Kräfte der Geschöpfe der Dunkelheit auszugleichen vermögt.«

Nathan Mackinnons starrte sie an, etwas loderte in ihm. Die Schmach vor seinen Tempelgeschwistern allein mit Furcht besiegt worden zu sein, lastete stark auf seinem jugendlichen Wertgefühl. Er trat einen Schritt vor und bat damit um das Wort, sicherlich nicht gerade ein gängiges Verhalten unter den Templern, die eine

Fürstin oder ein anderes Mitglied des Hauses Baphomet nie von sich aus anzusprechen gedachten. Aliana forderte ihn auf zu sprechen.

»Bitte schenkt uns die Ehre einer Revanche.«

Aliana nickte und meinte mit klarer deutlicher und die Halle ausfüllender Stimme: »Die Schlacht beginnt.«

Dunkelheit fiel, und nach einem Herzschlag wandelte wieder Licht durch die Hallen. Die Tempelritter knieten gekrümmt vor Aliana, wie von brutalen Gegnern gezwungen, die nicht sichtbar waren. All ihre Waffen, Kampfmesser, automatische Pistolen und das Gewehr vor der Fürstin Baphomets abgelegt. Man möge ihre Macht nicht unterschätzen.

Und auf ihre Anweisung wurden die neun jungen Templer zu einer Einheit geformt, eine Truppe, die lernte in der Nacht zu kämpfen und gegen die anzutreten, deren Art sie ansonsten bei Tage beschützten. Unter den Templern und dem Hause Baphomet wurde dieser Stoßtrupp der Ritter bekannt als die Nachteinheit oder der Dunkle Arm der Templer, und sie wurden selbst im Orden zu einem Mythos. Die Führungsrolle von Nathan Mackinnons kristallisierte sich heraus, der rasch lernte, die anderen jungen Templer mit Begeisterung auf ihre Aufgaben einzuschwören und in den Kampf zu führen, sei es in Übungen oder später, wenn sie Vampire des Hauses Baphomet begleiteten.

Sie lernten ihre Waffen auszurichten, gemeinsam zu agieren und im Kampf wurden sie mit der körpereigenen Droge Adrenalin in erhöhter Dosis dazu befähigt, ein wenig von den üblichen menschlichen Schwächen wett zu machen.

NACHT UNTER MENSCHEN

Ich schritt in einer Woge der Wärme, als wir gemeinsam den Ort betraten. Hierhin begaben sie sich, wenn sie zum gegenseitigen Betrachten zusammen kommen wollten, hier wo sie suchten ihr wahres Ich zu zeigen und sich selbst in ihrer Vorstellung vom eigenen Bild verloren. Flackernde Lichter zuckten in blitzenden Wogen durch die Fülle von lauten Klängen, tiefen Bässen und sich gegenseitig herausfordernden Düften, in diesem nächtlichen Night Club der Menschen.

Aliana bei mir wissend, dies konnte einem Sterblichen mehr Sicherheit geben, als ein Schutzwall um ihn herum. Zu spüren, wie ihre altehrwürdigen Augen auf mir lagen, gab mir eine Festigkeit, wie sie selbst in meinen über 800 Jahren nicht hatte reifen können. Sie war die Treppe empor gestiegen, zahlreiche interessierte Blicke auf ihrem verlockenden Körper. Jeder potentielle Interessent wäre von seinem eigenen Schatten vor ihr zurückgehalten worden. Was, in letzter Konsequenz betrachtet, glücklich für denjenigen war. Sie stand oben an der Galerie, blickte herab auf diese Menge aus pulsierenden warmen menschlichen Körpern, sicher unter anderem mit den Augen der Jägerin. Aber sie schenkte einen Teil ihrer Aufmerksamkeit mir, sah mir zu und wunderte sich ein weiteres Mal über uns Sterbliche.

Mit soviel Selbstsicherheit auf mich reflektiert trat ich auf die mäßig gefüllte Tanzfläche und ergab mich dem Rhythmus der aufpeitschenden Klänge. Die Menschen hatten überaus wahrscheinlich unlängst mehr Musikrichtungen erfunden, als einzelne Liedstücke existierten. Ich hatte aufgegeben mit

Genrenamen Wissensplatz zu verschwenden, denn Erfahrungen mehrerer Menschenleben benötigen Raum. Die hier zu vernehmenden Richtungen gehörten in die härteren Musiksegmente. Ich glitt dahin, der Körper übernahm, und ich ließ mich führen. Teils in abrupten beinahe schlagenden Bewegungen zuckend, um wieder wellenartig zu treiben oder wie in einem barocken Tanz ohne Partner zu schreiten. Ich liebe Musik, liebte es, die Freiheit in mir zu spüren, wie sie vom Körper auf mich übertragen wurde, eins mit mir war. In diesen Momenten vergaß ich meine Umwelt, war Teil von Nichts.

In den vorherigen Jahren hatte ich mich mit Aikido beschäftigt. Do bedeutet im Japanischen »der Weg«. Dieser Weg ist eine der interessantesten Kampfarten, die je von Menschen erkannt wurde. Denn sie ist kein Kampf. Ich hatte das Glück Ō Sensei Morihei Ueshiba, der 1883 in Japan geboren wurde, selbst kennen zu lernen. Er hat diese Stilrichtungen in den Jahren nach 1921 zur Kampfkunst entwickelt. Aikido, von mir mit Weg der Harmonie übersetzt, hatte im Vergleich zu den teils im gleichen Atemzug genannten Karate-Do, Judo, Taekwondo etwas, das selbst mich ermutigte es zu lernen. Aikido vernichtet nicht, schlägt nicht, greift nicht an. Aikido negiert Aktionen um Harmonie zu erlangen. Aikido führt zu Harmonie. Wo immer etwas die Balance der Welt stört, setzt Aikido ein. Aikido verlangt nicht nur, Gleichgewicht zu wahren, sondern es herzustellen. Ein Schlag versucht, das Hier und Jetzt zu ändern, zu deformieren. Aikido will alles belassen, als hätte es keinen Schlag gegeben. Daher kostet der Schlag Energie, die Ausübung von Aikido in Perfektion nicht, da sie die Energie abfängt und umlenkt, keine eigene Energie benötigt. Ein guter Aikidoschüler ist wie Wasser, ein Schlag wird nichts Festes erhaschen. Ein Gegner wird nach dem Schlag wie vor dem Schlag sein, so wie die Welt um ihn herum, er wird nichts erreicht haben.

Aikido wird den Gegner nicht verletzen, ein Sieg ist nicht bezweckt, keine Bloßstellung, aber die Umkehrung der Aktion ins Nichts. Aikidotechniken sind wirkungsvolle Negationen. Ein besserer Schüler wird wie Luft agieren – noch weniger Widerstand darstellen als Wasser, ein Schlag wird nicht einmal mehr zu einer Gischt führen.

Der Meister war weit über das Stadium der Luft hinaus, bevor sein Menschenleben endete. Er gelangte an einen Punkt kurz vor dem Nichts. Im Kampf war er kein Gegner, denn kein Treffer erreichte ihn. Ich habe ihn damals bewundert. Ihn über die Jahre im Aikido wirken und sich weiterentwickeln zu sehen, hat mich überzeugt, selbst Aikido zu lernen. Beobachtern erschien es, als wäre eine Demonstration abgesprochen, als sollten Schläge daneben gehen. Aber dem war nicht so, er war lediglich dem Nichts sehr nahe gekommen. Und sorgte dadurch für eine Harmonie in seiner Umwelt, die keine Gegenreaktionen jemals erbracht hätten. Keine einzige Bewegung um zu verletzen, sondern den Gegner an einen Punkt führen, an dem er sich vor seinen Aktionen befunden hat. Dies ist Aikido.

Im Kleinen schaffte ich es im Tanz. Losgelöst von der Welt, frei mit mir, berührte mich niemand, ich niemanden. Stets war mein Körper ein wenig zu weit links, mein Oberkörper gerade gebeugt, mein Arm wieder eng am Leib. Es sind die kleinen Dinge die zählen. Es ist der Weg der Harmonie, der verhindert, dass unsere Welt untergeht.

Die jung wirkende Frau, welche bereits die Franzosen mit ihrem Schauspiel der Jungfrau Jeanne D'Arc von Orléans betört hatte, um für sie im Feuer zu sterben – natürlich nur soweit, wie sie als Wesen der Nacht tatsächlich zu sterben in der Lage war – tanzte unpassend zur Musik eng umschlungen mit einem jungen Mann, das Glitzern ihrer Augen verriet, dass er heute zu ihrem Opfer auserkoren war. Doch predigten Imhotep und Aliana mir gegenüber nicht immer die Worte: nicht wer ein Vampir ist zählt, aber wer er vorher war. Ich kannte diesen Gesichtsausdruck Marketas. Der Tod war ihm sicherlich nicht bestimmt, dies drohte ausschließlich wissenden menschlichen Gegnern der dunklen Welt, aber sein Blut würde in verträglichen Mengen heute auch gegen seinen Willen ihre Gier stillen. Ich wusste, dass Marketa sich oft in Clubs die Zeit vertrat, in dem Menschen, die sich als Vampire sahen, in ernst zu nehmendem Rollenspiel Blut von freiwilligen Spendern nahmen. Aber Marketa war eine der wenigen realen Vampire, die solche Orte besuchten, und dies tat sie trotz Missbilligung Alianas. Der Schutz der Welt der Dunkelheit hatte oberste Priorität, letztlich war dies auch die Basis für den Schutz der Welt der Menschen. Wäre die Vampirexistenz öffentlich bekannt, könnte dies leicht zur Eröffnung des gegenseitigen Jagens führen. Marketa aber liebte es, die Menschen als Beute nehmen zu können, ohne dass es sich um Untertanen handelte, die freiwillig den Lebenssaft gaben.

Warum waren sie heute Abend mit mir hier? Ich wäre ohnehin hergekommen. Von den Templern hatte Marketa vernommen, dass ich seit einigen Wochen vielfach hier die paar Nächte verbrachte, die Aliana und ich nicht gemeinsam verbrachten. Marketa hatte darauf bestanden, mich an diesem Abend zu begleiten. Alianas Teilnahme war logische Konsequenz. Marketa und ich hatten eine sonderbare Beziehung, vor allem seit unserer Zeit in Afrika in den Regionen des Hauses Sambesi im 16. Jahrhundert. Aber was dort geschehen war, wusste ich selbst nicht – noch nicht. Aliana schien daran gedacht zu haben, als sie sich entschloss uns zu begleiten. Daher tat ich, weshalb ich herkam, ich labte meinen Geist auf der Tanzfläche, meine Fürstin wie eine marmorne Statue auf der Galerie, die unsterblich über mich wachte.

Zu meinem wachsenden Entsetzen muss ich zugeben, dass auch mein Blick zunehmend über die Menschen hinweg schwebte, dass ich dazu tendierte, sie nicht als ebenbürtig zu betrachten. Jahrhunderte der gesunden Arroganz färbten ab. Ich verließ die Tanzfläche, besorgte mir an der Theke ein Wasser und stellte mich in eine Ecke, fern der leistungsstarken Lautsprecher, um meine Ohren zu entlasten, falls dies hier überhaupt gelingen konnte.

Jemand rief mir Worte ins Ohr, wobei rufen dergleichen zu verstehen ist, dass ich aufgrund der Lautstärke lediglich vage die Bedeutung verstand. Das ließ sich nicht ändern, denn kaum wandte ich mich um, als die fremde Frau, welche mich angesprochen hatte, bereits von der rasch herbeigeeilten Marketa grob zur Seite geschoben wurde. Sie besaß reichlich Kraft trotz ihrer jugendlichen Statur. Ihr Fremder von der Tanzfläche war verstimmt. Die Unbekannte ging, und Marketa lächelte mich berechnend verführerisch an. Trotz der bewussten Absicht, die sie dahinter zu verbergen suchte, ging es nicht ohne Auswirkungen an mir vorbei. Sie würde niemals dulden, dass jemand in ihrem Revier wilderte. Allerdings witterte ich Unsicherheit bei ihr.

»Sei mein Mahl in dieser Nacht, Hilo. Schenke mir Kraft, lass mich Deine Wärme erfahren und aufnehmen«, flüsterte sie mir einflößend ins Ohr, keine menschliche Stimme hätte derart klar hier mein Gehör finden können. Ich lächelte sie an, diese Prinzessin der Blutmeister. Ein Tropfen von meinem Blut würden sie befähigen Unvorstellbares zu tun. 800 Jahre lang hatte sie die Kräfte ihres Vampirvaters Kalai entdeckt und entfaltet, ich konnte nicht einmal erahnen, was sie mit meinem alten frischen Blut zu erreichen vermochte. Da mein Blutalter weit über dem eines Menschen lag, war es eine machtvolle Quelle für Vampire. Einblicke über ihre Macht hatte ich in Afrika bekommen und gut daran getan, ihr meinen Lebenssaft seither zu entsagen. Ich weiß nicht, was damals passiert ist, was der Zweck des Rituals war, dass sie und der mir unbekannte andere Vampir ausgeführt hatten. Sie gestand es mir nie, aber ich erinnere mich deutlich daran, niemals zuvor oder danach derart Schmerzen verspürt zu haben. Mein Blut gehörte Aliana, ihr – und ausschließlich ihr – war ich bereit es zu schenken. Nach meinem Lächeln schüttelte ich den Kopf, zwar stellte sie dies nicht zufrieden, aber sie hatte damit gerechnet.

»Ach, Hilo, wann lernst Du mir zu vertrauen und Dich hinzugeben? Du kannst auch meinen Körper haben, wir könnten viele schöne Sachen damit anstellen«, blinzelte sie mir erwartungsvoll aber hoffnungslos zu.

Was sie mit schön bezeichnete, würde mir durchaus gefallen, aber den Preis zu bezahlen war ich nicht bereit. Zwar hatte ich Marketa als Angehörige des Hauses Baphomet als zuverlässige Streiterin an meiner Seite erlebt, aber sie war mir ebenso unheimlich. In all den Jahrhunderten war es mir nicht geglückt heraus zu finden, was hinter ihren aufmerksamen und stets gierigen Augen stattfand. Jetzt blickte sie mich mit schräg gelegtem Kopf musternd an, eine brennende Ungeduld im Blick, die sie mit aller Kraft zu beherrschen schien. Ihre Nähe löste ein bekanntes Gefühl aus, als würde mir stets drohen, dass sie sich vergaß und sich nahm, was ihre Gier verlangte.

Eine kühle Hand auf meiner Schulter, ich konnte die Kälte durch mein schwarzes Polohemd mit dem aufgestelltem Kragen spüren. Marketa hatte mir gegenüber früher geäußert, dass es sehr erregend war, wenn ich meinen Hals derart zu bedecken suchte. Es war Aliana. Ihre Berührung würde ich immer erkennen. Sie trat in unsere illustre Runde, nickte zu Marketa, ihrer Tochter im Blute, und sprach zu mir. Wenn ich mich nur bei der lauten Musik klar wie meine Begleiterinnen hätte ausdrücken können.

»Hilo, würdest Du bitte mit mir tanzen?«

Erstaunt starrte ich sie an. All die Abende, die ich hier allein verbracht hatte. Stets hatte ich mich den Klängen der Musik hingegeben, immer die Menge um mich gefühlt, ab und an vielleicht vorüberschweifende Blicke auf mir gespürt. Aber niemals hatte ich mit einer anderen Person getanzt. Nicht hier. Früher einmal, auf den Bällen in Wien zur Kaiserzeit, oder bei derlei Anlässen, aber in einem modernen Club, nein.

Marketa sprach aus, was ich dachte: »Du, tanzen?«

Aliana wandte den Kopf nicht von mir weg, als sie belustigt antwortete: »Marketa, was weißt Du schon über mich, in der Ewigkeit betrachtet? Ich könnte eine Prinzessin sein, die durch ihre Tänze Abertausende verzaubert hat. Habe ich nicht einst mit Longinus selbst getanzt, als wir Geliebte waren?«

Marketa biss sich auf die Lippen und schwieg, als Aliana mich wieder ansprach: »Magst Du nicht?«

Beinahe verführerisch blickte sie mir entgegen, ein kühles stark dosiertes Lächeln, Augen, denen ich längst Untertan war; eine Strähne ihrer dunklen Haare hing in ihr Gesicht, und sie löste die Hand aus meiner Schulter und strich sie hinter ihr Ohr. Alianas Schönheit war seit dem 12. Jahrhundert unübertroffen, und die Zeit davor kann ich bloß nicht bezeugen. Ich schaffte ein Nicken, was im Grunde keine korrekte Antwort auf ihre letzte Frage war, aber meine Geliebte verzieh es mir und wandte sich, die Tanzfläche betretend. Die Raver, Waver, Gothics, weitere Angehörige der gemischten Schwarzen Szene, und die Besucher des gemischten Publikums, die sich nicht dermaßen in Kategorien eingliedern ließen, öffneten sich bei ihrem Näherschreiten, wie das Rote Meer sich vor Moses teilte. Ihre Verblüffung, immer dann angerempelt zu werden, wenn sie die Distanz von zwei Armlängen zu Aliana unterschritten, ohne dass sich jemand in dieser Richtung neben ihnen befand, stand ihnen ins Gesicht geschrieben. Aber der

Mensch ist ein Meister in der Verdrängung. Es geschah, dass eine Schneise vom Rand der Tanzfläche bis zu Aliana entstand, die in einem freien Kreis mit etwa zwei Meter Radius in der Mitte stehen blieb. Sie drehte sich wieder in meine Richtung, lächelte vielversprechend und streckte einen Arm mit der offenen dargebotenen Hand zu mir aus. Unter der Beobachtung der Zuschauer, welche auf Galerien und Emporen im Raum verteilt zu der tanzenden Menge blickten, und den immer wieder verstohlen getätigten Blicken aus eben dieser Menge bei ihren Bewegungen, schritt ich zu Aliana. Ich legte den Kopf schräg, wie dies Marketa gerade getan hatte, deren Augen ich brennend in meinem Rücken zu spüren schien, und lächelte meine Fürstin, Herrin und Quell meines Lebens an.

Aliana, die meine Seele berührte, für die mein Herz schlägt, die ich seit langer Zeit von fürchten zu lieben gelernt hatte. Liebe. Die Liebe zu ihr ist es, die mich Jahrhunderte mit Lebenskraft überdauern ließ, die verhinderte, dass meine Seele im Verlauf der Zeit abstumpfte, dass ich Mensch geblieben bin, trotz der für Menschen unvorstellbaren Lebenszeit. Liebe. Genau diese Liebe ist es, von der ich seit all den Jahren hoffe, dass sie einst mit voller Konsequenz erwidert wird. Denn wie die Liebe unser Untergang zu sein vermag, kann sie auch eine Wurzel für alles Gute darstellen, dass aus uns erwachsen will.

Die wildlederne Hose schmiegte sich bei jedem Schritt zu ihr an meine Beine, mein zweiter lässig über die Hose hängender nietenbesetzter Gürtel, mitsamt der metallenen Kette daran als adrettes Accessoire hängend, klirrte nicht vernehmbar.

Ich ergriff die mir dargebotene Hand, diese Finger, die ich aus Myriaden erkennen würde, die dermaßen perfekte Hände zierten. Aliana schaute mir tief in die Augen, ich war gebannt, und selbst wenn ich gewollt hätte, ein Abwenden war nicht möglich. Ein

Gefühl, ungeheuer machtvoll und herrlich, schlug meinen Körper. Es war, als bliebe ich als Hülle stehen, doch sackte von der Außenwelt unbemerkt mein Inneres in Gänze zum Erdmittelpunkt. Ich wurde auf den Kern meiner Selbst fokussiert, bestand für den Augenblick aus meinem Blick und meinem verzauberten Lächeln, darüber hinaus kraftlos, schwach und verletzbar. Ihre Augen hatten jeden menschlichen Schutzwall niedergerissen, auch wenn dies nicht aufzufallen vermochte, war ich verloren. Ich hatte der Liebe ins Antlitz geblickt. Ich lebte den Moment, lebte in diesem Moment, der Sekunden dauerte, für mich aber mehr als meine gelebten Jahrhunderte der Ewigkeit entsprach. Wenn ein Geschöpf uns dergleich anblickt, diese Kraft dabei auf uns prallen lässt, gehört ihm unser Herz.

Sie zog mich einen Schritt näher, und mit einer Armlänge Abstand bewegte sie sich graziös zur Musik. Ich fühlte die zahlreichen Augen auf uns. Weniger auf meine Erscheinung gerichtet, als vielmehr auf die Göttin, die sich dem Menschen widmet, den die Anwesenden als Stammgast des Öfteren erblickt hatten. Einer Göttin, deren Anmut mit jedem Quantum einer Bewegung wie Wellen durch das Publikum wogte. Ich spürte, wie ihr eigener Schatten mich zärtlich und ungesehen in eine Umarmung schloss, und tanzte mit ihr auf diese Art eng und vereint aber dennoch gelöst. Den freien Arm hatte sie verschränkt auf den Rücken gelegt, der andere führte mich leicht, als sie im Takt der Musik sanft zu schweben schien. Ihr schwarzes Kostüm, eine Mischung aus Moderne und barocken Untertönen, darunter eine sehr eng anliegende schwarze Hose, die in mit silbernen Schnallen versehenen Lackstiefeln verschwand, als perfekter Rahmen für ihre Schönheit. An ihrem von einem kleinen Kragen gesäumten Hals eine schwarze Kette mit dem Tatzenkreuz über dem Dekolleté schwebend. Fürstin Aliana vom Hause Baphomet, aus der Ahnenlinie des Hauses Imhotep. In diesem Moment, für diesen Tanz, lediglich meine Aliana. Dies zählte mehr als alles sonst.

DIE LILIE DES STEINS DER WEISEN

Die Menschen, welche lediglich eine Zeit leben, sie werden niemals wahres Verstehen für meine Gefühle aufbringen. Während ich angesichts der Kälte der Geschöpfe der Nacht schwächle, wenn mich Emotionen plagen, so leide ich weitaus schwerer, wenn mich Menschen voller Unverständnis ansehen. Denn denken sie bei einer erlittenen Verletzung an Schmerz, denke ich an die Qualen ganzer Generationen, sehen sie das Bild eines sterbenden Kindes, erinnere ich mich an die mit Frauen, Männern und Kindern übersäten Schlachtfelder der Geschichte. Denken sie an Liebe, blicke ich auf sie, denke, wie kurzweilig dieses Unterfangen für sie ist, und wie endlos sich jeder neue Schritt in meinem Leben dagegen zieht. Das Menschliche wird mir ferner, je mehr ich mich daran klammere. Über 800 Jahre der Existenz ändern die Sicht, lassen Gesetze, Recht, Ordnung nicht mehr als gegebene Grundregeln erscheinen, ähnlich Sprachen und scheinbar beständige Städte in Stasis. Nichts ist unveränderlich, alles unterliegt der Zeit, lediglich die Zeitspanne eines Menschen ist zu schmal dies zu vernehmen. Was immer geschehen mag, ich gehöre nicht mehr in die Welt der Menschen, bin ihr ferner als es ein Mensch sein darf, bin verloren im Dasein.

Aliana ist meine Lilie. Sie lässt mich die Zeiten des Zweifels, der Depression, der Verlorenheit überleben. Lilien sind wunderschöne Blumen, die aus Allium heranwachsen und aus der Familie der

Alliaceae stammen. Sie haben die Fähigkeit sich mit ihren in die optimale Tiefe zu ziehen, sich in der Tiefe der Dunkelheit bestmöglich zu verankern. Es gibt im Allgemeinen drei Blütenformen, aber für mich besitzt die Lilie, die Aliana symbolisiert, die schalenartigen Blüten. Eine Lilie besteht aus genau drei gleich geformten Blütenblättern, eine göttliche Zahl. Eine weitere Besonderheit der Pflanze ist die fast vollständig fehlende Berufung zur Selbstbestäubung. Sie benötigt fremde Pollen um sich fortzupflanzen, wie auch die Kinder der Dunkelheit nicht vermögen, Nachkommen von sich aus zu gebären.

Seit jeher gilt die Lilie als Zeichen des Todes, aber sie steht auch für das himmlische Paradies. Auf vielen Darstellungen des jüngsten Gerichts befindet sie sich zur der rechten Seite Jesu Christus bei den auserwählten Seelen. Die Lilie war ein perfektes Symbol für meine Fürstin. Erwachsen ist die Lilie nach der griechischen Mythologie aus Tropfen der Milch aus Heras Brüsten, Aphrodite selbst muss aufgrund der Schönheit dieser Blume in Raserei verfallen sein, so dass sie die Pflanze mit einem Eselsphallus als Stängel zu verdammen suchte.

Meine Existenz war wie der Stein der Weisen gehütet, war diese Existenz nicht der Stein der Weisen? Was ist der Stein der Weisen? Aus Sicht Alianas Art war es ein behütetes Geheimnis, ein Ritual, das nur den Ältesten unter ihnen bekannt war, die Vernichtung eines Vampirs. So dachten sie. Aber Imhotep stellte seit langer Zeit, genau betrachtet, seit dem Tag, an dem er meiner Kopfwunde Aufmerksamkeit geschenkt hatte, neue Hypothesen an. Keine Vernichtung, aber die Schaffung eines ewigen Gefängnisses für einen ihrer Art.

Für die Menschen ist der Stein der Weisen ein Mythos. Eigentlich ist der Stein der Weisen in den Legenden der menschlichen Welt eine Substanz der Alchemie, mit der man

Metallarten in Gold verwandeln können soll. Diese Kräfte sind in der Welt der Dunkelheit nicht damit assoziiert. Doch soll es eine Verbindung dieser Substanz, von der teilweise als das Große Elixier, die Rote Tinktur, Roter Löwe aber auch Magisterium gesprochen wird, mit Rotwein geben. Dem daraus entstehenden Trinkbaren Gold alias Aurum Potabile werden heilende Kräfte und Verjüngung nachgesagt. In der Geschichte der Alchemie begaben sich viele berühmte und intelligente Menschen auf die Suche nach dem Stein der Weisen, darunter zum Beispiel der Franziskanermönch Roger Bacon im 13. Jahrhundert oder Nicolas Flamel. Letzterer hatte großherzig Gold, das er angeblich aus Silber geschaffen hatte, verschenkt, als Dank wurde er auf den Eingängen vieler Krankenhäuser und Kirchen verewigt. Er wurde gemeinsam mit seiner Frau Pernelle tatsächlich unsterblich – in der Welt der Dunkelheit. In ihren Gräbern fand man daher bei Ausgrabungen lediglich hinterlegte Baumstämme. Sie alle fanden den Stein der Weisen nie, wer konnte auch ahnen, dass er einem kleinen Jungen im 12. Jahrhundert völlig ungewollt gegen den Kopf fiel – wobei die Existenz weiterer Steine natürlich möglich ist. Die Suche war insgesamt für die Menschheit betrachtet dennoch ergiebig, 1669 überkam es den deutschen Apotheker Hennig Brand, und er dampfte tatsächlich Urin ein, weil er hoffte die Panazee des Lebens, den Stein der Weisen aller Alchimisten zu finden. Dabei ergab sich, nach weiteren absurden Schritten, auf die nur ein Mensch kommen kann, das erste Phosphor der Menschheit, sein Ziel erreichte der Apotheker nicht. 1907 erfand Alchemist Johann Friedrich Böttger mit dem Naturwissenschaftler Ehrenfried Walther von Tschirnhaus als Nebenprodukt ihrer Suche das chinesische Porzellan. Menschlicher Eifer ist mit Skepsis zu betrachten, da er selten zum Ziel führt, aber was auf dem Weg an Auswurf abfällt, ergibt die Lebensweisheit, dass der Weg das eigentliche Ziel ist. Heute sind die Wissenschaftler ein wenig klüger und die irrige Annahme, Metallumwandlung auf chemischem Wege vorzunehmen, was die Alchemisten ausmacht, nahezu widerlegt. Derzeit probieren sie es mit Kernphysik, teilweise mit Erfolg. 1980 gelang Glenn T. Seaborg damit bereits, Bleiatome in Gold zu verwandeln. Der Stein der Weisen – möge er ewig währen, die Suche danach wird es.

Für mich war der Aspekt der Verjüngung, also des ewigen Lebens, der wichtigste Aspekt aller Legenden, traf mich dieser mehr denn andere. Marketa hatte mir meine Geschichte und die des Steins der Weisen aufgeschlüsselt; Aliana hatte nie gewollt, dass ich die Hintergründe kenne. Ich selbst habe seither die Legenden und Mythen, die unter den Menschen kursieren, aufmerksam studiert, und mich gehütet den Stein bei Vampiren zu erwähnen. Nichtsdestotrotz habe ich angespannt gelauscht, wann immer ein Gespräch in der Nacht auf das Thema fiel. Bei den Vampiren galt der Stein als Zerstörung, als etwas Schreckliches, dass die Alten gemeinsam in einem Ritual einem Geschöpf der Dunkelheit antaten, wenn es keine andere Lösung im Umgang mit einem der ihren gab. Das Ritual soll bereits mindestens einmal durchgeführt worden sein, genaue Zahlen kannten ausschließlich die Uralten der Vampire, die nicht darüber sprachen. Longinus selbst schien zu den Opfern des Rituals zu zählen. Letztlich konnte es jedem nicht mehr aufgetauchten Vampir zugefügt worden sein, hüllten sich die mächtigen Fürsten darüber in Schweigen.

Trage ich somit den Stein in mir? Diese Frage ist unwichtig. Wie Aliana über Vampire sagt, es ist unwichtig, wer ein Vampir ist, finde heraus wer er war. Ähnlich denke ich, ist es mit dem Stein. Es ist nicht wichtig, ob der Stein in mir schlummert, aber wenn, so ist wichtig, wessen Gefängnis er darstellt. Denn nicht der Stein als solcher ist die Kraft, die mein Leben erhält, es ist die Macht darin.

Doch seine Kraft würde nicht reichen, wenn mein Geist angesichts der nicht für ihn geschaffenen Lebensspanne verzweifelte und dahin siechte. Hier schließt sich der Kreis, denn in der Alchemie benennt Lilie einen silbernen metallischen Samen, der unabdingbar für die Erzeugung des Steins der Weisen ist. Mir verlangte nach Alianas Nähe, nach ihrer Zuneigung, nach ihrer Liebe, nach ihrem Selbst zu meinem Leben.

NEBENBUHLERSCHAFT

Die Gründung der Nachteinheit führte Nathan Mackinnons hoch hinauf im Orden der Templer. Bereits vorher hatten ihn die Templer als fleißig und aufstrebend angesehen, jetzt war er in der Gunst Alianas gewachsen. Die Nacheinheit griff im geheimen Stellungen von Vampiren des Hauses Dracul in Rumänien an, sie operierten dabei gerade nachts, was sie in die besondere Lage versetzte, Vampire zu Zusammenkünften zu verfolgen und direkt zuzuschlagen. Zu Beginn wurden sie dabei von dunklen Kriegern wie Ethrel und anderen aus dem Hause Baphomet wie Belial, Quentin, Cruor oder Exsangius unterstützt, aber immer häufiger kämpften sie allein. Die Horte der Vampire für den hellen Tag zu finden, war aufgrund der hohen Geheimhaltung kaum möglich, und gerade diese Orte wurden sehr gut geschützt. Aber die Treffpunkte der Vampire in der Nacht waren leicht erreichbar, da diese sich in der Dunkelheit sicher in ihrer Kraft wähnten. Den Templern gelang es immer wieder, unsere Feinde zu überrumpeln, sie zu erlegen und ihre Asche unserer Fürstin zu überbringen. Der Nachteil von Vampiren im Angriffsteam war, dass diese leicht durch die Gabe aller Vampire, andere ihrer Art zu spüren, von den

Feinden entdeckt wurden. Menschen konnten sich leichter in die Nähe der Wesen der Nacht schleichen, da diese sie nicht als Gefahr ansahen. Diese Templer waren mit unseren Kenntnissen über die einzelnen Vampirarten und Blutlinien versehen und mit dementsprechenden Waffen gegen die einzelnen Sakrilege ausgestattet. Der Dunkle Arm der Templer bewährte sich bereits rasch.

Nathan Mackinnons ermöglichte dies immer engeren Kontakt zum Hause Baphomet und somit zu Aliana. Er nutzte dies ausgiebig. Nach beinahe jedem Einsatz erstattete er unserer Fürstin persönlich Bericht. Er genoss die Nähe zu Aliana sichtlich, und mich regte jeder neue Besuch auf, stahl er nicht die Zeit der Nacht, die meine Fürstin sonst mit mir verbrachte.

Die Fehde gegen das Hause Dracul spitzte sich immer mehr in aller Verborgenheit zu, Angriffe und Gegenschläge wechselten sich in immer kürzeren Takten ab. Mackinnons befand sich daher häufiger zu taktischen Besprechungen in unserem jeweiligen inkonstanten Domizil. Bei einigen dieser Konsilien waren Yara Fortaleza und ich anwesend, aber in der letzten Zeit geschah es ebenso oft, dass Aliana uns ausschloss und die Zeit allein mit Nathan in ihrer Suite verbrachte.

DER STAUB DER GÖTTER

Die Welt ist voller Staub. Aller Anstrengung zum Trotze findet Staub Einlass in alle Nischen, kehrt zurück, wenn er beseitigt wird und lässt sich vom Wind treiben, bis er zu dem Ort kommt, der sein Ziel ist. Staub ist geduldig und hat einen Pakt mit der Zeit. Dieser Pakt sagt aus, dass der Staub lediglich lange genug warten muss, und die Zeit wird ihm erlauben überall hin zu gelangen. Staub ist, von der Sicht einiger ausgewählter Menschen ausgenommen, keine Bedrohung. Außer im Besonderen. Denn der Staub der Dunkelheit stellt die Substanz eines Vampirs dar, der die Auferstehung sucht. Dieser Staub lauscht dem Gesang des Letzten und Wahren Tropfens, des Kerns der Geschöpfe der Dunkelheit. Er horcht auf dessen Ruf und begibt sich unter Wind und Zeit, um dem Ruf nachzugehen. Es ist der Staub der Götter, und wer würde ihren Ruf missachten?

Im Laufe dieser Woche hatten uns zwei schlechte Nachrichten erreicht, die die Führung der Häuser Imhotep und Baphomet aufwühlte. Wir hielten die Informationen darüber unter Verschluss, aber ich war eingeweiht.

Manchmal muss man selbst den Staub der Götter hermetisch einschließen, damit die Götter nicht mehr auf Erden zu weilen vermögen. Dies war geschehen, zu Anbeginn meiner Zeit in der Dunkelheit. Mir war es erlaubt gewesen Kalai zu besiegen, selbst heute scheiden sich die Geister, wie ich dies vermocht hatte. Kalai, der Fürst des Hauses Baphomet und Ahanas Ehemann in der Nacht. Dieser junge Gott, heute weiß ich, dass er damals keiner der altehrwürdigen Vampire war, sondern jung in seiner Geburtsstunde des Blutes, war zu Staub zerfallen, verbannt unter dem Befehle Imhoteps nach den damaligen Regeln. Seinen Staub hatten die Häuser Imhotep und Baphomet an vier Orte aufgeteilt, zwei davon jeweils unter der Obhut eines Hauses. Denn Auferstehung erfordert einen Zusammenschluss des Staubes, der dies, gerufen vom Wahren Tropfen, anstrebt. Die beiden Orte, welche unter dem Schutze Imhoteps gestanden hatten, hatten wir anfangs dieser Woche an Feinde verloren. Der göttliche Staub war entwendet worden. Wir ahnten, um nicht bereits von Wissen zu sprechen, wessen dunkle Kräfte dahinter standen, aber diese

Tatsache änderte nichts. Das Hause Dracul war ohnehin unser Feind, verfehdet mit den Häusern Baphomet und Imhotep kämpften Vampire der zwei Fronten stets gegeneinander, wenn sie sich trafen. Zwar war der Krieg beendet und die anderen Häuser verhielten sich neutral, wir aber waren offiziell in Feindschaft verankert. Vielleicht hätten wir mit eindeutigen Beweisen die anderen Häuser mobilisieren können, aber diese fehlten uns. Meiner Meinung nach gingen die Fürsten Imhotep und Aliana angesichts der zwei Niederlagen nicht mit ausreichend Konsequenz den Schutz der verbleibenden Ruheorte Kalais Staubes an, aber mir stand die Anmaßung einer Beurteilung nicht zu. Das Haus Dracul suchte Kalais Bann zu lösen, die Wiederkehr des früheren Fürsten des Hauses Baphomet würde Alianas Stellung als Gebieterin mindern, wenn nicht zur Gänze beiseite schieben. Selbst ihre Position als Lehnsherrin der Templer war gefährdet, trug doch Kalai eine engere Blutsbeziehung zu ihrem Heiland. Allerdings, bei den Templern musste man bedenken, dass die Aliana gegenüber zweifelhaften Ansichten von Gründungsmitgliedern wie Hugo von Payns mit eben diesen verstorben waren. Aliana galt als ihre Notre Dame des Saint Marie, und Kalai machte eine schlechte Dame aus.

Wieder einmal mischten sich politische Überlegungen mit konkreten taktischen Handlungen. Die Nachteinheit flog mit mir zur Kathedrale von Canterbury in England, die auf einer alten Kirche aus dem sechsten Jahrhundert basiert. Dort fand mit der Ermordung Thomas Beckets bereits 1170 der bekannteste Mordfall in der Geschichte des Okzidents, unserer westlichen Welt, statt. Der frühere Freund und Lordkanzler König Heinrichs II. von England wurde 1162 schließlich Erzbischof von Canterbury. Daraufhin geriet er mit dem König in Meinungsverschiedenheiten über unrechtmäßig handelnde Kleriker, denn Becket vertrat die

Meinung, der Klerus könne ausschließlich von einem himmlischen Gericht verurteilt werden. Letztlich geriet er zwischen Papst und König, und weitere Differenzen führten dazu, dass, nachdem der König »Wer befreit mich endlich von diesem elenden Priester« ausgerufen hatte, Becket am 29. Dezember 1170 von vier Rittern im Dunklen in die Kathedrale verfolgt wurde. Sie riefen nach dem »Verräter« und nach seinem berühmten Ausspruch »Hier bin ich, kein Verräter, aber Erzbischof und ein Priester Gottes« trugen sie ihn aus der Kathedrale in die Nacht, damit auf Boden des Herrn kein Blut vergossen wurde. Vor den Hallen seiner Kathedrale ermordeten sie ihn durch einen Schwertstreich. Drei Jahre danach sprach der Vatikan Becket heilig. Kein Wunder, immerhin hatte er für die Immunität der Geistlichkeit plädiert.

Nach einem Brand wurde die Kathedrale 1175 neu aufgebaut. Als der erste Baumeister Wilhelm von Sens 1178 ein Unglück erlitt – an der die Welt der Dunkelheit nicht unbeteiligt war – führte sein Nachfolger die Pläne mit einigen dato ungewonnten Änderungen aus. Diese Änderungen waren für uns unabdingbar, denn das Hause Baphomet brachte zu dieser Zeit den Staub seines früheren Fürsten Kalai in die Kathedrale, wo er in Frieden lagern sollte. Tatsächlich überstand die Urne mit dem göttlichen Staub dort trotz etlicher Schwierigkeiten die Jahrhunderte, beschützt von Vasallen in der Kirche, bewacht von verborgenen Templern und in der Nacht vom Hause Baphomet selbst.

Kathedralen sind in der Regel recht gleichförmig und ähnlich aufgebaut. Im Osten liegt der Chorraum für den Klerus, ein Querschiff trennt ihn vom übrigen Raum, was der Kathedrale einen kreuzähnlichen Grundriss gibt. Der lange Raum, welcher auf den Chor zuläuft wird als Basilika bezeichnet. Dieses Langhaus ist meist mehrschiffig, wobei das Mittelschiff am breitesten ist. Die Westfassade ist in der Regel mit zwei gleichen Türmen gesäumt, während – außer in der Gotik – ein Turm in der Vierung genannten Kreuzung steht, später häufig stattdessen eine Kuppel.

Noch heute ist Canterbury der Sitz des Erzbischofs und Primats der anglikanischen Kirche, sowie Mutterkirche aller Anglikaner, und der Erzbischof von Canterbury verleiht den Königen Englands die Krone. Der älteste Teil der Kathedrale von Canterbury ist die romanische Krypta im Westen aus dem 11. Jahrhundert. Die östliche Krypta wurde mit dem Wiederaufbau geschaffen, wie die Zwillingssäulen oder die ungewohnte Verschmälerung des Mittelschiffes. Dies alles hatte uns die Jahrhunderte über geholfen, den Schatz zu hüten, der in der Krypta schlummerte.

Dies alles rief ich mir ins Gedächtnis, um nicht quälenderen Gedanken nachzugehen, wenn ich Kommandeur Nathan Mackinnons mir gegenüber sah und an seinen Besuch in Alianas Suite dachte.

Wir hatten schon während des Fluges keinen Kontakt mehr zu unseren Vasallen in der Kathedrale aufnehmen können, und ich befürchtete das Schlimmste. Häufig tragen pessimistische Ansichten Früchte. Der Pilot, ein speziell ausgebildeter Templer, ließ uns über dem Kreuzgang hinab, der sich im Nordosten der eigentlichen Kapelle befand. Wir seilten uns über dem Rasen ab, was trotz meines erfahrungsreichen Alters der trainierten Nachteinheit besser gefiel als mir, Sinan Abu stürzte sich als erster freudestrahlend aus dem Helikopter. Über den Kreuzgang erreichten wir durch einen Flur den nördlichen Nebeneingang zum Querschiff. Der Templer Quirin Baumeister schloss die altbewährte hölzerne Tür auf, und der Dunkle Arm der Templer trat in Aktion.

Langsam schlichen wir in die Trinitätskapelle im Osten, weit über uns befand sich die Bell Harry, der 75 Meter hohe Engelsturm, für den Canterbury bekannt war, und der mit dafür gesorgt hatte, dass die Kathedrale seit 1988 als Weltkulturerbe der UNESCO gilt. Mein Kopf drohte zu zerbersten, und ich gab Nathan Mackinnons ein Handzeichen, ihm Gefahr signalisierend. In Bruchteilen einer Sekunde hatte er seine Einheit neu formiert, jeweils drei Mann bildeten ein Kampfteam. Nathan, Julius Tabäus und Quirin Baumeister leiteten die Dreierteams. Nathan waren die Araberin Funda-Nur Pafa und der Ire Corvin Conner zugeordnet, Jacinda Bernabeau und Larex Ibarra bildeten den Rest von Team zwei und der Afrikaner Sinan Abu Gabre-Medhin sowie die Russin Raja Polevoj Team drei.

Ich hatte beim Flug ausreichend Gelegenheit gehabt, sie mir anzusehen. Julius Tabäus war wie der Kommandeur Mackinnons ein muskulöser Mann. Statt Nathans schwarzer Haare, war er blond wie Quirin Baumeister, nur trug er statt Quirin die Haare kurz. Quirin Baumeister war stolz auf seine schulterlange Mähne und wie Julius stammten seine Wurzeln aus Deutschland. Funda-Nur war eine sehr hübsche 28-jährige, die den Weg zu den Templern über einen Internatsplatz in Österreich in ihrer Kindheit gefunden hatte. Sie stammte aus dem Iran, wo die Araber gerade einmal drei Prozent der Bevölkerung bildeten, und ihre wohlhabenden Eltern hatte sie aus Besorgnis nach Europa geschickt. Sie hatte sich mehr als einmal ihre langen schwarzen Haare beim Hinflug zur Seite gestrichen. Der Ire Corvin Conner hatte rötliches Haar, freundliche kantige Gesichtszüge und eine Narbe über der rechten Augenbraue. Er hatte einen stets knapp rasierten Bart, der ähnlich rot schillerte. Seine Statur war fast als bullig zu bezeichnen, im Gegensatz zu dem schlanken und schwarzhaarigen Larex Ibarra, mit dem er sich besonders gut zu verstehen schien. Die beiden waren bereits vor Gründung des Dunklen Arms der Templer sehr gute Freunde im Orden. Sie waren gemeinsam auf eine uns loyale Schule in Schottland gegangen. Jacienda war eine charmante attraktive Spanierin, deren Temperament allerdings manchmal durchschlagen konnte. Je nach Tagesform waren ihre Haare dunkelbraun oder ins tiefschwarz gefärbt. Sie war einige Zentimeter größer als Funda-Nur und überragte auch die Männer Corvin, Larex und Quirin. Sinan Abu war der größte dieser Templer, seine hoch gewachsene Figur glänzte mit seiner wie poliert wirkenden Ebenholzhaut, sein perfektes Lächeln strahlte mit Zähnen wie Elfenbein. Er war drahtig und trainiert, trug sein dunkles Haar kurz geschoren. Raja hatte rote kinnlange Haare und war von Grund auf aggressiv. Sie stand den Männern in nichts nach, machte derbe Witze, und ich schätzte, sie würde eher einen Schwinger mit der Faust vornehmen, als jemanden bitten sie als Frau zu respektieren.

Bereits beim Anflug hatten sie sich mit Adrenalin zugedröhnt, der stärksten Waffe der Nachteinheit gegen Vampire. Es glich ein wenig den Nachteil der Kämpfer aufgrund der Reaktionsgeschwindigkeit und Stärke der Wesen der Nacht aus. Trotz allem waren die dunklen Götter diesen Menschen überlegen, aber daher gingen die Ritter immer als 3-Mann-Team vor. Außerdem hatten sie mich an ihrer Seite, wie Aliana bei unserem Abflug gesagt hatte. Sie selbst musste als Fürstin die politischen Wellen glätten, welche die in Umlauf geratenen Gerüchte über die baldige Wiederauferstehung Kalais aufwogen ließen. Kein Vampir sollte uns begleiten, denn es hätte zu weiteren Gerüchten geführt. Ich fühlte mich nicht wohl unter den Templern und ohne meine Schattengängerin, aber sie hatte die Anweisung gegeben, und wer war ich, mich meiner Fürstin zu widersetzen?

Das Pochen im Kopf hatte wie immer Recht gehabt, wie ich bemerkte, als ich mutig vortrat, die Templer in Stellung in meinem Rücken wissend. Zwei Vampire traten in meinen Weg und grinsten mich an.

»Keine Wesen unserer Art, bloß Menschen«, meinte einer von ihnen belustigt. Ich sprach sie an: »Seid Ihr des Hauses Baphomet, so habe ich Anweisungen der Fürstin an Euch zu richten, seid Ihr fern dieses Hauses, gebiete ich Euch diese Hallen zu verlassen.«

Ich weiß nicht, was Nathan Mackinnons, dem es sicherlich nach Kampf und dem Beweis der Effizienz seiner Gruppe gierte, von meinen Worten hielt, ob er mich tapfer und beherzt fand, wie ich meine Stellung verbal vor diesen tödlichen Jägern behauptete, oder ob er meine dumme Couragiertheit verfluchte. Die Vampire jedenfalls nahmen meine Worte mit nächtlichem Humor auf.

»Das Hause Baphomet. Vielleicht gehören wir dazu, aber sicher nicht zu dieser blasphemischen Evastochter im Blute, die Du wagst Fürstin zu nennen, jämmerlicher Mensch. Wir werden auch nicht weichen, im Gegenteil, wir beenden Eure jämmerlich kurze Existenz, wenn Ihr nicht niederkniet und uns huldigt.«

Sie wollten spielen. Uns flehen sehen. Menschen jagen und mit Furcht genährtes Blut trinken. Sie hatten nicht die geringste Ahnung, welche Menschen vor ihnen standen: »Wenn Ihr die Blutlinie des Hauses Baphomet wie behauptet in Euch tragt, dann bedarf meine jämmerlich kurze Existenz keinen Vergleich mit der Euren zu scheuen, trennen uns in die eine oder andere Richtung entweder wenige Jahre, oder Ihr seid weit jünger als ich.«

Sie bewegten sich nicht, wie Statuen, Götzenbilder. Sie benötigten sich nicht taktisch aufzustellen, ihre Art ist uns Menschen in Geschwindigkeit überlegen, so dass es aus ihrer Sicht ausreichte, sich zu bewegen, wenn sie den Moment des Tötens vollzogen. Aber ich hatte ihre Neugier geweckt: »Du bist kein Wesen der Nacht, Lügner!«

»Ich bin ein Mensch, meine Worte haben anderes nie ausgesagt.«

Jetzt wechselte sich das Blatt, der Vampir links von mir, welcher bislang geschwiegen hatte, übernahm die Rede.

»Wer behauptest Du zu sein?«

Ich denke in diesem Moment kannte er die Antwort bereits.

»Ich bin meiner Fürstin Getreuer und dem Hause Baphomet Untertan, wie Teil der Familie Imhotep. In der Euren Welt der Dunkelheit lautet mein Name Naciron.«

Sie zuckten nicht, sie zogen keine Augenbraue hoch, nicht einmal ihre Mundwinkel zeigten eine Veränderung. Aber sie brachen einen kriegerischen Sturm los, als sie sich auf mich stürzten. Die Fähigkeiten eines Meisters im Aikido können nicht beschrieben werden. Aber sie sind vergleichbar mit einem Satz und einer langen Geschichte. Während das Gegenüber einen Satz spricht, denkt der Mensch im Geiste des Aikido eine ganze Geschichte. Denn in der Kürze eines Augenblicks, wenn ein Schlag uns entgegen droht, wirkt die Kraft des Aikido wie Flügelschläge eines Schmetterlings zu unserem Versuch diese zu berühren. Die Bewegungen der Flügel sind so schnell, dass sie zu allen Zeitpunkten nirgends und überall zu sein scheinen. Ich wich den Vampiren mühelos weil unerwartet aus, stand plötzlich vor den Stufen zum Chorraum und die Vampire vor den Läufen der G36-Gewehre, vollautomatischer menschlicher Tötungsinstrumente. Die Templer führten gemäß der Richtlinien der Nachteinheit die Befehle ihres Kommandanten Nathan Mackinnons aus. Pro Team lösten sich drei Feuerstöße, und wie in unzähligen Gefechten problemlos und erfolgreich ausgeführt, bewegten sich die Vampire mit übermenschlicher Geschwindigkeit aus dem geahnten Gefahrenbereich. Ihre zwei unsterblichen Leiber prallten durchlöchert auf den heiligen Boden. Die Templer mussten in 3-Mann-Teams vorgehen und schießen, denn sie zielten niemals auf den Körper, sondern in einem Triangel um die Vampire herum – drei Schussbereiche, die göttliche Zahl. Jeder Vampir der auszuweichen versuchte wurde unumgänglich getroffen. Die Kraft der G36 hatte sie niedergeschmettert und würde sie für wenige Sekunden lähmen. Die Templer unter Nathan, Julius und Quirins Kommando taten ihren Dienst, stießen mit ihren Kampfmessern in die Herzen und verbrannten die Leichen mit handlichen Spezialbrennern, ein Vampir fängt recht schnell Feuer im Vergleich zum menschlichen Körper, der atemberaubende Hitze aushalten kann, bis er in Brand gerät. Wir sicherten den Staub in Behältern wie Urnen mit drei voneinander hermetisch getrennten Kammern, unsere Fürstin hatte zu entscheiden, ob sie der Auferstehung geweiht sein würden. Die Teams sicherten die Bereiche der Kathedrale, aber wir fanden lediglich die Leichen unserer Freunde und Vasallen.

Der Tod der Schutzbefohlenen des Hauses Baphomet würde Aliana weit näher gehen, als das eigentliche Ziel, welches der Überfall gehabt hatte, selbst wenn man dies an ihrem Verhalten nicht würde ablesen können. Aber ich wusste es. Ihre Rolle als Lehnsherrin war ihr wichtig, der Schutz ihrer Vasallen ein Anliegen, dass sie stets zum Prinzip erhoben hatte. Die beiden Vampire, welche wir erwischt hatten, hatten vermutlich versucht Spuren zu verwischen. Ich denke, es waren mehr beteiligt aber bereits mit ihrer Beute verschwunden. Es war eine schlimme Nacht mit einer schlimmen Nachricht. Fürst Vlad III. Drăculea hatte Zugriff auf nunmehr drei Verwahrungsorte der Asche Kalais, des Staubes der Götter.

ZUM DRITTEN HAHNENSCHREI

Es gab einen Verräter unter den Vasallen des Hauses Baphomet, denn kein Haus ist frei von Stimmen, die von innen gegen es gerichtet werden. Jetzt hatte uns die Zeit den dritten Hahnenschrei treffen lassen. Denn wie Jesus bereits von einem der engsten seiner Jünger denunziert wurde, so hatte die Erbin seines Blutes in der Welt der Dunkelheit ihren Judas gefunden. Doch während die Welt Jesu Christus eine Welt der Versöhnung und des Verzeihens war, befanden wir uns in der Welt der Nacht.

Ich wusste nichts davon, als ich die Haupthalle betrat, statt des geräumigen modernen Salons in unserem Hochhaus in New York ein altehrwürdiger Saal aus vergangen Zeiten in unserem Domizil in der Umgebung von Nürnberg, der voll mit Prunk und über die Zeit angesammelten Liebhabereien war. Aber ich wusste, dass Aliana die gefangenen Vampire hatte auferstehen lassen, um sie zu befragen, die Ergebnisse kannte ich bislang nicht. Gideon begrüßte mich bereits am Eingang, Aliana saß auf einem bequemen thronähnlichem Sitz auf einer Anhöhe. Hinter ihr die hohen Fenster in der rund gebogenen Wand. Über ihr die mit einem, einen wunderbaren Engel zeigenden, Gemälde verschmückte Kuppel. Diese Sitzgelegenheit der Fürstin war offiziellen Anlässen vorbehalten. Yara Fortaleza stand mit zwei weiteren Templern – entgegen fünf modern gekleideten Wachen – in historischer Rüstung hinter Alianas Thron, Marketa weilte mit harter Miene in einer Ecke. Ich hörte ein Schluchzen, als mich Gideon zu meiner Fürstin führte und wandte mich herum. An der Wand links des Einganges warteten mehrere Bedienstete, sie waren mir aus dem täglichen Leben in diesem Anwesen bekannt. Es waren elf Menschen gemischten Alters, darunter sieben Frauen. Eine der älteren Frauen weinte, eine andere hatte den Arm um sie gelegt und schien sie zu beruhigen und zu trösten. Die alte Dame trug ein Kopftuch, wie man es aus den Nachkriegsjahren in der Mitte des 20. Jahrhunderts aus Deutschland kannte. Sie war sicherlich bereits lange Zeit in unseren Diensten. Es waren Männer und

Frauen aus den Familien unserer Vasallen, den Menschen, die uns über die Templer hinaus immer treu zur Seite gestanden hatten. Aliana war ihre Lehnsherrin, war damit für ihren Schutz und für Hilfe bei Problemen verantwortlich. Stets hatten wir dies ernst genommen und uns würdig gegenüber unseren Vasallen erwiesen, selbst damals, als uns im 15. Jahrhundert die Bitte ereilt hatte, entfernten Verwandten unserer Vasallen aus der Walachei zu helfen, deren Töchter unbekannt entführt worden seien. Vasall und Lehnsherrschaft sind zwei Seiten einer Medaille. Jeder muss geben und darf nehmen.

Ich trat vor Aliana und wollte sie fragen, was das zu bedeuten hatte, aber ihr Gesichtsausdruck ließ mich von meinen Vorhaben ablassen, und ich trat lediglich rechts an ihre Seite neben den Fürstensitz. Gideon stellte sich zu ihrer linken auf. Alle Bediensteten wirkten besorgt und eingeschüchtert auf mich. Sie dienten den Vampiren, aber vor sie gerufen zu werden, machte ihnen Angst. Alianas Miene sah dazu nicht aus, als handelte es sich um einen freudigen Akt, der hier wartete. Mehr Kälte denn je sprach aus ihrem Blick.

Herrisch erhob sie ihre Stimme: »Als Vasallen habt Ihr mir und meinem Haus Treue und Loyalität geschworen, dafür bin ich Euch zu gleichem verpflichtet und biete Euch Schutz und Frieden in der Dunkelheit. In ewiger Freundschaft bin ich Euch und Euren Familien verbunden. Versammelt seid Ihr hier nach meinem Ruf, da ein Verräter unter dem Schutz meines Hauses weilt, unter Euch Vasallen. Hier von unserem fränkischen Anwesen wurde dem Feind Kunde getragen. Ich weiß, dass der Abtrünnige unter Euch weilt. Dies bedeutet, einer unter Eurer Zahl hat Verrat geübt, die anderen jedoch sind treue Vasallen. Prinz Gideon des Hauses Imhotep, in Freundschaft meinem Hause verbunden und Teil meiner eigenen Familie der Nacht, ist in der Lage in Eure Geister zu schauen und mir Eure Gesinnung zu nennen. Dieser Akt allerdings zwingt Euch seinen Willen auf und wird Schmerzen zufügen. Eine Lehnsherrin sollte ihren Lehnsträger keinen Schaden erdulden lassen. Daher betrübt mich die Aussicht, Gideon darum zu bitten. Uns allen wäre geholfen, wenn der Ausüber des Verrats vortritt, und uns allen Gräuel erspart und ehrenhaft für seine Taten eintritt.«

Bei all ihren Worten hatte Aliana ihre stoische Miene nicht verändert. Mir fröstelte. Ich selbst hatte am eigenen Leib vor meiner Eingliederung in der Welt der Dunkelheit die Mächte Gideons gespürt. Gideon bat Aliana, sprechen zu dürfen, die ihm ein Zeichen gab: »Ich kann jeden einzelnen Eurer Gedanken lesen und bin in der Lage, in die tiefsten Regionen Eures Selbst vorzudringen. Je mehr ich von dem erfahren will, was Ihr zu verbergen sucht, was sich in den dunklen Ecken Eurer Seele versteckt, desto mehr Schmerzen wird es Euch bereiten. Und wir werden erst am Ende der Prozedur wissen, ob Ihr Schuld auf Euch geladen habt. Meine Schwester, Fürstin Aliana, möchte Euch allen diese Schmach ersparen, denn ein Verbergen wäre dem Verräter ohnehin nicht möglich.«

Die alte Dame warf sich mit ihrem verheulten Gesicht vor Aliana auf den Boden, senkte den Kopf dermaßen tief, dass ihre Stirn den kalten Marmorstein berührte und wartete, dass Aliana ihr das Wort erteilt.

»Fürstin, ich bitte in Demut darum meinen Geist zu lesen«, sprach sie ängstlich und weinerlich aber mit fester Stimme. Drei weitere Bedienstete traten vor und knieten nieder. Die jüngeren kauerten an der Mauer, Panik in ihren Augen. Ich kannte die Prozedur. Zwar konnte Gideon sie mit seiner Stimme in ihrem Kopf zuerst beruhigen, aber dann würde es brennen und sich der pure Wahnsinn eines Eindringlings in den Gehirnen breit machen, wenn er alle Mauern niederriss. Ich musterte die Gesichter der elf Verdächtigen, ein jeder konnte es sein, selbst die alte Frau. Sich freiwillig zur Befragung zu melden, konnte zur Vertuschung zählen. Ich biss mir missmutig auf die Lippe. Das konnte sehr schlimm werden, und ein schlechtes Bild bei den treuen Vasallen hinterlassen, worauf der Verräter sicherlich spekulierte. Ich flüsterte zu Aliana, sie beugte den Kopf zu mir und ließ mich ihr meine Gedanken kundtun. Danach streichelte sie über meine Wange. Die Fürstin erhob ihre Stimme: »Marketa, tritt vor. Meine Tochter, Du wirst das Blutritual der Wahrhaftigkeit ausführen.«

Marketa schritt vor den Thron, blieb unschlüssig stehen und schaute ihre Mutter an. Ich trat zu ihr und hielt ihr meinen Unterarm entgegen. Marketa stutzte, zögerte aber nicht länger, als Aliana ihr einen Wink gab. Ihre Reißzähne ritzten meine Haut auf, und vorsichtig führte sie meinen Arm, um einen Kreis aus Blutstropfen auf den Boden zu zeichnen, der groß genug für einen Menschen war. Danach kniete sie etliche Minuten in dem Kreis, die Bediensteten waren angewiesen worden, wieder an der Mauer Platz zu nehmen und vollzog das Ritual, verknüpfte das Blut mit dem Kreis als solchem. Die Menschen zitterten mehr denn je. Ich bat Gideon leise ihre Gemüter zu beruhigen. Als alle Vorbereitungen abgeschlossen waren, verließ ich den Saal, beim Hinausgehen hörte ich Alianas Stimme: »Wahrheit oder Lüge, der Kreis wird es entdecken und dem Blute große Schmerzen hinzufügen. Darum tretet nacheinander in den Kreis und beeidet keinen Verrat begangen zu haben, damit wir die Wahrheit unter Euch erkennen.«

Wahrheit. Was ist wahr, was ist eine Lüge, was bloß verworren? Möge Schande die Verräter ereilen, aber andere Menschen in Schmerzen sehen, konnte ich nicht. Ich hatte den Ort verlassen, harrte vor dem Saal. Jeder einzelne trat vor und beeidete seine

Treue zu Aliana und weder an ihrem Haus noch seiner Fürstin Verrat begannen zu haben. Keiner von ihnen stieß einen Schrei des Schmerzens aus. Keiner von ihnen vollzog wahrscheinlich eine Miene. Alle traten aus dem Kreis, erfreut, kein Leid erfahren zu haben. Aliana rief mich wieder hinein. Ich trat vor den Thron und kniete nieder, noch dabei meinen Atem wieder unter Kontrolle zu bringen, die Tränen rannen über meine Wangen und meine Faust trug meine eigenen Bissabdrücke. Meine Fürstin erhob sich von ihrem Thron, kniete sich ihrerseits vor mir hin und küsste meine Stirn um für mein Opfer zu danken. Dies war mir Lohn genug. Ich gab ihr die Antwort: »Der zweite und der siebte Eid.«

Eine ausreichende Antwort. Die Verräter machten keine Anstalten zu fliehen, wie auch, hielten die gerufenen Schatten sie fest umklammert. Das Ritual der Wahrhaftigkeit hat zwei Schwächen. Zum einen liest es die Aura des Kreisinneren, aber es spricht mit dem Blute des gezogenen Kreises, statt mit den Menschen in ihrem Inneren, das Blut muss einem Menschen innewohnen, keinem Wesen der Nacht. Zum anderen heißt es mit Grund nicht Ritual der Lüge, denn der Wahrhaftigkeit ist es geweiht, und es verkündet eben diese. Verkündet sie im Schmerze des gezogenen Blutes. Bei jedem in Treue ausgerufenem Eid brach ich vor dem Saal ein Stück weiter zusammen, geißelte mich mein eigenes Blut von innen heraus und quälte mich beinah hin zum gefühlten Tode. Doch bei zweien der elf bin ich schmerzfrei geblieben. Die Verräter verursachten kein Leid, bloß tiefe Stille.

Gideon beruhigte erneut die Bediensteten, und sie wurden hinaus geführt. Die zwei Bediensteten wurden von den Wachen der Templer übernommen, waren die kalten dunklen Hände der Schatten schlimmer als die menschlichen überaus groben der Ritter? Beide Verräter wurden gezwungen vor der Fürstin nieder zu knien, die auf dem Fürstensitz thronte.

»In Armut habt Ihr uns geführt, denn wer verraten wird ist mittellos, gibt es keinen größeren Reichtum als Freundschaft.«

Ein junger Mann und eine junge Frau warteten dort auf ihr Schicksal, hatten sie kurz davor erst geglaubt, der Kelch wäre an ihnen vorübergegangen. Sie schauten starr zu Boden, warfen sich aber gegenseitig aus den Augenwinkeln Blicke zu. Sie waren enttarnt, und der Heilige Gral der Templer würde über sie richten. Und die Notre Dame de Sainte Marie war kein freundlicher Kadi.

»Gesteht Ihr?«

Beide schwiegen. Sie erkannten nicht einmal, wie gnädig Aliana im Augenblick war, die völlig ruhig sprach: »Wir wissen, dass Ihr dem verfehdeten Hause Dracul mit Informationen gedient habt. Redet jetzt frei über diese Schuld.«

Sie ignorierten Aliana weiterhin und blickten zu Boden. Ich wischte eine neue Träne aus meinem Auge, wusste ich was folgen sollte. Die Pforten zum Saal wurden von den Templern fest verschlossen. Es begann. Ihre Schreie waren grauenvoll, als Gideon, übersetzt der hebräische Krieger, sich in ihren Geist hämmerte und jeden Gedankenblitz an die Oberfläche holte, der sich in ihren Ebenen befand. Es dauerte Stunden, wir anderen warteten. Brutalst drang Gideon mit ruhiger Miene neben Aliana am Thron stehend in sie vor, riss ihr Bewusstsein auseinander, brannte ihren Widerstand nieder und zerlegte ihren Willen. Es blieben zerstörte, verkrümmte Haufen, jeder sich selbst Schutz suchend umarmend, alle Geheimnisse preisgegeben. Grausigere Befragungen hatten in der Geschichte der Zeit vermutlich die Templer erleiden müssen, bedenkt man die schrecklichen Methoden, welche der Orden der Dominikaner als Teil der katholischen Kirche entwickelt hatte. Noch heute gelten sie als Erfinder und Befürworter der Folter bei Inquisitionen. Selbst kein kämpfender Orden, machten sie sich auch bei Marter selbst die

Finger nicht schmutzig, aber nahmen durchaus als aufmerksame Zuschauer und Meister daran teil.

Nach dieser besonderen Befragung war ich froh an das Ritual der Wahrhaftigkeit gedacht und es auf mich genommen zu haben zu haben, damit dies nicht auch die Unschuldigen hatten erleiden müssen. Gideon spendete am Ende zwar ein wenig Trost und beruhigte die zwei Gemüter wieder so weit, dass sie wahrnehmen konnten, was Aliana entschied, aber sie waren lediglich Bruchstücke ihres vorherigen Daseins. Minuten warteten wir gebannt auf Alianas Urteil.

»Verrat ist das schlimmsten Vergehen der Vasallen gegenüber ihrem Lehnsherren. Eine Bestrafung kann daher niemals angemessen sein. Ihr habt nicht kooperiert, hättet die Schmerzen der anderen zu Eurer Schuld geladen, selbst ein Eingeständnis und die vollständige Aufklärung zur Eindämmung der Folgen erfolgte nicht freiwillig. Wir wissen jetzt, dass Euch niemand sonst geholfen hat, und dass niemand daher nach Euch Rechenschaft ablegen muss. Meine letzte Aufgabe als Fürstin Euch gegenüber ist über Euch zu richten. Einem Vasallen kann nichts Rühmlicheres geschehen, als seiner Fürstin sein Blut zu schenken. Aber Ihr seid nach Eurem Bruch keine Vasallen mehr und Euer Blut ist unser nicht würdig. Darum bevorzuge ich die Verfahrensweise des Ordens der Armen Ritter Christi. Ritterin Fortaleza, bitte übernimmt die Verkündigung des Strafmaßes.«

Die Templerin Yara trat vor, ihre beiden ebenfalls in die altertümlichen Rüstungen und Kleidungsstücke der Templer gehüllten Begleiter schritten hinter die jämmerlichen Bündel. Der Mann sah hoch zu der Ritterin, die Frau krümmte sich am Boden. Yara Fortaleza zog ihr Schwert aus der Scheide. Ihr klare Stimme, die sonst immer recht sanft und freundlich klang, teilte eisig das Urteil mit, welches die Templer über Abtrünnige sprachen: »Nach den Gesetzen meines Ordens sind Verräter dem gleichen Urteil geweiht, wie die, welche sich der Feigheit vor dem Feind schuldig machen. Ihnen steht der Tod durch Enthauptung bevor.«

Yara stand mit einem erhärteten Gesichtsausdruck neben dem Mann und legte die Klinge mit der Schneide auf seinen Nacken. Der junge Mann sah zu Aliana hoch und flehte seine Fürstin an: »Bitte, verschont die Frau! Bitte, Fürstin! Bitte!«

Eine Sturmflut rann aus seinen Augen, die Frau daneben wirkte zu geschwächt um an dem Geschehen teilzunehmen. Ich trat zum Thron und wollte niederknien, doch Aliana winkte ab, heute sollte ich meine Demut nicht mehr beweisen: »Meine Fürstin, ich bitte Euch, verübt keine Tötung an den Menschen.«

»Es sind Verräter, und sie müssen gerichtet werden.«

»Dies steht Euch zu, Fürstin, wie Euch als Lehnsherrin unser aller Blute unterliegt. Es ist meine Bitte, die als Einziges versucht Eure Entscheidung zu mildern. In Demut bitte ich Euch, keinem dieser Menschen das Leben zu nehmen.«

Sie sah in meine Augen. Vielleicht spürte sie, dass ich einfach nicht vermochte, Menschen in den Schlussakkord zu lassen. Gideon sprach still in ihr Ohr und letztlich nickte Aliana. Hatte er ihr erklärt, dass dies in der Natur meines Wesens lag? Der Stein brannte fest in meinem Kopf. Aliana wies Yara Fortaleza an, die Verräter als Gefangene fort zu bringen und getrennt zu verwahren, sie wollte zu einem späteren Zeitpunkt endgültig über ihr Urteil entscheiden. Jetzt aber galt zu retten, was wir zu retten vermochten. Denn Verrat war verübt worden. Den Feinden unseres Hauses waren Auskünfte erteilt worden, die wir gern im Stillen verwahrt gewusst hätten. Lag jetzt der Schrein offen für das Haus Dracul, der Ort, zu dem der letzte Staub Kalais dereinst verbannt wurde? Ich dankte Aliana mit einem Blick, den einzig sie zu deuten vermochte.

KAMPF UM DIE KAMMER

Wir kennen den Ausspruch: die Zeit fordert ihre Opfer. Wer von den Sterblichen hat jemals die Ausmaße erfasst, mit der dieser Satz sich in unsere Realität schiebt, und die Zeit mit einem legitimen Selbstverständnis angemessene Verluste von uns beansprucht. Unser Helikopter donnerte über die Landschaft, ich hielt die Augen geschlossen und nahm den Lärm der Rotoren als Wellen wahr, die in meinem Innersten gegen mich preschten. Als ich die Augen öffnete, erblickte ich Jahrtausende alte Augen, die in diesem einem Moment lediglich mein Bild aufnahmen.

Das Auge, Oculus. Durchdringt Licht seine schützende Hornhaut und landet in der Pupille, der Öffnung innerhalb der Iris, die auch als farbige Regenbogenhaut bekannt ist, gelangt es in das gallertartige Augeninnere und zu den Zapfen für das farbige Sehen und die Stäbchen für den hell und dunkel Abgleich. Dadurch, dass das Auge nur 0,02 Prozent unseres beinahe zweihundert Grad großen Sichtfeldes scharf sehen kann, ist es immer, auch bei scheinbar ruhendem Betrachten, damit beschäftigt sich in kurzen Saccaden im Durchschnitt fünf mal pro Sekunde schlagartig zu bewegen und somit Bereiche, die wir fokussieren, scharf zu zeigen.

Das Auge der Vampire ist anders. Sie können ruhen, denn ihr Anteil am scharfen Bereich im Vergleich zum gesamten Bild ist weit größer als der unsere. Eine retroreflektierende Ebene, die die Netzhaut umgibt, schenkt ihnen mehr Empfinden für die Nacht, wie bei Katzen. Imhoteps Weisheiten. Diese Augen forschten, suchten, wollten verstehen. Aber niemals würde diesen Wesen das gelingen, was selbst mich wie zahllose Philosophen aller Zeiten oft genug vor Grenzen stellte. Einen Sterblichen interpretieren.

Ein Bruchteil Alianas Existenz, meine Jahrhunderte auf Erden, halfen mir, die Menschen und ihre Handlungen einzuordnen. Aber ich hatte gelernt, nie zu viel anzunehmen, zu sehr zu deuten. Gedanken laufen schnell in Sackgassen, wenn man sich mit Menschen beschäftigt. Als Teil ihrer Art habe ich die Erlaubnis, dies ohne Häme sagen zu können. Ihr Leben zieht an mir ebenso vorbei, wie an den Geschöpfen der Nacht um mich herum, dennoch bin ich ihnen mehr verbunden. Ich trage ihre Wärme in mir, die Jahrhunderte hatten dieses menschliche Feuer nicht abklingen lassen, wie Aliana immer erwähnte. Ich glaube, dieses Feuer ist es, was man als Seele bezeichnet. Das würde bedeuten, Alianas Art und allen anderen Geschöpfen fehlt eine Seele. Wenn jedoch das Feuer die Seele ausmacht, dann macht es den Menschen nicht zu einem elitären Wesen der Schöpfung, viel mehr ist es das, was uns Kriege führen lässt und in dem alles Bösartige seinen Ursprung hat. Vielleicht demgegenüber aber auch der mitfühlende Gute Kern. Ich für mich war mir bewusst, gern auf dieses Feuer zu verzichten, wenn mir die Möglichkeit dargeboten wäre. Allerdings hätte ich mich nicht mit der Alternative, zu den Blutdürstigen bekehrt zu werden, abfinden können.

Das Feuer ließ mich in diesem Augenblick nicht Alianas Augen auf mir spüren, aber die Augen eines anderen auf ihr, die ich am Rande erblickte. Diese fremden Augen, erwachsen aus den vergötternden Augen eines Kindes, schauten auf Aliana, und mein Feuer loderte auf. Aber wie fanden bereits weise Menschen heraus: dort wo Hass vernichtet kann erst Liebe wieder aufbauen.

Und so befanden wir uns auf dem Landeanflug zu dem Ort, an dem wir der Zeit ihr Opfer dargeboten hatten, an dem ein Wesen, seinem Körper beraubt und fast so lange wie ich lebte, gefangen verbracht hatte, an den Ort der Entscheidung. Wir bestanden aus dem Dunklen Arm der Templer unter dem Kommando von Nathan Mackinnons, Aliana aus dem Hause Imhotep, Fürstin des Hauses Baphomet in ihrer modernen Kriegsrüstung und ich – ein Mensch ohne zeitgemäße Waffen, ohne jeden Tag trainierte Muskeln. Aber mit einem Feuer, das jeden anderen Menschen überdauerte.

Der Hubschrauber zerdrückte einige Pflanzen, als er auf dem nahe gelegenen Feld aufsetzte, die Ruhestätte zahlreicher Kleintiere mit Donner störend. Als wir die Kirche betraten, musterte ich sie mit üblichem Interesse. Die St. Georg Kirche in Kraftshof oder Craphteshof, wie der Ort ursprünglich hieß, bei Nürnberg ist im frühen 14. Jahrhundert entstanden und betört mit einer rundum umgebenden Wehrmauer mit Türmen. Seit langer Zeit war sie Verwahrungsort für den Göttlichen Staub und stand unter dem Schutz meines Hauses. Mehrfach hatten indirekte Spenden von Aliana Baumaßnahmen an der Kirche gefördert. Die Kirche gehörte zu der kleinen Ortschaft, die gerade einmal um die 700 Einwohner zählte und lag in der Einflugschneise des Flughafens der Metropolregion Nürnbergs.

Alte Gebäude faszinierten mich weiterhin, obwohl viele von ihnen weit nach meiner Geburt entstanden waren. Eine wunderschöne doppelflügige Holzpforte schenkte uns Einlass, kleine Tetraeder, etwa handgroß, stachen daraus hervor, jeweils mit einem geschwärzten Eisennagel beschlagen. Die hohen Wände der Kirche waren lediglich von wenigen Mosaikenfenstern gesäumt, aber die Bilder waren kunstvoll und gekonnt in Szene gesetzt. Wir drangen in höchster Alarmbereitschaft ein, der Trupp teilte sich sofort auf und sicherte die Seitenschiffe. Quirin lief mit seinen Untergebenen Sinan Abu und Raja nach rechts, Julius führte Jacienda und Larex auf einen Wink von Nathan nach links. Aliana bewegte sich wie erwartet, sie schritt durch den Hauptgang, das Mittelschiff. Warum im Schatten wandeln, wenn die Macht erlaubt die Welt auf Wunsch in Schatten zu tauchen? Nathan Mackinnons hatte seine Nachtschwärmer einer harten Ausbildung unterzogen. Aber Aliana selbst passte nicht in die Einsatztaktiken der Templer. Sie verstieß gegen alle Regeln. Ich schloss mich ihr an und schlenderte schräg versetzt an ihrer Seite. Nathan hatte seinem Trupp nonverbal mit Handzeichen die Kommandos gegeben, jetzt trat er mit einem Satz neben Aliana, die weiterlief. Er flüsterte leise, wir sollten koordinierter Vorgehen. Ich verdrehte die Augen. Da Anweisungen an Aliana niemals Erfolg versprachen, wie er erkennen musste, wandte er sich mir zu, aber ich winkte ab. Als er ein weiteres Mal zu einer Bemerkung ansetzte, kam ich ihm zuvor und bemerkte schnell leise: »Zwei hinter dem Altar, einer bewacht die Krypta, und drei sind bereits hinter Ihrem Trupp aufgetaucht.«

Ich liebte seinen verwirrten Blick, der mein Feuer nährte. Ich mag nicht für den Kampf leben, aber Jahrhunderte des Lebens ziehen nicht spurlos vorbei. Meine Sinne sind geprägt, meine Erfahrungen gesammelt, meine Weisheit – diese Beurteilung überlassen wir der Zeit. Auf jeden Fall ist Wissen Macht, und Wissen würde man selbst trotz störrischer Verweigerung über Jahre erfahren.

Alianas Stimme erklang laut und kraftvoll: »Erhebt Euch von Euren Plätzen, das Bündnis zwischen denen des Hauses Draculs und den Ausgestoßenen des Hauses Baphomet endet hier und heute. Mein Angebot soll vernommen werden, wer sich dem unterwirft, dem sei Aufnahme in mein Haus und Amnestie sicher.«

Die Verräter hatten Gideon alles offenbart, was in ihren Seelen schlummerte. Das Haus Dracul war zwar der Ursprung der Pläne gegen uns, aber es versorgte untreue Vampire meines Hauses mit den Angaben, wo der Staub des einstigen Fürsten des Hauses

Baphomet verschlossen gehalten wurde. Hier wartete nicht der Kontakt mit den Häschern Draculas auf uns, sondern Abtrünnige unseres Hauses, die Kalai als einem idealisierten Traum hinterher geiferten. Alianas Wut war unbeschreiblich.

Hinter dem Altar wurde ein Schemen sichtbar. Ich sah ihn lediglich kurz, aber ich war mit seiner Machtlinie sicher. Meine Augen hatten auch unlängst die Fallen der anderen entdeckt. Und wie erwartet pochte meine alte Kopfwunde.

»Dieser Ort gehört meinem Haus, und ich bin hier um diesen Besitz zu fordern. Unterwerft Euch!«

Ich liebte den harten Klang dieser herrischen Stimme. Ein knappes Lächeln muss meine Lippen umspielt haben. Aber böse Geschehnisse lagen vor uns. Hier spielten Blutmeister und Angehörige Draculas gegen uns. Ich wusste um ihren Plan, sie konnten mich nicht überraschen.

»Aliana vom Hause Imhotep«, spuckte die Gestalt am Altar mit einer spöttischen männlichen Stimme aus, »was denkt Ihr Euch, die Bezeichnung Fürstin des Hauses Baphomet zu verwenden? Nichts seid Ihr von Baphomet betrachtet.«

»So nennt Ihr meine Herrschaft illegitim? Durch die Regeln der Häuser ist meine Führung konstitutionell gesichert, und keine weitere Warnung wird erfolgen. Geht hin und verlasst die Stätte, in der ehrenvoll aber besiegt mein Ehemann der Dunkelheit ruht.«

»Ihr kommt mit einem Haufen Menschenfleisch und sprecht von Ehre? Ruht?«, erklang ein bitteres Lachen, »Wohl eher genötigt in einem geplanten Akt«

Doch da wo mein Feuer loderte, da brandschatzte Alianas Kälte bereits. Geduld war eine Tugend, aber Aliana konnte nicht alle Tugenden ihr eigen nennen. Sie war nicht weiter bereit zu verhandeln. Sie hatte gesagt, was ihre Pflicht auszusprechen gewesen war. Ganz Fürstin, Herrscherin und Kriegerin verließ sie genauso schnell die politischen Pfade, wie sie auf dem Weg der Diplomatie voranschritt.

Die Dunkelheit umfing uns alle. Eine Dunkelheit, welche selbst den Vampiren die Sicht nahm. Der Dunkle Arm der Templer hatte sich bereits beim Betreten der düsteren Kathedrale vorbereitet und ihre Nachtsichtvisiere aufgesetzt. Diese modernen Äquivalenzen eines Zaubers erhellten nicht die Dunkelheit, sondern arbeiten per Infrarot und entdeckten selbst den Rest Körperwärme eines Vampirs, aber dunkelten ebenso automatisch ab, wenn man zu einer der wenigen an den Wänden angebrachten Fackeln blickte, die man jetzt durch Alianas Macht nicht sah. Die Ausrüstung der Templer war nicht einmal von Elitesoldaten zu übertreffen. Ewig angehäufte Gelder waren jeder Regierung voraus, und was machte ein Soldatenleben aus, wenn man dagegen anderthalb Millionen Euro rechnen musste. Nathan Mackinnons Training und die Abstimmung mit Aliana hatte ihn sein Visier rechtzeitig herunterklappen lassen, ich hingegen blickte in die Dunkelheit. Aber die Abwesenheit von Licht ist relativ. Ich kam gut ohne aus. Ich hatte Schatten, die mich führten.

Letztendlich war es wie in einem Schachspiel. Solange wir ihnen eine Königin voraus waren, lag der Sieg bei uns. Aber wir durften die Königin nicht in einem unbedarften Zug verlieren. Das bedeutete, wir mussten uns vor einer Gabel in Acht nehmen. Schachspielen mag nicht unbedingt die Sinne schärfen, aber zwei andere Dinge. Logik und Einschätzung des Gegners. Züge vorhersehen basiert beim Schach nicht auf Antizipation wie bei anderen Spielen und nicht auf einem Pokerface. Es beruht auf Weisheit und Gelassenheit. Eine Gabel bedeutet, man gerät in eine Situation, in der ein Gegner zwei Figuren schlagen kann, und eine davon lässt sich retten, aber bloß eine. Die andere wird zwangsweise untergehen, wenn man keine Deckung hat oder ausreichende Gegenangriffe starten kann. Vor so einer Gabel musste man sich in Acht nehmen. Wir standen in einem Pentagramm. Ein Pentagramm aus Blut. Ich war mir dessen bewusst. All die Jahre im Hause Baphomet hatten mir die Blutmeister näher gebracht, die ursprüngliche Machtlinie des Hauses. Ein mit Blut gezogenes Pentagramm konnte ein Blutmeister als Grenze für Vampire nutzen, um sie fernzuhalten oder in seinem Inneren einzuschließen. Ein weiterer Schachzug, eine Fesselung. Ein Szenario in dem eine Figur so postiert ist, dass eine andere direkt vernichtet werden kann, wenn die erstere bewegt wird. Zu Bewegungslosigkeit verdammt. Sie wollten Aliana fesseln. Das Pentagramm war nicht zu Ende gezogen, sonst hätten wir die Linie beim Eintreten gesehen. Die drei Vampire, die hinter uns aufgetaucht waren, sie sollten die Fesselung ausführen und hatten die Aufgabe soeben gemeistert.

Die Nachteinheit war zum Kampf hier. Sie waren perfekt vorbereitet und tödliche Einheiten gegen Vampire. Ich aber war seit Jahrhunderten ein Schutzfaktor an Alianas Seite. Ich wusste nicht, wie die Nachteinheit handeln würde, aber ich schützte die Königin. Sanft trugen mich meine Füße durch die Schatten, ich spürte kalte immaterielle Hände, die mich streiften und sachte leiteten. Schüsse peitschten im Zeitraffer und in diesem nächtlichen Traum der Verheerung wusste ich, dass Aliana ihre Gegner bei dem Altar zu zerfetzen suchte. Aber dazu musste sie in der Lage sein, den Altar zu erreichen.

Die Vampire waren blind, aber ihre weiteren Sinne funktionierten wie gehabt außergewöhnlich gut. Immerhin handelte es sich bei den Geschöpfen ihrer Art um Jäger. Vermutlich wusste der Vampir, der die Linie aus Blut vollendet und den Kreis geschlossen hatte, dass ich vor ihm war, an der Grenze stand, die Vampire in die eine Richtung nicht zu überqueren vermochten.

Wie auch seine beiden Gefährten, die ihm Deckung gaben. Aikido ist die Kunst Aktionen ins Nichts zu wandeln, den Status Quo zu erhalten, Energien in Balance zu bringen. Die zwei Wächter des Blutmeisters, der gedachte Aliana zu fesseln, griffen mich an. Ich drehte mich abrupt, die Augen hatte ich geschlossen, in der Dunkelheit offenbarten sie keine Hilfe. Ein Zurückbeugen, eine kleine Armbewegung, ein richtiger Stuser im idealen Moment, dass ist Aikido und der Schlag des linken Gegners ging an mir vorbei, er flog in all seiner Kraft weiter und hob die Energie des anderen Schlages meines zweiten Gegners auf, als er gegen ihn prallte.

Im Aikido war ich gediegen. Ich trat behende an ihnen vorbei, sie warfen sich herum. Ich lächelte in die Dunkelheit, die Schatten hatten mich verlassen, ich spürte ihre Berührung nicht weiter. Jetzt harrte ich außerhalb des Kreises, und sie standen in seinem Inneren. Für keinen Feind ist es eine gute Idee gegen einen übermächtigen Gegner in einem Ring zu stehen. Einen Ring den man nicht mehr verlassen kann. Dieses Ritual der Fesselung erlaubte den Eintritt, aber nicht die Flucht, entgegen einem anderen Ritual, welches den Weg ins Innere versperrte. Die Schatten berührten mich nicht länger, aber sie berührten anderes in dem Kreis. Nicht dergleichen sanft wie mich. Ich hingegen widmete mich dem Blutmeister, der das Ritual ausgeführt hatte.

Aliana und mich trennte eine Barriere der Dunkelheit und eine Linie aus Blut. Jetzt und hier, wie ein Symbol für unsere eigene Realität. Es war an der Zeit dies zu ändern. Mein Dolch fuhr in das rechte Schulterblatt des knienden Vampirs, der ohne Sicht versuchte sein Ritual zu prüfen und weiter zu verstärken, damit niemand die Linie einfach unterbrechen konnte. Der Vampir fuhr aus seiner Konzentration aus, als ich eine weit größere Waffe gegen ihn nutzte als meinen antiken Dolch.

Das Hause Baphomet ist gegründet in Sünde, in der Schändung des Ahnen Baphomet gegenüber Sara, der Nachfahrin Maria Magdalenas. Diese Entweihung der Heiligkeit der Frau fand im Tempel Salomons statt. Die Waffen gegen einen Vampir ergeben sich aus seinen Wurzeln, es muss eine direkte Verbindung zu seinem Sakrileg haben, je verknüpfter desto mächtiger. Zu den Waffen gegen die Blutmeister zählt das eine Zeichen Salomons, der Davidstern. Salomon, der dritte König nach Saul und David der über das vereinigte Königreich Israel herrschte, galt als tolerant gegenüber anderen Religionen und Kulturen und ließ viele Städte in seinem Reich bauen. Besonders bekannt ist er für seine Weisheit und das salomonische Urteil, welches ihren Weg in der Bibel gefunden hatte, als er über zwei Frauen entschied, die beide behaupteten dasselbe Kind ihr eigen zu nennen. Er urteilte, man solle das Kind in zwei Hälften schneiden. Die Frau, welche daraufhin freiwillig auf Ansprüche verzichte, ernannte er zur wahren Mutter. Ich brannte das Medaillon mit dem Davidstern, welches ich sonst versteckt in einem meiner Beutel trug, durch festen Druck unter seinem Schreien in seine Stirn und läuterte ihn. Er sackte dahin und fing Feuer.

Als ich das Blut auf den Fliesen mit einer Leichtigkeit beiseite wischte, obwohl es sich meiner Erfahrung nach vor der temporären Vernichtung des Blutmeister, der es weiter verstärkt hatte, nicht hätte entfernen lassen, metzelten die Taktiken der Templer zwei weitere Vampire nieder. Die Linie ließ sich durchkreuzen, Aliana war frei.

Mögen die Schatten untergehen, aber Aliana wird überleben, sie erneut empor rufen und in die Schlacht führen, denn ihr ist die Dunkelheit, die größte Kraft der Vampire, denn in Dunkelheit leben sie. Mögen die einen das Blut beherrschen, das Blut welches die Wesen der Nacht infiziert, so sind sie alle dennoch Wesen dieser Nacht und nicht des Blutes, obschon das Blut ihre vergängliche Nahrung ist, ihre Kraftquelle. Aber die Dunkelheit ist ihre Welt.

Ein Ungewitter tobte in der Dunkelheit, gewaltig seine Macht, denn sein Donnern bestand aus dem Brüllen und seine Blitze aus den Schlägen der Schatten. Die Kraft junger Vampire, verglichen mit dem versammelten Blutalter, welches in Alianas Herzen durch eigene Jahre und Blutaufnahme tobte, war vernachlässigbar gering. Der Ausbruch legte sich in abrupte Stille. Die Templer verbrannten die letzten Leiber, sicherten den Staub in Sekunden – ein wenig reichte, damit der jeweilige Vampir nicht auferstehen konnte.

Ich trat zu Aliana, und wir warteten auf die Einsatzbereitschaft der Nachteinheit. Nathan Mackinnons meldete, dass wir weiter vorgehen konnten. Ich blickte Aliana an, und mir ging ein scherzhafter Ausspruch über die Lippen: »Auf geht's, Aliana Jones!«

Sie sah mich mit der Verwirrtheit an, die ausschließlich ein Vampir Menschen gegenüber aufbringen kann. Aliana trat selten mit mir in die reine Welt der Sterblichen ein, sie kannte wenige der modernen Lichtspieltheatervorführungen. Aber sie kannte mich scheinbar gut genug, denn ihre Verwirrtheit wandelte sich schnell zu einem leichten Lächeln, als sie mein Grinsen im Schein der Kerzen und Fackeln der Kirche erblickte. Aliana schob mit Leichtigkeit den Altar beiseite und offenbarte eine Treppe, die wartete, beschritten zu werden. Nathan Mackinnons, Anführer der Nachteinheit und Leiter des ersten Teams nahm mit seinen zwei Kampfgefährten Funda-Nur Pafa, der ansehnlichen Araberin und Corvin Conner, dem irischen Raben, Aufstellung und gab einen knappen Befehl, als Aliana eine Hand als Zeichen hob. Die Verhandlungen waren bereits beendet.

»Fire in the hole!«

Der Gonfanon Baucéant weht, wenn Templer in die Schlacht reiten. Das Banner Baphomets, auch Zeichen des Ordens, wurde in die Schlachtreihen der Gegner getragen, zu allen Schlachten der Gezeiten von Hell und Dunkel, welche der Templerordern erlebt hatte. Daher war dieses Banner an den Helikopter aufgetragen, der für die Einsätze der Nachteinheit reserviert war. In Outremer, dem heiligen Königreich Jerusalems, war es unter den Sarazenen gefürchtet und mit Respekt betrachtet worden, kein Sarazene hatte jemals die Kraft, Stärke und den Kampfeseifer eines Templers belächelt, auch wenn man sich über eine Vielzahl anderer Kreuzritter lustig gemacht hatte. Den Engländern hatte es im Kampf gegen Robert The Bruce die Vernichtung gebracht. Es zeigte potentiellen Gegnern, dass sich ihnen der Tod an Seite des Baucéant näherte.

Die Granaten hallten in der Tiefe wieder, sie verursachten keine die Gruft vernichtende Explosion, aber ein flammendes Inferno wie die Hölle auf Erden. Abwechselnde Feuerstöße verhinderten einen Ausbruch unserer Feinde hinauf in die Halle der Kirche. Wir betraten den etwa 500 Meter langen Gang, der von der Gottesstätte zu einer Krypta unter dem entfernt liegenden Hain der Dichter führte. Der sogenannte Irrhain gehörte zu dem Pegnesischem Blumenorden von 1644, der ununterbrochen als eine Sprach- und Literaturgesellschaft Bestand hat. Hier sammelten sich Dichter und Denker vor Nürnberg um sich auszutauschen und Muse zu finden. Daran lag die Lagerstätte des göttlichen Staubs. Die Templer hatten den Gewölbegang mit Feuerstößen ihrer Automatischen Gewehre befriedet. Ihre Waffen und Alianas Mächte kümmerten sich um die versprengten Restwiderstände illoyaler Angehöriger des Hauses Baphomet.

DIE KAMMER DER VERBANNUNG

Nach all dem Schlachten betraten wir die Kammer, unser Ziel. Die Verräter hatten den Raum noch nicht aufgebrochen, ihnen war es daher nicht gelungen Kalai zu befreien. Aliana setzte die komplizierte Maschinerie des Schlosses mit dem richtigen Schlüsseln und dem Drücken von Mauersteinen in einer bestimmten Kombination in Kraft. Kommandeur Mackinnons befahl den Tempelrittern den Raum zu sichern, er selbst trat an den Sarkophag in der Mitte, in dem sich die letzte Urne voller Asche befand und untersuchte den Öffnungsmechanismus des Sarges. Sinan Abu und Raja postierten sich links und rechts des Einganges. Aliana trat neben Nathan Mackinnons und umfasste sein Handgelenk. Ich blickte schnell beiseite, bewegte meine Schultern um einer Verspannung vorzubeugen und schaute mich um.

Dunkle Marmorfliesen, die wir mit blutigen Spuren beschmutzten, Mosaike an den Wänden, Bilder von einer Art Krug oder Gral, das Tatzenkreuz vom Hause Baphomet und sogar eines, welches die Opferung einer Menschenfrau zeigte. Die Tempelritter bewachten den Eingang, jetzt standen vier von ihnen dort mit angelegten Waffen, ich sah einen Bluttropfen von der angelegten Klinge des G36 Gewehrs von Larex Ibarra fallen.

Plötzlich vernahm ich hinter meinem Rücken lautes Protestieren und wandte mich zum Sarkophag. Kommandeur Mackinnons redete auf Aliana ein, sie blickte ihn schweigend an. Langsam trat ich näher.

»Meine Fürstin, ich bitte Euch, zu Eurem Schutz.«

Meine Lippen formten sich böse amüsierend, als Aliana als einzige Reaktion den Kopf schüttelte, ich kannte dieses Verhalten und gönnte es ihm. Was auch immer ihre Entscheidung war, nichts konnte diese jetzt noch abändern. Der Anführer der Nachteinheit zeigte Respekt durch eine kleine Vorbeugung zur Fürstin, das am Rücken geschnallte G36 bewegte sich dabei marginal. Ich bemerkte seine angestaute Wut. Er trat beiseite, und obwohl wir beide nicht gerade für Brüderlichkeit bekannt waren, sagte er dabei leise mit einem Seitenblick zu mir: »Stimmt sie um!«, dabei funkelten seine Augen voller Zorn. Dies befriedigte mich ein klein wenig.

Als er zu den anderen Ritten trat, schaute ich Aliana an: »Na, meine Fürstin, habt Ihr eine Entscheidung getroffen, die Eurem getreuesten Gefährten enttäuscht hat?«

Vielleicht nahm sie die absichtliche Mehrdeutigkeit wahr. Aliana schien einige Atemzüge zu überlegen – natürlich ohne wirklich Luft zu holen. Sie hatte meine empfindsame Seite in den förmlichen Worten gewiss gespürt. Ich sah, wie sie mit dem Medaillon an ihrer Kette spielte, selten, dass Aliana solche vom Unterbewusstsein gesteuerten Handlungen ausführte. Das Medaillon war vorher unter ihrer schwarzen Kleidung verdeckt gewesen, ich hatte nicht geahnt, dass sie es mitgebracht hatte. Ich wusste, was in dem Medaillon steckte. Ein winziger Rest von Kalais Asche. Sie trug diese Kette sonst nie, sondern hielt sie sicher verstaut. Der Staub war seit Anbeginn Kalais Verbannung in ihrem Besitz, und lediglich sie, Imhotep, Gideon und ich wussten davon. Es war die Versicherung, dass auch die Aufdeckung der Verwahrungsorte Kalai nicht auferstehen lassen konnte. Sie stellte sich ganz nah, ihre Worte galten allein mir: »Hilo, seid nunmehr Jahrhunderten kenne ich einzig einen getreuen Gefährten. Kennt mich dieser trotz aller Jahre nicht gut genug um zu wissen, dass meinen Handlungen stets etwas obliegt? Wisse mich bei Dir, Hilo, immer.«

Ich schaute zu Boden, sie ergriff mein Kinn und hob meinen Kopf, damit ich in ihre Augen sah. Ein Vampir bewundert den Menschen wegen seines Fortschritts. Nicht des technischen, nein, den individuellen. Menschen entwickeln sich weiter, verändern sich. Selbst ich, Jahrhunderte alt, beinahe mit der Unsterblichkeit eines Vampirs befallen, entwickle mich. Über die Jahrhunderte ändert sich meine Sprache, meine Vorlieben, manche Charaktereigenschaften. Wie oft schon mochte ich Kartoffeln, wie oft schon hasste ich sie. Ein Vampir kennt keinen eigenen Fortschritt. Sie können neue Sprachen lernen, aber keinen neuen Sprachstil, Gewohnheiten können sie nicht verlieren. Sie sind wie sie sind – für immer.

»Hilo, vertraue mir.«

Wie das eine Mal, als wir zu Beginn unseres Kennenlernens ausritten – damals bat sie mich, ihr zumindest dieses eine Mal zu vertrauen. Jetzt fügte sie flüsternd hinzu: »Ich brauche Dich doch.«

»Verletze mich nicht, Aliana«, war meine knappe, leise aber auch sanfte Reaktion, ihre kühlen Lippen gaben mir einen zärtlichen Kuss: »Führe die Tempelritter in die Vorkammer, Hilo. Ich will jetzt mit meinem Mann allein sein.«

Ich muss sie angestarrt haben, konnte nicht ganz nachvollziehen, was sie mir da sagte. Nach einem Moment gelang es mir zögerlich zu antworten: »Aliana, wir sind doch hier um seinen Untergang zu besiegeln. Lass uns die Kanopen nehmen und den Rückzug antreten. Bald sind sicher weitere Gegner hier.«

Sie streichelte über meine Wange, mein Körper reagierte sofort, selbst auf diese kleine Berührung: »Hilo, als Deine Fürstin sage ich Dir, führe die Ritter in die Vorkammer.«

Wir warteten. Die schweren Türen waren zum Entsetzen der Ritter hinter uns zugeschlagen, die Kammer der Verbannung damit erneut verriegelt. Ich vermute, Aliana hatte sie mit Kraft der Schatten zur Bewegung getrieben. Raja Polevoj lehnte als einziges Mitglied des Dunklen Arms der Templer lässig aber aufmerksam an der Wand.

Nathan Mackinnons schritt angespannt hin und her, seine Nervosität weitete sich bereits auf seine Untergebenen aus. Ich beobachtete ihn und hing meinen Gedanken nach, die allesamt bei Aliana waren. Was tat sie in dieser Kammer? Was würde heute fortgeführt werden, was mein Sieg über Kalai im 12. Jahrhundert eingeleitet hatte und dessen Ursprung in der Hochzeit der Dunkelheit oder noch davor lag?

»Sollen wir nicht lieber hinein?«, er blickte mich an, ein gezwungen kühler Gesichtsausdruck, doch das Zucken seiner Wangenmuskeln konnte er nicht unterdrücken. Er hatte gesehen, wie Aliana mich geküsst hatte. Ich antwortete sanft: »Meine Fürstin verlangte alleine zu sein.«

Sein Protest legte sich nicht: »Ich und meine Einheit sind zu ihrem Schutz hier. Es ist meine Verantwortung, diesen Schutz zu gewährleisten.«

Dieser edle Ritter. Jahrhunderte bin ich dem Hause Imhoteps und dem Hause Baphomets verbunden und Teil Alianas Familie. Jahrhunderte die gewirkt hatten: »Fürstin Aliana und ihr Haus haben seit Eurer Gründung Eurem Orden Sicherheit geschenkt und ihn durch die Gefahren der Zeit geschifft. Es ist nicht sie, die wir schützen, nein, es ist ihr Schutz uns gegenüber, den wir brauchen. Wir sind ihr einzig zur Treue verpflichtet. Daher werden wir Ihrer Bitte Folge leisten. Ich traue dem Urteil meiner Fürstin.«

Ich glaubte seinen Hass auf mich in seinen Augen zu sehen, Hass und Liebe, eng verbundene Gefühle, die sich um denselben Kern drehen. Denn hinter seiner Wut auf mich schwebten seine Gefühle zu Aliana in seinen Augen. Kein Ausblick, der mich glücklich machte.

Er stellte keine weiteren Fragen, trat zu seinem zweiten Ritter, und sie legten die Einzelheiten für den Rückzug fest. Wie ich einmal sagte, überrascht das Schicksal als Werkzeug der Zeit immer aufs Neue. Dies sagt alles über meine Meinung zu Plänen.

Die Pforten öffneten sich, sie flogen auf, und Fürst Kalai, zurückgekehrt aus der Verbannung als Führer des Hauses Baphomet trat heraus. Sein Blick schweifte lapidar über uns Sterbliche, mich eingeschlossen, wie über belanglose Hunde, er schritt an uns vorbei mit raschem Gang.

Mit war der Atem gestockt, Nathan Mackinnons starrte wechselnd zwischen ihm und mir. Eine kühle Hand legte sich auf meine, die sich in Nähe des Dolchgriffes befand: »Wir gehen«, drang Alianas Stimme wie durch einen Nebel zu mir, aber auch zu den Templern.

Und so folgten wir ungewiss, ich an der Seite von Aliana, sie dicht bei mir spürend, die Nachteinheit hinter uns – folgten Kalai, gelöst aus der Verbannung, reinkarniert in seine Ehe zu Aliana, Fürst seines Hauses, folgten seinen Befehlen als rechtmäßiger Führer des Hauses Baphomets. Ich wusste nicht was vor uns lag, aber das war nicht wichtig. Was geschehen war, das zählte. Nicht das, was kam. Denn dies war noch nicht geschrieben, was bedeutet, dass wir die Worte noch durch unsere Handlungen formen konnten.

VEREINIGUNG DER TROPFEN

Kalai saß auf dem Thron in unserem Fürstensitz bei Nürnberg. Nichts, was ich von seiner Rückkehr erwartet hatte, war eingetreten. Er hatte weder den Orden der Templer einen neuen Eid zu ihm als Lehnsherren schwören lassen, noch hatte er Vasallen drangsaliert oder ein Fest zu seinen eigenen Ehren gegeben. Auch mich hatte er nicht getötet. Wahrscheinlich war ihm nicht einmal bewusst, dass ich lebte, er dachte vielleicht, dass ich als Mensch schon längst das Zeitliche gesegnet hatte. Er saß seit Tagen im Thronsaal, den er nicht verließ. Ethrel war häufig und lange bei ihm, aber in ihrer Welt ist Zeitdauer ein relativer Begriff. Selten besuchte Aliana ihn, aber auch ich hatte in all den Tagen kein Wort vermocht mit ihr zu reden. Dafür hatte Mackinnons zwei Nächte bei ihr verbracht.

Aber an diesem Tag klopfte sie an meine Tür und ersuchte mich ohne viele Worte ihr zu folgen. Wir betraten den Thronsaal, Kalai hockte mit seltsam stoischer Miene auf dem Sitz. Die übliche Anzahl an Templern als zeremonielle Wachen befand sich im Raum, zwei Bedienstete des Herrschaftssitzes eilten geschäftig umher, wobei es mir nicht gelang zu erkennen, was sie taten. Vermutlich Kalais Blicke nicht auf sich ziehen. Die Tempelritterin Yara Fortaleza mit ihren kurz geschnittenen blonden Haaren erschien und bat Aliana hinaus, die mich entschuldigend anblickte. Ich hatte ein Déja-Vu, erinnerte mich an das 12. Jahrhundert und meinen Kampf mit Kalai, als ich in die Halle zu ihm ohne Alianas Begleitung gelockt worden bin. Aber er nahm keine Kenntnis von mir, begann dagegen ein Gespräch mit seinem Vertrauten Ethrel.

»Dieses intrigantes Miststück. Ich hätte es wissen müssen, die Geschichte hat es offenbart. Diese verdammte Hure Kains und Longinus, wie konnte ich glauben, dass sie keinen Plan gegen mich schmiedete. Sind nicht beide von uns gegangen, nachdem sie in den Armen ihrer Geliebten gelegen hatten? Diese Hure des Satans!«

Ich trat an ein Fenster und versuchte meine Anwesenheit zu verbergen. Aber die Worte trafen mich.

»Und dieses Bastardkind, das sie mich zwangen in der Dunkelheit zu zeugen! Dieses dreckige Gossenblut! Die Tochter Saras mir unterzuschieben! Welch niederträchtiger Hinterhalt!«

Sara? Meinte er Marketa? Ich zwang mich nicht erregt zu werden und meinen Puls niedrig zu halten. Irgendwann schwieg er, und Sekunden später hörte ich Alianas Stimme: »Unser Botschafter ist anwesend.«

Ich wandte mich um, die Worte klangen weniger wie eine Feststellung, als eine Anweisung. Kalai reagierte prompt: »Ritterin Fortaleza, führt ihn herein.«

Ein Mann um die 40 Jahre mit der Gardeuniform der Angehörigen der Militärakademie aus Wiener Neustadt, welche von Maria Theresia in Gedenken an den uns freundlich gesinnten Kaiser Friedrich III. gegründet worden war, wurde von der loyalen Ritterin herein gebracht. Er trug den Siegelring mit der Inschrift A.E.I.O.U., die der Kaiser in Ehren zu Fürstin Aliana alle seine Dokumente zieren ließ, und welche zahlreiche Historiker zur Verzweiflung gebracht hatte, gelang es ihnen niemals die Abbreviation zu deuten. Wie auch, fehlte ihnen das entscheidende Wissen um meine Welt: »Aliana est imperatrix obscuritatis umbraeque.«

Denn der Kaiser hatte meine Fürstin in ihrer Stärke und Macht gekannt. Der uniformierte Mann trat straff vor den Thronsaal, grüßte den Fürsten und verbeugte sich danach vor meiner Schattengängerin mit den zeremoniellen Worten »Aliana ist die Gebieterin der Finsternis und des Schattens« die seine Akademie seit ihrer Gründung im geheimen Dienst für die Vampirin genutzt hatte, und die der Siegelring anzeigte. Ich achtete auf Kalai und dieser verzog den Mund. Aber er sagte nichts zu der kleinen Missachtung seiner wieder gewonnenen Führungsrolle. Nach der Huldigung widmete sich der Gardist wieder dem alten neuen Fürsten des Hauses Baphomet zu und wartete darauf sprechen zu dürfen. Kalai nickte ihm leicht genervt zu.

»Fürst Kalai, Fürstin Aliana, ich habe wie erbeten den Fürsten Vlad III. Drăculea in der Walachei aufgesucht. Er hat mir Audienz gewährt und Euren Vorschlag zur Kenntnis genommen und überdacht.«

»Ja und?«, fragte Kalai mit einem gereiztem Unterton. Aliana lächelte seicht.

»Er steht dem Vorschlag akzeptierend gegenüber und ist bereit ein Treffen in Wien in Betracht zu ziehen.«

Ich konnte nicht deuten, ob Kalai positiv oder negativ gestimmt war, aber er sprang auf, rief aus »Gut, bereiten wir die Reise vor« und verschwand aus dem Saal. Für einen Vampir bewies er wieder erstaunlich wenig Geduld. Ethrel folgte seinem Fürst ohne Aliana auch nur anzublicken. Aliana bedankte sich herzlich bei dem Gardisten, der die Gefahr eingegangen war, das verfehdete Haus Dracul zu besuchen, dessen Fürst für seine Willkür bekannt und gefürchtet war. Einen Tempelritter zu entsenden war keine Option gewesen, da diese Träger von Waffen ein zu starkes kriegerisches Signal dargestellt hätten. So harrte ich der Geschehnisse, welche die Zeit als Folge für uns vorgesehen hatte, kannte sie in ihrer Eigenschaft der Entität als einziges die Pläne aller.

Und so geschah es, dass ein historisches Treffen in der modernen Zeit im altbekannten Wien stattfand. Fürst Imhotep, Fürst Kalai und Fürstin Aliana, Fürstin Guinegaine und Fürst Jhalazaar mit ihren jeweiligen Begleitungen trafen seit Jahrhunderten erneut auf ihren einstigen Rivalen Fürst Vlad III. Drăculea, den ein aus meiner Perspektive schwacher Friedenspakt vor langer Zeit in seine Schranken verwiesen hatte. Es hatte selbst unter Menschen bereits Individuen gegeben, welche die Meinung vertraten, ein Feind, der im Krieg Waffenstillstand und Frieden fordert, den gilt es vollständig zu vernichten, bevor er wieder erstarkt. Ich war damals voller Verwunderung gewesen, dass das Hause Imhotep und Baphomet sich für Verhandlungen eingesetzt hatten. Doch die Wege eines Vampirs sind lang, und ein Schritt kann Jahrhunderte dauern. Aliana hatte mir auf meine Rückfrage seinerzeit geantwortet: »Evolution hat nur dann Gelegenheit, wenn man ihr eine lässt.«

Indessen traf man sich nicht, um eine Hausgründung zu besiegeln, und nicht, um einen neuen Vertrag auszuhandeln, auch über geheime kriegerische Aktivitäten wurde geschwiegen. Dieser Abend gewährte das Angebot, die Fehde zwischen den Häusern Baphomet, Imhotep und Dracul zu beenden, in einem einzigen sittlichen Gefecht der Fürsten. Da die Fehde allerdings zwei gegen eins beinhaltete, galt es, dass Fürst Drăculea gegen einen Fürsten im Streit anzutreten hatte. Kalai trat in Kettenrüstung und dem weißen Habit, von dem die Templer ihre Kleidung nach dem Hause Baphomet abgeleitet hatten, vor den Pfähler, dessen silber-metallene Plattenrüstung in Gedenken an die alte Zeit der Kriege gegen die Osmanen im Licht glänzte.

Es galten die geladenen Häuser als Zeugen, als wir im Schloss Schönbrunn in Wien in der Nacht tagten. Das früher im 14. Jahrhundert als Katterburg bekannte Schloss, damals unter der

Grundherrschaft des Stiftes Klosterneuburg, war später seit Kaiser Maximilian II. ab dem Jahre 1569 Sitz der Habsburger Kaiserfamilie, der auch unser damaliger Kaiser Friedrich III. entstammte. Mit seiner riesigen Parkanlage, die als Naherholungsgebiet der Wiener fungiert, war es für meine Jahrhunderte alte Familie und die Fürsten der Dunkelheit standesgemäß. Den Namen Schönbrunn trägt das Anwesen seit 1642 nach dem so genannten »Schönen Brunnen« in der näheren Umgebung. Normalerweise sind große Bereiche des ehemaligen Kaisersitzes für die Öffentlichkeit geöffnet, wir aber waren abgeschottet von der Außenwelt, die Pforten zu dem UNESCO Weltkulturerbe seit der Dämmerung geschlossen. Teil der imperialen Anlage ist sogar der berühmte Tiergarten. Ein Tierpark, den gerade die Machtlinie der Tierwandler gern aufsuchte. Ende des 17. Jahrhunderts, als die Osmanen Wien belagerten, verwüsteten sie den Herrschaftssitz. Die Neubauten bildeten den Grund für die heutige Schönheit der Anlage. Erst im 18. Jahrhundert wurde es zu der prachtvollen Residenz im Stil des Rokoko ausgebaut, und war Mittelpunkt des höfischen Lebens, im Gegensatz zu vergangen Zeiten als Jaggesellschaftssitz, Witwensitz, Lustschloss. Mir gefielen insbesondere die wunderbaren Alleen im Park und der barocke Garten.

Ethrel trat zu Kalai in der Zeremonienrüstung unseres Hauses und reichte dem Fürsten einen gewaltigen Morgenstern und ein graziles Langschwert mit eingravierten Runen, die er als Waffen im Kampf führen wollte. Fürst Drăculea hingegen mit seinem breiten Schnurrbart und den schulterlangen schwarzen Haaren wurde auf dem zum Kampf frei geräumten Gebiet ein prächtiger Bihänder von seinem Adjutanten gereicht, einem ehemaligen Moldauer Gardisten, der in die Dunkelheit eingekehrt war. Marketa zeichnete die Linien, die mächtigste aller

Blutmeisterinnen, wie mir nach den vernommenen Worten Kalais bewusst war, denn war sie nicht von doppeltem Blute, wenn ich Kalai richtig interpretierte? Sie vollzog ein mehrfaches Ritual, und weder Mensch, Tier noch Vampir würden die Linien hinein oder hinaus in den Platz des Waffengezänks überschreiten können. Ich betrachtete sie dabei, ihre beinah mannhaften Bewegungen, grübelte über die vielen Blicke, welche mich und Aliana auf der Reise von ihr getroffen hatten. Sie waren ausdruckslos, aber dessen ungeachtet spürte ich, dass eine Kraft dahinter lag, die Marketa immer stärker unter ihre Kontrolle zwingen musste.

Sie richtete sich auf, und gab den Adjutanten Zeichen, den Bereich zu verlassen, den sie zu schützen gedachte. Beide verneigten sich tief und respektvoll vor ihren Fürsten und verließen diese im Anschluss. Marketa besiegelte ihre Rituale. Fürst Imhotep trat an die Blutlinien und erhob das Wort, nachdem sich die anderen Fürsten ebenfalls um den Kreis gestellt hatten, ihr Gefolge dahinter wie ich hinter der rechten Schulter meiner Fürstin, der Ehefrau Kalais.

»Fürsten der Nacht, hört meine Worte. Als Fürst Imhotep kennt Ihr mich, und als dieser schreite ich durch unser aller Dunkelheit. Gemeinsam mit mir habt Ihr die Häuser gegründet, damals wie heute glaube ich an diese Ordnung der autarken Strukturen mit gemeinsamen Regeln. Teilweise gab es damals Stimmen, die mich als Fürsten der Fürsten sahen, dies vielleicht sogar eher befürchteten denn befürworteten. Doch erinnert Euch, sowie hört diese Worte jetzt erneut. Auf alle Zeit lehne ich eine Vorherrschaft eines oder mehrerer Fürsten über unsere Ordnung ab. Die Häuser selbst sind Strukturen genug. Einst gab es Krieg zwischen dem Haus Dracul und den anderen Häusern, meines inbegriffen, und daraus entstand zwar Frieden, aber eine Fehde. Heute lasst uns die Ordnung aussöhnen, und die Fehde zur Entscheidung bringen. Die

Fürsten der Häuser Dracul und Baphomet werden den Streit austragen, bis zur Aufnahme des einen durch den anderen. Damit sei die Fehde beendet. Alle verfehdeten Häuser haben sich unter Eurer Bezeugung dazu verpflichtet, die Feindschaft nach einem Sieg als beendet zu betrachten.«

Als beendet aber mit dem deutlichen Signal, welches Haus das stärkere in der Versammlung war. Ich verstand nicht, was hier im Detail bezweckt wurde. Dracula wollte sich und sein Haus beweisen und seine politische Kontrolle erhöhen, denn wenn er siegte, zeigte er, dass die Häuser Baphomet und Imhotep nicht unantastbar waren. Für uns hingegen sah ich den Gewinn, Drăculea für immer zu entfernen, aber das hätte uns bereits vor Jahrhunderten offen gestanden. Dennoch, ohne Zweifel, Kalai sollte Drăculea vernichten.

»Darum kämpft in Ehre um Euer Blut!«

Kalai stürzte ungehemmt unter Schwung seines Morgensterns und des Langschwerts in der linken Hand vor und ließ seine Kampfkraft gegen den feindlichen Fürsten strömen. Drăculea war ein Taktiker, Kriegsstratege und ein erfahrener Krieger. Bereits als Mensch war er dies gewesen, im Gegensatz zu Kalai. Und ich erinnerte mich gut an Aliana Worte, es zählte, wer ein Vampir vorher war. Gemäß seinem Charakter ging Țepeș vorsichtig und beherrscht, aber nicht weniger kampfstark vor. Sein Bihänder war eine mächtige Waffe, und er führte diesen mit perfekter Strenge. Die Waffen schlugen immer wieder aufeinander, die Krieger wichen einander aus, der ehemalige Feldherr der Walachei führte mitunter angetäuschte Schläge aus, die zu Kalais mächtigen Streichen vergleichsweise harmlos waren. Kalai war stürmischer, meines Erachtens zu impulsiv.

Ich legte eine Hand auf Alianas Schulter, es war ein symbolischer Akt. Sie wandte den Kopf ein wenig vom Kampf ab, so dass ihre

Augen mit den retroreflektierenden Ebenen, diese Katzenaugen der Jägerin, mich aus den Winkeln erblickten. Ich meinte ihre Lefzen zu einem angedeuteten Grinsen verzerrt zu bemerken. Es war unsere Ebene der Kommunikation, Signale der bedeutsamen Kleinigkeiten. Mein Herz erbebte, ihre Existenz löste es aus.

Kalai prügelte mit dem Enthusiasmus der Gier und des Eifers auf seinen Kontrahenten, ein Mêlée brutaler Blutfürsten. Vlad wehrte gezielt ab und reagierte mit schulgerechten, systematischen Gegenangriffen aus der defensiv geprägten Haltung. Kalais Stärke konnte ich als Zuschauer bei jedem Klang der aneinander schlagenden Waffen spüren.

Aliana konzentrierte sich wieder auf den Kampf. Das politische Schicksal der Häuser stand auf dem Spiel, und ich wusste, dass alle anderen Schicksale unlösbar mit der Politik verknüpft waren. Fürst Drăculea vollführte einen ausgeklügelten Ausfallschritt, Kalai suchte mit seinem Langschwert zu parieren, aber er rutschte ein Stück ab, und der Bihänder prallte gegen die Kettenrüstung, zerriss die Verbundenheit der Glieder und schnitt in Kalais Arm. Er verlor ein wenig Blut, aber die Wunde schloss sich zügiger, als dass dies einen Vampir stoppen konnte. Sein Morgenstern preschte als reaktive Resonanz gegen Drăculeas linkes Schulterblatt und schmetterte auf den Plattenpanzer. Eine tiefe Delle in der Schulterplatte und ein kreischender Schrei des Pfählers belohnten Kalais Initiative. Drăculea schlug Kalai mit seinem in Mitleidenschaft gezogenen Arm voller Stärke beiseite und ging erneut in Stellung, Kalai selbst trieb der kurzfristige Erfolg an.

Ich bemerkte, wie Imhotep zu seiner Tochter Aliana schaute und sich beide ausdruckslos anblickten. Aber in der Gehaltlosigkeit der Ewigkeit liegt eine expressive Substanz, wie ich sie oft kennen gelernt hatte. Ein Blick, eine Phrase, ein nicht gesprochenes Wort, dies alles konnte Bände von Dialogen beinhalten. Man musste diese hohle Leere lediglich zu lesen verstehen. Oft geschah dies im Nachhinein, wenn sich ein Sinn abgezeichnet hat. Denn wir Menschen sind nicht in der Lage die Zeichen, welche uns die Zeit schenkt, zu verstehen, außer im Rückblick, wenn uns die Fakten bereits ereilt haben. Ist uns seelenbehafteten Wesen damit nicht ein Teil von emotionalem Facettenreichtum und prekognitivem Erahnen verloren? Ich wusste nicht was geschehen würde, aber jetzt weilte ich in der Sicherheit, dass es richtig war.

Fürst Kalai weilte im Euphorismus und tänzelte mit traumwandlerischer Sicherheit kraftstrotzend auf seinen Rivalen zu. Sein Morgenstern lag fest in seiner rechten Hand und kreiste wie ein Komet, gefährlich seine Dornen, sein Langschwert statt der Verteidigung geweiht, drohend dem Antagonisten Drăculea entgegen gestreckt. Kalai war ein mutiger und energischer Gegner, ich wollte ihm nie wieder entgegen treten müssen. Er war sehnig und muskulös, rücksichtslos und auf sein Ziel fokussiert. Ich glaube, wenn er einen Tropfen von Drăculeas Blut hätte vergießen können, so wäre seine Blutmagie entfesselt worden. Wer weiß, welche aktive oder zügige passive Observanz er dann zu vollführen gewusst hätte. Aber es war zu bedenken, dass Kalais Blut machtvoll im Alter, allerdings er selbst unerfahren in den Ritualen war. Denn existiert hatte er beinah 800 Jahre und damit den größten Teil seiner vergangenen Ewigkeit in Staub verbracht. Er hätte sich in die Lippen beißen und versuchen können, Fürst Ţepeş zu betäuben, wie er dies einst mir antat. Allerdings bezweifelte ich, ob er in dieser Observanz bereits dergleichen fortgeschritten war, dass er die Wirkung auf einen Fürst der Dunkelheit zu wirken vermochte. Daher blieb ihm der Sturm und Drang des reinen Waffentanzes. Die Kette des Morgensternes wandte sich um die breite Klinge des Bihänder, sein Langschwert hieb in Drăculeas rechte Hüfte, als Kalai mit einem Ruck den Fürst und ehemaligen Herrscher der Walachei seines Schwertes beraubte. Bihänder und Morgenstern fielen zu Boden, als Kalai vor Zorn brennend sein Langschwert zurückzog, mit beiden Händen ergriff und einen mächtigen Schlag auf der engen Linie zwischen Korpus und Hals ansetzte. Dieser Schlag sollte den Ahn des Hauses Dracul köpfen und sein Ende besiegeln.

Die Magie des Hauses Dracul, die denen, welche der Machtlinie ihres Ahnen angehörten, oblag, war die Kraft der Dämonenartigen. Sie haben die Macht Tote zu Sklaven zu erheben, besitzen außergewöhnliche Kraft und vermögen sich selbst zum Potenzieren dieser Kraft zu entstellen. Fürst Vlad III. Drăculea, Ahn des Hauses Dracul, rief die Machtlinie der Dämonenartigen, die durch sein eigenes Sakrileg entstanden war. Während des Aufblitzens eines Gedanken sprengten seine Panzerhandschuhe von innen heraus, als seine Hände zu titanischen Klauen mutierten und sein Helm aufplatzte, als sein Gesicht sich fratzenhaft entstellte. Die Klauen packten Kalais von der Kettengliederbedeckung geschützten Kopf und zerpressten seinen Hals mit Leichtigkeit, die Krallen dabei an die Metallglieder kratzend. Der Vampir des Hauses Baphomet wurde durch die reine und in der Welt der Dunkelheit unvergleichliche Körperkraft des Dämonenartigen zurückgeworfen, sein Schwert verlor er beim Aufprall. Als Kalai sich wieder gewappnet hatte und aufspringen wollte, um sein Schwert wieder zu ergreifen, beugte sich eine gewaltige Gestalt über den Fürsten des Hauses Baphomet. Hoch gewachsen, Klauen statt Hände, wie es in der Machtlinie aller Dämonenartigen in der Nachfahre ihres Ahnen liegt. Auch die Entstellung des Gesichtes war ihnen gemein, dennoch, hier war mehr geschehen. Es war der Kopf eines riesigen Wolfes, dessen geifernde Schnauze sich mühelos um Kalais Kopf schloss und den Rüstungsschutz einfach mit dem Kiefer zerfetzte. Eine Tiergestalt einzunehmen lag nicht in der Macht der Dämonenartigen, und ich starrte auf diese Mischung aus Mann, Wolf und Dämon – wie in den mystischen Legenden von Werwölfen – der innerhalb des Kreises aus Blut begann Kalai zu zerfleischen. Das Haus Baphomet hatte in Gestalt seines Fürsten den Zweikampf verloren, und der Fürst mit all seinem Blute ging ein in den Ahn der Dämonenartigen, den Fürsten Vlad III. Drăculea vom Hause Dracul. Samt dem Letzten Wahren Tropfen.

DER NEUE BUND DER HÄUSER

Der Letzte Tropfen ist der Tropfen der Wahrheit. Er offenbart die Macht des Aufgenommenen oder die eigene Schwäche. Es besteht immer ein hohes Risiko, wenn ein Vampir den Wahren Tropfen eines anderen aufnimmt. Ein Kampf der Tropfen folgt bei der Verbindung. Es entscheidet sich, ob der trinkende Vampir den anderen vernichtet und seine Macht aufnimmt, oder sein Körper von dem fremden Letzten Tropfen übernommen wird. Die Letzten Tropfen kämpfen um die Vorherrschaft des Körpers und Geistes. Drăculea war stark in seiner Macht, aber Blutmacht wird anhand des Blutalters gemessen. Kalais Blut war über 800 Jahre stark, Draculs ureigenes stammte aus dem 15. Jahrhundert. Doch Blutalter wächst, wenn man das Blut eines Vampirs in sich aufnimmt. Selbst die Hälfte des Blutes eines tausende Jahre alten Vampirs wird aber lediglich die Macht weniger Jahre bringen. Denn die wahre Macht liegt im Letzten Tropfen. Drăculea konnte Kalais Letzten Tropfen mit dem seinen verbinden, obwohl Kalai älter als er war. Denn Fürst Vlad III. Drăculea trug nicht ausschließlich das verdorbene Blut seines eigenen Sakrilegs in sich. Er trug das Blut eines im 18. Jahrhunderts von ihm geschlachteten Tierwandlers namens Kverwulf in sich, der Abendwolf. Denn Ethrel selbst hatte einen Pakt mit Drăculea geschmiedet, dem Kverwulf zum Opfer gefallen war, die früher vernommenen Gerüchte hatten der Wahrheit entsprochen. Ethrel hatte dem Fürsten der Walachei zur Stärke verholfen, dieser sollte dafür Kalais Wiedereinführung in die Nacht stützen.

»Ich verstehe nicht, Aliana. Du weißt, dass Ethrel auf Drăculeas Seite stand?«

Aliana lächelte mich nachsichtig an und schmunzelte leicht: »Natürlich, Hilo. Ich selbst habe ihn damals damit beauftragt. Dieser Pakt ermöglichte es schließlich, dass Drăculea Verräter in unserem Haus finden konnte, die ihm treu zu Diensten standen, und die ihm die Verwahrungsorte Kalais nannten, die wir Ethrel niemals offenbart hatten. Und die wir auch erst vor kurzem den Bediensteten zugänglich gemacht hatten.«

»Gut, Du wolltest, dass Drăculea den Staub ausfindig machen konnte, aber warum der Pakt vor so langer Zeit?«

Sie zog bei der Verwendung des Wortes lang die linke Augenbraue hoch: »Weil wir Drăculea ein Geschenk machen wollten, und sicherlich hätte er es weder von mir noch meinem Vater oder Gideon angenommen.«

Sie grinste spitzbübisch. Ich glaube, sie spielte in diesem Gespräch mit mir, wie all die Generationen lang mit dem Pfähler.

»Ein Geschenk, Aliana?«

»Ja, eine weitere Machtlinie in seinem Blute. Einen Wahren Tropfen, etwa ebenbürtig mit dem seinem.«

»Erklärst Du mir warum, meine Fürstin?«

»Seine eigene Machtlinie hätte nicht gereicht.«

Ich fragte erneut, aber sie antwortete nicht, daher begann ich zu grübeln. Imhotep und seine Kinder hatten einen Plan vollzogen, und ihre Pläne währten Jahrhunderte: »Aliana, meinst Du, sein Blutalter hätte sonst nicht gereicht um Kalai zu besiegen?«

Sie wandte sich von ihrem Posten am Fenster mit Blick auf den Schlosspark von Schönbrunn ab und trat zu mir, dabei sagend: »Wohl wahr, Hilo«, bei mir angekommen legte sie einen Arm um meine Schulter und strich mir über die Wange, ein leicht blutgieriger Blick hatte sich auf ihr Gesicht gelegt, als sie weiter bemerkte: »Er war nach Kalai geboren, ohne einen zusätzlichen Wahren Tropfen wäre er nie mächtiger als Kalai gewesen.«

Ich rechnete: »Und Ihr habt ihm nicht direkt die Hinweise auf Kalais Staub gegeben, damit der Kampf nicht zu früh zustande kommt?«

»Ja. Ethrel hat Kverwulf, der ohnehin langsam dem Wahn verfiel, in die Falle gelockt und ihn dem Fürsten der Walachei geschenkt. Im 18. Jahrhundert war unser Pfähler unter 300 Jahre alt, Kverwulf, den Ethrel ihm vorstellte unter 200. Nach der Vereinigung also unter einem halben Jahrtausend. Kalais Blutalter betrug damals bereits 600 Jahre. Aber jetzt ist Kalai etwa 900 Jahre im Blute, demgegenüber Dräculea ungefähr ein Jahrtausend, denn jede Machtlinie altert für sich. Außerdem schenkten wir dem Pfähler die besonderen Fähigkeiten einer zweiten Linie, die eines Tierwandlers. Damit war er Kalai mehr als ebenbürtig. Die Chancen lagen unerkannt auf Seite des Hauses Dracul.«

»Aber warum wolltet Ihr das?«

»Es musste eine Lösung im Umgang mit dem Hause der Dämonenartigen geben.«

»Warum nicht damals im Anschluss der Schlacht?«

»Einen weiteren Stein der Weisen erschaffen, nachdem wir gerade erst erfahren haben, dass diese Steine mehr Macht besitzen als wir erahnten? Auch wollten wir die Vampire der Walachei nicht ohne eine Führung lassen, welche sie akzeptierten. Dräculea würde zumindest keine weiteren mächtigen Vampire bei sich dulden, also würde die Gefahr nicht größer werden. Wir entschieden uns, in Ruhe über die Verfahrensweise zu entscheiden.«

Und in Ruhe bedeutete in der Dunkelheit über die Zeitspanne mehrerer Menschenleben hinaus.

»Außerdem ist es am Angenehmsten, wenn sich ein Störfaktor in einen Bonus verwandeln lässt. Die Entscheidung über Kalai war ebenso lediglich verschoben, sein Staub zwar verbannt, aber nichts lässt sich für die Ewigkeit verdrängen.«

»Ihr wolltet beide gegeneinander antreten lassen, um ein Problem gelöst zu bekommen?«

Sie küsste mich auf die Wange.

»Besser, Hilo. Wir haben es geplant, wie es geschehen ist und lösten nicht eines sondern zwei Probleme. Aber hinzugewonnen hätten wir mit jedem Ausgang des Kampfes. Denn einer dieser zwei Fürsten musste verlieren. Ich vereinigte Kalais Staub mit dem Rest in meiner Kette, denn die Zeit war gekommen. Wir konnten dies nicht offensichtlich selbst anstreben, denn damit hätten wir gegen die Regeln dieser Verbannung nach den Regeln der Häuser verstoßen. Daher war es wichtig, dass es ursprünglich von Feinden unseres Hauses ausging. Als ich Kalai auferstehen ließ, raste er vor Wut. Ich aber bot ihm im Namen meines Vaters Imhotep und in meinem einen Handel an. Auch verdeutlichte ich, dass ich ihn sofort wieder vernichte und verbannen würde, wenn er sich nicht einverstanden erklärte.«

Ich konnte kaum erahnen, wie sie ihm dies verdeutlich hatte, aber ich glaube, ihre Macht zu spüren muss schrecklich für Kalai gewesen sein und erklärte sein Verhalten.

»Dieser Handel zwang ihn zu einem Zweikampf für die Häuser gegen Fürst Vlad III. Drăculea, den er nicht kannte, aber ich berichtete ihm von dem Pfähler. Bei Sieg sollte er die unangefochtene Herrschaft über sein Haus wiedererlangen, bei Nichtantreten würde ihm Vernichtung durch uns drohen. Sicher glaubte er den jüngeren Vampir leicht besiegen zu können, wie es seinem Charakter obliegt. Vampire lernen selten dazu, Hilo, sie sind wer sie waren. Selbst der Kampfausgang gegen Dich hat ihm keine Weisheit beschert. Der Kampf verlief, wie die Chancen verteilt waren. Zeit spielt eine wichtige Rolle, denn die Zeit bestimmte den Gewinner. Das Blutalter. Drăculea gewann, weil er in Macht durch Blutalter dem anderen Wahren Tropfen überlegen war, und seine zweite von ihm geheim geglaubte Machtlinie nutzte, und Kalai damit überrumpelte. Seit Kverwulf ist Drăculea Dämonenartiger und Tierwandler. Er durchstreifte als jagender Werwolf die Wälder Rumäniens. So siegte er jetzt über Kalai.«

Ich ergriff ihre Wangen und drehte ihren Kopf sanft und mit ihrem Einverständnis um direkt in ihre Augen zu blicken: »Und die Zeit siegte über ihn. Denn nur die Mächtigsten im Blute und im Willen, diejenigen welche die Zeit stark genug geprägt hat, sind in der Lage einen dritten Wahren Tropfen ihr Eigen zu nennen. Alle anderen trifft der Wahnsinn der Macht der Zeit«, philosophierte ich.

Aliana lächelte bestätigend, umschlang mich fest mit beiden Armen, und wir küssten uns innig.

Drăculea war in dem Kreis nach der Aufnahme von Kalais Letzten Tropfen dem Wahnsinn verfallen. Seine Vampirgefährten standen im Schock, ihren Herrscher untergehen zu sehen, aber ohne seine Befehle verhielten sie sich passiv. Er tobte und wütete, war voller Tollwut und ging über in Raserei ohne Grenzen. Aber Marketas Kreis konnte er nicht entkommen. Zu mächtig der Ritus der Blutmeisterin, auf die auch zutraf: sie ist, wer sie einst vor der Dunkelheit war. Erst als Drăculeas Rausch abflachte, und er in die

Bewusstlosigkeit des Tages fiel, widmeten sich die Templer dem Körper, der den vernichteten Geist trug. Nach Anweisungen von Marketa lösten sie den Schutzkreis auf und verbrannten den Vampir, um seinen Staub der Verbannung zuzuführen, die Kalai erlebt hatte. So ging der Fürst der Walachei erst in den Irrsinn und dann in den Staub der Götter ein. Ein Teil seines Staubes steht unter Bewachung in der Akademie in Wiener Neustadt. Über der Urne befand sich die Abbreviation A.E.I.O.U., denn Aliana ist die Gebieterin über die Finsternis und die Schatten. Die verborgenen Plätze der anderen Kanopen waren geheim.

Ethrel hatte sich entschieden. Bereits vor langer Zeit, als er in diesem Pakt gegen seinen früheren Fürsten einwilligte und in einem doppelten Spiel Aliana diente. Er hatte den Fürst Baphomets noch ermuntert den Kampf zu führen mit seinen Erläuterungen über die Geschehnisse während Kalais Verbannung.

Das Haus Dracul huldigte seinem neuen Fürsten. Der Nachfolger des legendären Pfählers war ein dunkler Krieger seiner treuen Moldauer Garde, ein kämpferischer Vampir, aber schwach in der Macht der Dunkelheit. Vlad III. Dráculea hatte niemals einen starken machtgierigen Vampir neben sich in seinem Haus gesucht und geduldet, damit keiner suchte, seinen Thron an sich zu reißen. Somit brauchte dieser Nachfolger etwas, was ihm die anderen Häuser geben konnte. Unterstützung bei der Legitimierung seiner Herrschaft. Daher wurde noch in diesem Jahr eine Heirat zwischen dem neuen Fürsten vom Haus Dracul und einer Tochter des Hauses Tariqa der Schari'a auf Anraten von Imhotep vollzogen und gefeiert. Somit war die Herrschaft des frischen Fürsten gesichert und seine Bindung an die Ordnung der Häuser gefestigt. Denn in der Versammlung der Häuser sind alle Fürsten gleich und alle Fürsten sitzen nebeneinander. Sie sind gebunden in Vertrauen und Bündnissen und dem Pakt der Nacht.

DER SILBERNE SAME

Die Wege der Nacht sind unergründlich. Was mich nicht davon abhielt, Licht in die Dunkelheit zu bringen.

An dem Abend, an dem wir wieder unseren Hort in New York City als Stützpunkt verwendeten, kehrte ich vom Café, in dem ich gern zum Schreiben weilte, da mir der Geruch des Kaffees und das von anderen Gedanken ablenkende geschäftige Treiben bei der Konzentration half, in einem der berühmten Yellow Cabs zurück. Die Sonne war bereits untergegangen, und ich begab mich direkt zu Alianas Suite. Leise, wie es meiner antrainierten Natur entsprach, schritt ich über die weichen Läufer mit meinen leichten Schuhen, und hörte Stimmen durch den samtenen Vorhang zum Nebenraum. Das Gespräch zwischen Aliana und ihrem Vater Imhotep.

»Ich habe Dich bereits vor 500 Jahren um Erlaubnis gebeten, Vater, und Du hast sie mir gewährt!«

Meine Fürstin klang ein wenig ungehalten. Der gelehrte Vater sprach dagegen ruhig und beherrscht wie immer.

»Ja, ich gab Dir meine Zustimmung. Aber esist nicht lange her, Du solltest mit Bedacht wählen.«

»Vater, ein halbes Jahrtausend ist für Hilo eine Ewigkeit.«

»Aber nicht für Naciron, der er ist in der Unsterblichkeit. Zeit spielt für ihn ebenso wenig wie für uns eine Rolle.«

»Er ist weiterhin ein Mensch, und der Unterschied zu uns besteht gerade darin, dass Zeit für ihn eine Rolle spielt. 500 Jahre sind genug, meine Wahl steht fest«, bekräftigte Aliana ihren Standpunkt.

»Und Mackinnons? Es gibt Gerüchte, Aliana.«

Mein Herz sackte davon.

»Nathan ist wie ein Kind, das sich für mich entflammt hat. Ich sprach lange mit ihm, über seine Zukunft unter den Templern, sein Kommando über die Nachteinheit und die Verantwortung, die er trägt. Er wird lernen und verstehen.«

»Aber Kalai ist gerade erst vernichtet. Es wäre besser …«

Zum ersten Mal konnte ich bezeugen, dass ein Kind Imhoteps ihrem Ahn das Wort nahm: »Nein, kein weiterer Aufschub!«

Eine Sekunden schwiegen beide. Ich überlegte mein Kommen anzukündigen, aber Imhotep unterbrach mich.

»Aliana, liebste Tochter, hübscheste Prinzessin aller Zeiten. Dein Wunsch soll Erfüllung finden, wenn Du ihn ein letztes Mal bekräftigst. Aber bedenke, was Du bei Hilo voraussetzt.«

»Ich weiß um seine Gefühle«, erwiderte sie rasch.

»Ja, aber weißt Du, ob sie Hilo selbst, oder seiner Existenz als Naciron obliegen? Wir kennen die Mächte des Steins nicht und haben sie bereits unterschätzt, bis wir Hilos Existenz verstanden haben. Unterschätze sie nicht erneut.«

»Aber seine Gefühle …«

»Aliana«, sprach Imhotep beruhigend auf sie ein, »nicht viele Steine kommen in Frage, wie oft haben wir Ältesten das Ritual in allen Zeiten vollzogen? Du weißt es wie ich. Trägt er vielleicht Longinus oder gar Kain in sich? Bedenke Deine Beziehung zu diesen beiden unserer Art. Vielleicht sind seine Gefühle Kontinuitäten aus der Beständigkeit von Gefühlen der eingeschlossenen Wesen.«

»Longinus und Kain?«, hörte ich Aliana entgeistert sagen, »Nein. Selbst wenn, Hilos Gefühle sind echt.«

»Ja, aber sind es die seinigen? Ist es nicht, dass der Stein ihn erst in die Unsterblichkeit rief, sein Altern aufhielt, als Deine Nähe verspürt wurde, meine Prinzessin? Vielleicht ist es keine neue menschliche Liebe, sondern die Liebe der Fürsten, über die wir das Ritual gesprochen haben, bist Du nicht der silberne Same der Liebe, welchen das Ritual des Magisterium, der Rote Löwe, der Ewige Verschluss, gefordert hat? War es nicht Dein Blut, das Blut der Geliebten, welches das Ritual vollendet und sie auf ewig eingeschlossen hat?«

»Aber Vater …«

»Aliana, bist Du Dir wirklich sicher?«

»Ja, dies bin ich!«

»Dann frage ihn.«

Ich grübelte über den Gesprächsteil den ich vernommen hatte, und ob ich mich heraus schleichen und neu lautstärker Einlass suchen sollte, als Gideons Stimme erklang: »Hilo nähert sich.«

Der tiefgründige Geistlenker war bei dem Gespräch zwischen Vater und Tochter anwesend, und bewusst musste er meine vorzeitige Anwesenheit verschwiegen haben. Wann würde ich erfahren, ob es sich um einen Segen oder einen Fluch handelte, dass ich aufgrund seines Willens die Worte vernommen habe?

DAS SCHWARZE BRAUTKLEID

Und es geschah nach beinahe 900 Jahren unseres gemeinsamen Wanderns durch die Dunkelheit, dass die Gebieterin der Finsternis und der Schatten, Fürstin Aliana des Hauses Baphomet aus der Familie Imhoteps, und ich, als Mensch Hilo, in der Ewigkeit Naciron genannt, nacheinander vor die Gemeinschaft der geladenen Gäste traten. Gideon befand sich an meiner Seite, als ich in der ehrenvollsten altertümlichen Zeremonienrüstung des Hauses

Baphomet, er dagegen in der des Hauses Imhotep, zu der Erhöhung schritt, bei der Aliana bereits neben ihrem Vater wartete. Imhotep in einem weißen Gewand, welches durch seine Schlichtheit edel wirkte und die Schönheit des schwarzen Kleides an Aliana unterstrich. Es bestand aus dünner Seite und einem Netz, das vom Hals über das Dekolleté spitz zum Bauchnabel zulief. Dazu trug sie eine samtene schwarze Kette mit einem eingefassten roten Juwel, schwarze Armbänder und eine goldene Kette, die von ihrem linken Ohr zur Nase führte. Elegante hochhackige Schuhe, von denen Lederstriemen die Unterschenkel empor wanden, betonten ihre schlanke Statur.

Guinegaine vom Hause Skara Brae schenkte uns die Ehre die Zeremonie zu leiten. In ihrer Stellung als mächtige Fürstin des verbündeten Hauses zeigte sie uns damit Hochachtung. Sie trug einen braunen Habit mit silbernen eingewebten Tierzeichen. Während ich einschritt, erklang die wundervolle Nachtmusik des versteckten Orchesters, die meine innere Aufgewühltheit weiter intensivierte. Die Ritter hatten um uns in historischer Rüstung unter dem Kreuzbanner Aufstellung genommen, Großmeister Kent O Shannahan persönlich stand ihnen vor, unter den versammelten Gästen waren weiterhin menschliche Vasallen unseres Hauses zwischen den geladenen Vampiren. Auch waren Vertreter der anderen Häuser, unsere Verbündeten in Freundschaft vertreten. Die Musik erreichte einen Höhepunkt, als ich die Stufen zu Aliana empor trat und ihr gegenüber zu linker Seite meine Position bezog. Alle waren festlich gekleidet und ich erblickte beinahe ausschließlich freudige Gesichter, vom Groll in Nathan Mackinnons Antlitz abgesehen. Ethrel stand weit hinten unter den Gästen, er schenkte mir ein Lächeln, als mein Blick ihn streifte. Marketa sah kühl zu uns hinüber, sie hatte einen gelangweilten Ausdruck und schaute zum Teil gehetzt zur Saaltür. Diese

Zeremonie schien ihr nicht zu gefallen. Als Fürstin des Hauses gebot Alianas hohe Machtposition, dass sie zuerst Einlass bekommen hatten, teilweise variierten die Regeln des Hofes in Bezug auf frühere Zeiten. Ich lächelte meine geliebte Fürstin an, und sie schenkte mir einen warmen Blick voller Gefühl.

Feierlich erhob Fürstin Guinegaine das Wort, als die Musik in den Hintergrund trat: »Fürstin Aliana des Hauses Baphomet, Naciron vom Hause Baphomet, beide aus der Familie des Imhotep, hochgeschätzte Trauzeugen, teure Gäste der sterblichen und der unsterblichen Welt. In dieser Phase der Dunkelheit sind wir zusammen gekommen, um ein freudiges Ereignis zu bezeugen, ihm beizuwohnen und es zu in Ehre zu begehen. Denn in der heutigen Nacht wollen Aliana und Naciron das Gelübde der Ehe ablegen und den Bund der Vermählung in der Unsterblichkeit besiegeln. Fürstin Aliana, sprecht bitte für das Haus Baphomet, und teilt uns mit, ob das Haus dem Bund positiv gegenüber steht.«

Alianas beherrschte Stimme ertönte in offizieller Tonart voller Würde und Macht: »Das Haus Baphomet entscheidet sich bewusst zur Zustimmung zu der angedachten Eheschließung.«

Guinegaine führte die Zeremonie weiter: »Als Fürstin ihres Hauses ist Aliana fessellos die Entscheidung selbst zu treffen, als freier Mensch ist Naciron ohne Lehnsherrn der ihm Erlaubnis erteilen müsste. Die Trauzeugen frage ich hiermit, seit Ihr fähig und willig das Bekräftigen des Ehebandes zu bezeugen? Fürst Imhotep?«

Imhotep legte eine Hand behutsam auf die Schulter seiner Tochter und antwortete freundlich: »Ja, das bin ich. Und auch wenn meine Entscheidung nicht vonnöten ist, betone ich hiermit, die Vereinigung dieser Ehe in Freude zu erblicken.«

Guinegaine nickte dem mächtigen Fürst liebenswürdig zu, um sich danach an Gideon zu wenden: »Prinz Gideon. Bruder Fürstin

Alianas, anwesend als Trauzeuge von Naciron aus dem Hause Baphomet, seit Ihr ebenso fähig und willig der Bezeugung?«

Es war, als wenn eine körperlose Hand meinen Arm berührte, die Macht Gideons, der neben mir antwortete: »Das bin ich. Und voller Freude pulsiert mein Blut für meine Schwester und ihren künftigen Ehemann.«

»So sind die Bedingungen der Vermählung gegeben. Aliana, seit Ihr Willens die Ehe mit Naciron zu schließen, in der Nacht mit ihm verbunden sein und wie ein Blut handeln, bis das Ende der Ewigkeit Euch trennt?«

»Ja, das will ich, die Nacht wie den Tag, denn keine Einschränkung soll unserer Ehe obliegen.«

Mein Herz pochte, alle anwesenden Vampire konnten es mit ihren Sinnen vernehmen. Es schlug für meine Geliebte. Seit beinah 900 Jahren schlug es für sie, jetzt durften und vermochten wir dies endlich zu bekräftigen.

»Naciron, wollt Ihr die Ehe mit Aliana schließen, in der Nacht mit ihr verbunden sein und wie ein Blut handeln, bis das Ende der Ewigkeit Euch trennt?«

Mir stockte der Atem, als ich eine Antwort geben wollte, bis sich eine beruhigende Aura über mich legte, die Gideon meinem Geiste behutsam schenkte. Er drang nicht ein, er unterstützte mich.

»Ja, ich will. Den Tag wie die Nacht, denn alle Zeit soll ich Aliana in der Ehe verbunden sein.«

Fürstin Guinegaine schaute mir tief in die Augen und lächelte bevor sie uns beide anredete: »Dem gemäß seit Ihr beide fortan verbunden in der Ehe der Nacht und des Tages und führt fortan eine Blutlinie. Bitte besiegelt diese Ehe nach den Gebräuchen unserer Welt.«

Aliana trat einen Meter vor und wartete geduldig auf mich. Ich zögerte und holte tief Luft. Es war der Moment, der mir Angst bereitete. Ich trat zu ihr in die Mitte der Empore, wir schritten um uns herum, so dass sie auf der Seite Gideons und ich auf der Seite Imhoteps stand, und ich bot ihr meinen Hals dar. Aliana ergriff mit erfrischend kalten Händen zärtlich meine Wangen, ihre Augen fesselten meine, ich verging in ihrem Blick. Fast hypnotisiert stand ich vor ihr, als sie ihren Kopf senkte, sanft meinen Hals mit ihren Lippen liebkoste, bevor sie übervorsichtig ihre spitzen Eckzähne in mein Fleisch stach und aus meiner Ader einige Tropfen trank. Fast stieß sie meinen an den Wangen umfassten Kopf weg, als sie ihn nach hinten schob, scheinbar konnte sie sich schwer beherrschen, nicht mehr von meinem menschlichen Saft zu erlangen. Wieder berührten mich ihre tiefen Raubtieraugen. Ich starrte sie an, mein Blick auf ihrem schlanken Hals. Sie führte ihre linke Hand zu diesem und schlitzte mit einem Diamanten an einem Goldring eine Wunde in ihr Fleisch, ein dünnes Rinnsal Blut trat aus. Ermutigend lächelte sie mir zu. Ich nickte meiner Geliebten zu, beugte meinen Kopf vor, wie sie es zuvor getan hatte, und spürte, wie sie sachte ihren Arm um meine Schultern legte. Ich nahm das Blut aus dem Rinnsal auf und spürte den für mich neuen Geschmack ihres Geblüts. Es war berauschend. Wunderbar schön, angenehm salzig, pulsierend und kraftvoll. Mächtige Wärme breitete sich in mir aus, eine vorübergehende Kraft die lange in mir währte. Jahrtausende altes Blut, das Blut einer Ältesten. Es versetzte mich mitsamt jeder Facette meines Körpers in Ekstase, der Stein in meinem Kopf pochte und prügelte von innen gegen mein Haupt. In ihren Armen verharrend überstand ich dermaßen geschützt die Wogen der auf mich einprallenden Macht, einen Trip wie eine neue Geburt erlebend. Die wahre Macht liegt im Letzten Tropfen, und ich hatte gerade einmal die ersten von ihr zu mir genommen. Es war an Kraft für mich unbeschreiblich, aber lediglich ein winziger Bruchteil Alianas. Dieses Blut, wie sie mir erklärt hatte, würde mich nicht zu einem Geschöpf der Dunkelheit machen. Zwar musste man den Bluttausch vornehmen und bewusst das Blut eines Vampirs trinken, aber man musste bei dem Vorgang in den Tod gehen, um in die Finsternis einzukehren. Sie aber hatte mich nicht leer getrunken, nicht getötet, wir hatten lediglich die Zeremonie besiegelt. So sehr ich auch Angst davor hatte, ich hatte lediglich eine Konsequenz zu fürchten – der Stein der Weisen hatte Blut geleckt.

Guinegaine führte das Protokoll fort: »Verehrte ausgewählte Zeugen, versichert Ihr das vollzogene Ritual der Nacht und die Legitimität dieser Ehe mit Eurem Eid?«

Imhotep nickte seinem Sohn zu und Gideon sprach zuerst: »Ich bezeugte«, danach sein Vater. Der volle Saal hielt den Atem an, als Fürstin Guinegaine die Schlussworte sprach: »Fürstin Aliana des Hauses Baphomet, und Naciron, neuer Fürst des Hauses Baphomet, jetzt seit Ihr gemeinsam verbunden in der Ehe von Tag und Nacht. Willkommen als Frau und Mann in unserer Mitte.«

Da dies eine Eheschließung innerhalb des Hauses Baphomet war, mussten wir nicht der Tradition des Hauses Imhotep folgen und verzichteten auf die Zeugung eines dunklen Kindes. Nach neun Jahrhunderten war ich endlich und für alle sichtlich vereint mit meiner Liebe. Wie hätte ich ahnen können, dass Aliana bereits vor einem halben Jahrtausend von ihrem Vater Erlaubnis dazu eingefordert hatte, aber was ist die Zeit schon für Vampire, dem gegenüber sie sich für uns Menschen als unbekannter Gegenspieler zeigt. Denn die Zeit offenbart die Geschichte, und die Geschichte ist unser aller, unsere Vergangenheit, unsere Gegenwart, unsere Zukunft. Und meine jetzige Zukunft trat ich an der Seite meiner Aliana an, der Fürstin des Hauses Baphomet. Neben ihr stand ich fortan als Fürst Naciron, Lehnsherr des Ordens der Tempelritter und aller unserer Vasallen, Herrscher meines Hauses.

<http://www.oliver-szymanski.de>
<http://www.naciron.de>

WEITERE ROMANE:

AUS DER REIHE: DER DEUTSCHE
NYC 9.11. Der Plan danach
Der Deutsche Erbe (in Arbeit)

AUS DER REIHE: UNDERWORLD'S CHILDREN
Nacirons Vampire: Sakrileg
Nacirons Vampire: Blutlinie
Nacirons Vampire: Himmelfahrt (geplant)

AUS DER REIHE: WHODUNIT
Liebesakt

AUS DER REIHE: EUROPEAN DIVISION
Tote Träumer